자고
일어났더니
2

자고 일어났더니 2

초판 1쇄 발행 2020년 7월 10일

지은이 | 서경

발행인 | 김성룡
기획, 편집 | (주)스마트빅(쉼표)
교정 | 홍성회
표지디자인 | 우물
출판등록 | 제2014-000017호 (2011년 6월 30일)

펴낸곳 | 도서출판 가연
주 소 | 서울시마포구 월드컵북로 4길 77, 3층 (동교동 ANT빌딩)
전 화 | 02-858-2217
팩 스 | 02-858-2219
ISBN | 978-89-6897-070-2 03810

2

자고
일어
났더니

서경 장편소설

차 례

* 작가만의 글맛과 표현을 살리는 쪽으로 문장을 편집했습니다.

9. 끝나지 않은 일

    네 사람이 만난 시각은 밤 열한 시였다. 장소는 태주의 회사 주변에 있는 bar에서 보기로 하였다. 오랜만에 다 같이 뭉치자는 말에 태주와 하연 모두 흔쾌히 동의하였다. 그래서 네 사람 모두 함께할 수 있었다.

"이게 얼마 만이야."

    진주는 하연의 옆에 딱 붙어 앉아서 어깨에 머리를 기댔다.

"네 공자님 놔두고 왜 나한테 이래~ 저리 가~"

"지 씨 부인, 삐졌어?"

"내가 왜 지 씨 부인이야?"

"주말마다 맞선 보느라 바쁘잖아. 곧 지 씨 부인이 될 거야, 넌."

"그전에 홍 씨 부인이 먼저 될지도? 재훈아 얘 언제 데려갈 거야?"

하연의 질문에 재훈이 어깨를 으쓱했다. 그런 그들을 보며 태주가 묵묵히 잔을 채워주었다. 술이 들어가는 잔은 총 세 잔이고, 재훈의 잔에는 물이 담겼다.

"난 패스. 아침 비행기 놓치면 큰일 나. 촬영장 늦으면 안 돼서."

"그럴 거면 왜 왔냐."

"박태가리, 재훈이 왜 왔겠니."

진주가 재훈에게 타박 주는 태주에게 얼굴에 꽃받침을 하며 말했다. 재훈이 온 이유가 바로 여기 있는데 그걸 아직도 모르겠니. 얼굴로 말하며 진주가 우쭐한 표정을 짓자 태주가 혀를 찼다.

"박태가리 얼마 만이야. 오랜만에 들으니까 진짜 웃겨. 크크큭."

하연이 태주의 별명을 듣고 깔깔 웃었다. 과거의 박태주도, 지금 부회장직을 맡고 있는 박태주도 박태가리와 전혀 어울리지 않는데 그냥 그렇게 부르기만 해도 즐거웠다.

"요새 연예계 너무 시끄럽더라. 재훈이 너도 몸 사려야 할 거 같아."

"응."

"거기 톡방 신상 다 털렸더라. 참, 거기에 S전자 유 팀장이 나오는데 나 되게 싸하더라."

"설마 유인호?"

"……."

진주가 실명을 거론하자 순식간에 분위기가 싸해졌다. 하연과 태주는 눈동자를 돌려 재훈의 눈치를 살폈다. 진주도 그제야 현 남자 친구 앞에서 구남친 이름을 거론했다는 걸 깨닫고 말라 가는 입술에 침을 발랐다.

"다른 얘기 하자. 영화 개봉이 언제야?"

진주는 대화의 주제를 돌리기 위해 지금 재훈이 촬영 중인 영화를 물었다. 그러면서도 S전자 유 팀장이 설마 유인호일까 하는 생각이 머릿속에서 떠나지 않고 꼬리를 물며 떠돌았다. 그럼 그 더러운 톡방에 자신과 연애한 이야기도 올렸다는 거 아닌가. 만약 정말 그를 사랑해서 몸과 마음을 줬으면, 그 톡방에 그 사실이 농담 따먹기가 되어 올라왔을 거란 생각까지 가니 팔뚝에 소름이 돋았다.

"여름에 개봉해. 시사회 초대할게."

"김재훈 나오면 뭔들! 천만 관객은 기본이겠지."

"그래야 할 텐데."

"걱정 마. 노력한 만큼 잘될 거야."

어디 하나 빠질 데 없고, 평소 자신감이 넘치는 재훈도 영화가 개봉하거나 드라마 1화가 방송을 타면 긴장하곤 했다. 열심히 한 만큼 관객들에게도 그게 전해져야 하는데, 영화와 드라마가 어떻게 될진 장담할 수 없는 거였다.

망할 수도 있고, 반대로 대박이 날 수도 있다. 보통 두 가지 확률이지만, 지금까지 재훈이 선택한 건 대박이 나는 쪽이 더 많았다. 진주는 이번에도 그러리라 확신했다.

"그런 의미에서 짠 한 번 하자."

진주가 잔을 앞으로 내밀자, 태주와 하연이 잔을 들었다. 재훈은 물이 담긴 유리잔을 술 대신 들었다.

"재훈의 영화 대박을 위하여!"

"위하여! 마셔!"

누가 직장인 아니랄까 봐 술의 비율은 태주가 기가 막히게 제조를 하는 것 같다. 양주가 섞인 술은 분명 자신이 만들었다면 엄청 쓰기만 할 텐데, 태주의 손을 거치니 적당히 목 넘김이 좋은 상태가 되어 있었다.

"오늘 보자고 한 건……."

재훈이 잔을 내려놓은 세 사람을 보며 운을 띄웠다. 그는 슬며시 진주의 옆으로 와서 하연과 진주의 사이에 앉았다. 하연은 눈치껏 태주의 옆자리로 이동했다. 재훈은 테이블 밑으로 진주의 손을 잡았다.

"무슨 할 얘기 있어?"

"아까 그거."

"아까 그거면 어떤……."

팬클럽 카페에 올라온 그의 아빠 사진에 대한 이야기인 것 같았다. 말하고 싶지 않은데 자신이 투정부리고 괜한 것에 발끈해서 말해주려는 건가.

진주는 그가 저를 보자, 고개를 저었다. 말하기 싫으면 안 해도 돼. 곤란한 거면 지금이 아니라도 괜찮아. 그녀가 듣고 싶었던 건, 너는 신경 쓰지 말라는 것보다 언젠간 말해줄 테니 기다려달라는, 그런 말이었다.

"괜찮아. 숨길 것도 없고."

"……응."

"태주는 알고 있지만, 진주랑 하연인 궁금했을 거야. 숨길 일도 아닌데 그냥, 좀 알리고 싶지 않았던 부분이라서. 내 아버지가 영화배우야. 지금은 활동 안 해. 잠수 타셨거든. 예전에 썼던 예명은 김택이었고, 본명은 김택수셔."

"……설마?"

하연의 눈동자가 커졌다. 진주는 70-80년대 배우는 알지 못하기에 예명과 이름을 들어도 감이 오지 않았다. 그게 왜 그가 숨길 일인지 이해하지 못했다.

"당시 데뷔하자마자 5년 동안 아버지를 꺾을 사람은 없을 정도로 승승장구를 하셨어. 문제는 미성년자랑 연애를 했다는 거고, 대학교 입학할 땐 이미 애가 들어선 상태였던 거지."

"……."

"지금도 눈살을 찌푸릴 일인데, 그땐 절대 일어나선 안 되는 일이었던 모양이야. 아버지는 어머니를 보호하고자 했는데……."

"나 기사에서 본 거 같아. 설마, 그게 사실이었어?"

하연의 질문에 재훈의 고개가 위아래로 끄덕였다. 그 사실이 뭐길래? 진주가 하연과 재훈을 번갈아 보았다. 태주는 차마 더 듣지 못하고 술잔을 입가로 가져갔다.

"어머니는 극성팬에게 스토킹을 당하고, 대학교 입학하자마자 배가 불러 와서 손가락질을 받았어. 지나갈 때 입에 담지 못할 욕설도 들었고……. 가장 결정적이었던 건, 극성팬들로 인해 첫째는 유산이 되었어. 이후에는 한쪽 눈을 실명하셨고."

"……."

"아버지는 바로 연예계 은퇴를 선언하고 잠적하셨어. 그 일 때문에 어머니는 트라우마가 생기셔서 아직도 치료를 받고 계시고, 집 밖을 못 나가셔. 집 앞에 화원 정도 나가시는 게 어머니가 나가실 수 있는 최대 반경일 정도로 아직도 마음이 많이 아프셔."

진주는 자신을 잡고 있는 재훈의 손 위에 자신의 손을 놓았다. 그리곤 그의 손등을 토닥거려주었다. 그만, 그만해도 돼. 네가 지금껏 말하지 않은 이유, 이거면 충분해.

"시간이 지나면 어머니의 정신적인 병이 나아질 줄 알았어. 그러면 너희도 집으로 초대해서 인사시켜 드리고 싶었거든. 근데, 약을 먹고 최면 치료를 받고 상담 치료를 받아도 안 낫더라. 그런 어머니 곁을 아버지는 한시도 떠나지 않고 지키고 계시지."

아버지는 어머니를 돌보고, 그런 부모님을 보며 홀로 커야 했을 재훈을 떠올리니 마음이 아팠다.

"진주한테 말 못 했던 건, 내가 진주를 좋아해서였어. 진주에게는 정말 알리고 싶지 않았어. 하연이한테도 친구로서 좋은 모습만 보여주고 싶었으니까. 연예계 생활하면서도 그게 가십이 되게 하고 싶지 않았어. 또다시 들쑤시면, 어머니가 어떻게 될지 모르니까. 발작도 하고, 혼잣말도 하시고 그래. ……뭐 나는 적응돼서 괜찮지만."

그의 시선이 진주에게 향했다. 그걸 직접 마주하면 진주 너는 어떨까. 친한 상대에게도 그는 가족의 이야기를 철저히 숨겼다. 왜냐하면 그건 그의 얼굴에 침을 뱉는 것과 다름없다고 생각했기 때문이다.

다행히 아버지보다 어머니의 외모를 더 닮았기 때문에 그와 아버지를 매치시키는 사람이 이때까진 없었다. 오늘 아침, 팬클럽 카페에 그 사진을 누군가 올리기 전까진 말이다. 사진을 올리고 난 후 재훈은 그걸 우연히 보게 되었고, 그는 운영자 권한으로 게시물을 삭제했다. 그리고 그 회원의 정보를 보기 위해 눌렀지만, 당사자는 이미 탈퇴한 뒤였다.

"말해줘서 고마워."

"그래, 재훈아. 나랑 태주는 이만 가볼……!"

"됐어. 얼마 만에 다 같이 보는 건데, 좀 더 있다 가주라."

"음. 그래도 될까?"

하연이 진주를 보았고, 진주는 고개를 끄덕였다. 숙연해진 분위기였다.

"분위기 왜 이래. 말한 사람 무안하게."

"하핫."

진주가 어색하게 웃으면서 자리에서 일어났다. 앉아 있던 세 사람의 시선이 진주에게 쏠렸다.

"어디 가?"

"화장실."

"아하……."

"다녀와."

여기서 가방도 안 들고 몸만 일어나면, 갈 곳이란 화장실뿐인데. 굳이 물어보는 센스쟁이들. 진주는 입을 삐죽이며 룸을 나섰다.

그녀는 코너를 돌아 화장실로 가서 손을 씻었다. 이따가 태주랑 하연이가 가고 나면 재훈이 내일 출국하기 전까지 옆에 있어줘야 할 거 같았다. 그녀는 손에 있는 물기를 닦고 엄마에게 문자를 보냈다.

[엄마, 나 오늘 하연이랑 애들 만났어. 하연이네서 자고 내일 출근할게.]

양심에 찔리긴 하지만, 재훈이랑 자고 간다고 할 순 없었다. 전에는 재훈이네서 다 같이 잔다고 하기도 히고, 재훈이랑 있다고 문자를 하기도 했는데……. 연애를 하고 나니 괜히 찔렸다. 나중에 우리 둘이 연애하는 걸 알게 되면 이것도 책잡힐 일 중 하나일 테니까.

[딸~ 외박이 잦다. 아빠한텐 야근하고 하연이네서 자고 온다고 했어.]

[미안해~ 엄마~♡ 먼저 자요. 아빠한테도 사랑한다고 전해줘 ♡]

[아빠가 일 너무 많이 한다고 걱정하시네. 실상은 너 술 마시고 있을 게 뻔한데. 다음 주 주말엔 같이 밥 먹어. 알았지?]

[응! 담주 주말엔 꼭 집에 붙어 있을게.]

진주는 문자로 대답을 한 후 뒷주머니에 핸드폰을 도로 넣었다. 화장실을 나와 코너를 돌고 복도를 지날 무렵, 익숙한 목소리가 뒤에서 들렸다.

"홍……진주?"

진주는 설마 하는 마음에 뒤를 돌아보았다. 거기엔 유인호와 다른 친구 한 명이 서 있었다. 가늘게 눈을 떠 자세히 보자 다른 친구는 아이돌 멤버 중 한 명인 것 같았다. ……오늘 뜬 기사 속 톡방에 있는 무슨 씨 성만 나왔던 사람 중 한 명과 일치했다. 정말 그 쓰레기 톡방에 유인호가 있었단 말이야? 불알을 잘라 믹서기에 갈아도 모자랄 정도로 쓰레기인 놈들 틈에, 유인호 네가 있었다고?

진주의 놀란 얼굴을 보며 인호가 반갑다는 듯 웃으며 다가왔다. 해외로 쫓겨난 줄 알았는데 버젓이 이곳에서 만난 걸 보면, 뜬소문이었던 모양이었다. 구남친의 민낯을 보고 있자니 자신의 과거가 저렇게 처참했나 싶어 한숨이 나왔다.

"누군데? 아는 여자야?"

"전 여친. 왜 김재훈 이거."

인호가 그녀가 보는 앞에서 새끼손가락 하나를 들었다. 그 새끼손가락이 분지르고 싶게 얄미웠다. 그러자 인호 주위에 있던 남자가 키득거리며 웃었다.

"아, 저번에 형이 말한 그 여자? 보기보다 톱스타가 눈이 낮네."

초면에 한 사람을 놓고 키득거리고 있는 남자 무리를 보고 있으니 진주는 두 사람이 모두 한심해 보였다. 여기서 김재훈의 '이거'가 맞다고 말해야 하는데 그럴 수가 없었다.

"김재훈 이거는 아니고, 친구는 맞는데. 그리고 눈이 낮은 건 그쪽들 아닌가? 그나마 유인호가 제일 눈이 높아서 날 만난 거지, 그쪽들이 만나는 여자 수준은 안 봐도 알 거 같은데?"

"아 진짜 이 여자 재밌네."

중2병에 단단히 걸려 있는 그들은 본인들이 잤던 여자들의 동영상을 톡방에 올려 낄낄거렸다. 뿐만 아니라 서로 여자를 돌려가며 만나고, 때로는 술에 취한 여자를 겁탈하며 좋아하기도 했다. 그들의 그런 모습들이 이미 적나라하게 까발려져 인터넷에 떠돌고 있는 상황인데도 자숙하지 않고 술집에서 놀고먹는 걸 보면 분명 믿는 구석이 있는 것 같았다.

"지금 이럴 때가 아니지 않아? 언제 검찰에 연행될지 모르는데?"

"검찰에 연행? 그러기 전에 위에서 막지. 가벼운 바람 정도야, 뭐."

유인호가 뚫린 입이라고 막말을 하였고, 옆에 깐족대던 윤 군이 천진난만한 표정으로 말을 이어갔다.

"아니라고 하면 그만 아닌가?"

진주는 잘못을 해 놓고도 뻔뻔한 낯짝을 하고 있는 인간들과 마주하고 있으니 속에 분통이 터졌다. 지금 무릎을 꿇고 사죄해도 모자랄 판에, 가벼운 바람 정도는 회사에서 막아줄 수 있다고?

"경찰도 쉬쉬하는 마당에, 조용히 덮겠지. 이거 터지면, 경찰 검찰 다 물먹을걸? 그래서 우리는 이렇게 자숙하면 되는 거지."

"자숙? 술 처먹고 노는 게 자숙이야?"

"말이 거치네."

"감방에서 제대로 자숙하길 빌고 또 빌게. 이 쓰레기들."

진주는 두 사람에게 악담을 퍼붓고 뒤로 돌았다. 이것들과 대화를 하느니 재훈이 얼굴을 1분이라도 더 보고 싶은 마음뿐이었다.

이번 사건으로 그녀는 연예인에 대한 환상이 다 깨졌다. 모두 김재훈처럼 바른 사람만 있는 건 아니었다. 그런 사람들 틈에서 재훈이 이성과 적절한 선을 지키며 산다는 것이 놀라울 정도로 연예계는 사건 사고가 끊이지 않았다. 술 먹고 폭행을 하기도 하고, 마약을 했다가 심신미약에 정신병이 있어서 그런 거라며 풀려나기도 하고.

봐주기 수사도 정도껏이어야지. 빅토리와 유인호, 그리고 몇몇은 모두 근거 없는 소문이라며 철저히 부인했다. 각 소속사에선 최초 지라시 유포자를 고소하며 강경하게 나왔지만, 얼마 지나지 않아 빅토리의 톡방이 실제 있는 것으로 확인이 되었다. 지라시가 결국, 진실로 규명되는 상황이 벌어지고 있는 것이다. 그럼에도 그들은 죄책감 따위 느끼지 않고 술집에서 술을 퍼마시며 그걸 '자숙'이라고 뻔뻔하게 입에 담고 있었다.

진주가 가는 길을 눈으로 좇던 유인호의 입꼬리가 삐뚜름하게 올라갔다. 그녀의 뒤에 있는 사람의 표정을 알 수 없었던 진주는 다음 날 어떤 폭풍이 올지 예상할 수 없었다.

* * *

학창 시절 얘기만 나오면 왜 이렇게 즐거운 건지. 과거의 추억을 안주 삼아 얘기하다 보니 금세 새벽 한 시였다. 재훈은 아침에 중국으로 가야 하고, 나머지 셋은 출근을 해야 했기에 오늘은 이 정도로 마무리하기로 하였다.

"데려다줄게."

"됐어, 택시 타면 돼. 진주랑 재훈이는 같이 갈 거지?"

"응. 그래야지."

재훈이 진주의 어깨에 팔을 올렸다. 태주가 하연의 가방을 들어주려고 하자, 하연이 그걸 막으며 어깨에 걸쳤다. 데려다줄 필요도 없고 혼자 가겠다고 딱 자른 그녀는 콜택시를 불렀다. 태주의 손이 민망할 정도로 하연은 매몰차게 그를 거절했다. 진주는 두 사람의 묘한 감정선을 느끼면서 모른 척했다. 그건 두 사람이 풀 문제니까.

하연이 택시를 타고 가고, 태주는 개인 기사가 와서 모셔갔다. 재훈과 진주는 막내 매니저가 모시러 와서 인천 공항 인근에 있는 호텔로 갔다. 영종도에 위치한 호텔은 로비에 아무도 없었다. 주차장마저 휑했다.

매니저가 미리 예약해서 호텔 키를 받아 두었고 세 사람은 같이 엘리베이터를 타고 올라갔다. 가는 와중에도 개미 한 마리 보이지 않았다. 1101호와 1108호. 반대 방향에 각각 방을 잡은 후, 매니저는 1101호 키를 재훈에게 주었다. 진주는 재훈과 함께 1101호 안으로 들어갔다.

"바로 옆방으로 하시지, 왜 멀리 가셨지?"

"내가 멀리 보냈어."

"왜? 보통 일행이면 옆방 주지 않아? 찜질방 가면 신발장도 바로 옆에 거 주는데."

"너랑 나랑 밤새 물고 빨 텐데? 우리 진주가 소리를 잘 참는 편도 아니고 말이야."

"으악!"

찰싹. 진주는 그의 등짝을 때렸다. 막내 매니저가 바로 옆방에서 우리 두 사람의 사운드를 듣는다고 생각하니 등줄기에 소름이 돋긴 했다. 그의 말대로 최대한 떨어지는 게 좋은 것 같았다.

"여기 방음이 안 돼?"

"나도 처음 와 봐서 모르겠어."

"시설은 깨끗한데. 새로 지은 곳인가 봐."

엘리베이터에서도 새 건물 냄새가 났다. 호텔 방 안도 모두 새 가구처럼 사람의 흔적이 보이지 않았다.

"좀 안아보자. 우리 진주."

재훈이 팔을 벌리며 턱을 당겨 진주에게 얼른 품으로 오라는 제스처를 취했다. 진주는 방긋 웃으며 그의 가슴에 볼을 대고 그를 두 팔로 안았다.

"오늘도 봐서 좋지?"

"응. 무지. 근데 재훈이 너 피곤하지 않아?"

"안 피곤해. 우리 진주가 더 피곤하지. 주말에 상해 왔다가 서울 가서 바로 출근했잖아. 네가 연애하느라 고생이 많다."

"뭐야~ 그 공자님 같은 말투는."

해탈한 목소리에 진주는 키득 웃었다.

"영화 촬영 끝나면 조금 길게 쉴까?"

"왜?"

"나 모델 데뷔했을 때부터 지금까지 쉰 적이 없었잖아. 일거리가 많아서 좋았지만 제대로 쉰 적은 없었어. 쉬는 날도 운동하고 식단 조절하고, 새로운 시나리오 읽고, 다른 배우 연기 분석하면서 공부하고, 워킹 연습하고, 나중을 대비해서 외국어 공부에 몰두하고. 정말 온전히 쉰 적이 없는 거 같아서……. 나도 조금 지쳤나 봐."

한참 키가 큰 그가 상체를 숙여 그녀의 어깨에 이마를 댔다. 진주는 그의 머리를 쓰다듬어주었다.

"잘했다. 수고했어. 고생했어."

"……."

"그러니까 쉴 자격이 있어. 당신의 휴식을 허락하노라."

재훈은 남들처럼 영화관에 편하게 가서 영화를 보고, 마트에서 쇼핑을 한 게 언제인지 이제는 생각도 나지 않는다고 했다.

집 밖 1분 거리라도 나갈 때면, 꾸미지 않은 듯하면서도 흐트러짐이 없어야 했고, 그러려면 피 나는 노력이 뒷받침되어야 했다. 골 빈 사람이 되지 않으려면 공부도 게을리할 수 없었고, 예능에 나오려면 비유적인 걸 잘 알아야 해서 시집도 한동안 손에서 놓지 않았다. 그는 목표를 정하면 그걸 위해 많은 곁가지를 두고 접근해서 결국 그 목표를 이루고 마는 성정을 갖고 있었다.

부모와 제 뒤에 선 누군가를 믿고 사는 유인호 같은 사람과 비교했을 때, 재훈은 가진 걸 활용하지 않고 홀로 선 사람이었다. 그래서 그녀는 그가 더 멋있고, 제 남자 친구가 아니더라도 항상 존경했다.

"쉬면 뭐 하고 싶어?"

"……걷고 싶어."

"응? 걷고 싶다고?"

"응. 길을 걷다가 먹고 싶은 게 생기면 먹고, 그날은 운동도 땡땡이치고, 걷고 또 걷고 싶어."

그 말에 진주는 속이 쓰리듯 아파 왔다. 자신에게 별거 아닌 것들이 재훈에겐 간절한 일이었다. 언제든지 길을 걷다가 겨울엔 오뎅이 먹고 싶으면 포장마차에서 먹었고, 여름엔 닭꼬치나 슬러시를 길 가다가 사 먹곤 했다.

"참, 소박하네."

"원래 소박하고 평범한 게 제일 어려운 거야."

"그것도 맞는 거 같기도 하고."

중간만 가는 것도, 평범하게 사는 것도 모두 어려운 일이었다. 그런데 재훈은 남들이 모두 알아보고, 어떻게 보면 대한민국의 상위 퍼센트 안에 들어가는 사람이었다. 외모로 보나, 재력으로 보나.

그런 그에게 '평범함'이란 절대 가질 수 없는 것 중 하나였다. 모난 돌이 정 맞는다고 그의 재능을 부러워한 선배들에게 미움을 받기도 했고, 때로는 작은 일도 기사화가 돼서 사람들의 입에 오르내리기도 했다. 혼자 있고 싶었던 순간들조차 사진 속에 담겨 모두에게 공유되고 말이다.

"이 직업이 싫은 건 아니야. 나는 내 직업을 사랑하지만, 쉬고 싶어."

"나는, 너처럼 직업을 사랑해 보고 싶다."

진주는 재훈처럼 지금 하고 있는 일을 사랑해본 적이 없었다. 많은 사람이 그러하듯 회사에서 열받는 일이 생기면 퇴사 생각을 간절히 하면서도 사직서를 내밀지 못했고, 언제든지 로또에 맞으면 그만두리란 생각을 가슴에 품고 있었다.

"굳이 직업을 사랑할 필요가 있나? 열심히 자기 자리에서 충실하게 하고 있다는 게 중요하지."

"그런가?"

"사람이 자기가 할 일만 제대로 해줘도 조금 더 나은 세상이 될 거야."

"그것도 그러네. 검찰이, 경찰이, 그리고…… 내가 할 일만 제대로 해도 그렇겠네."

부모는 자기 아이가 바르게 크도록 인도하고, 회사원은 맡은 바 역할을 다하고, 경찰은 나쁜 놈들을 잡아가고, 소방관은 사람 목숨을 구하고…….

"그래도 로또 맞으면 바로 퇴사할 거야!"

"……그럼 내일 당장 해."

"나 로또 아직 안 맞았는데?"

"나 있잖아, 나."

재훈이 그녀의 어깨에서 얼굴을 들고 위에서 지긋이 내려다봤다.

"로또보다 내가 낫지 않아?"

"자신감 너무 넘치는데?"

"사직서 내고 취집해도 난, 영광이야."

"뭐?"

"어디 조용한 곳에 집 짓고 살면 좋겠다. 일어나서 밥 먹고 응응하고, 같이 씻고 자고, 또 점심 먹고. 산책하고 저녁 먹고. 밤새도록 안고 싶어."

"……이거 완전 짐승이구만!"

진주가 그에게서 떨어져서 찌릿 하고 그를 째려보았다. 밥 먹고 육체의 리듬에 맞춰 쿵덕쿵덕하고, 씻고, 또 먹고, 자고, 푹 자고……. 이거 뭐, 식욕, 성욕, 수면욕만, 삼대 욕만 채우며 하루를 보내겠다는 심산이었다. 그것도 사람 없는 조용한 곳에서. 얼마나 하려고…….

"그러니까 로또지. 이렇게 겉 멀쩡한 짐승 만나는 게 얼마나 힘든데?"

재훈의 능청거림에 진주가 피식피식 웃었다. 서로 웃다가 눈이 마주쳤다. 시선을 피하지 않고 있자 그가 손을 뻗어 볼을 감싸 왔다. 큰 손이 볼에 닿자 따스함이 먼저 느껴졌고, 그의 손가락 끝이 턱선과 귓불을 만지자 발끝에서부터 전율이 올라왔다. 고작 피부 위를 부드럽게 스치기만 하는 건데도, 몸은 기대감으로 더한 것을 바라고 있었다.

"안 돼, 그만…… 간지러워."

진주가 한쪽 어깨를 올리며 그쪽으로 머리를 기울였다. 어깨로 귀에서 느껴지는 간지러움을 상쇄하려고 긁었지만 재훈의 손이 가로막고 있어서 귀에 닿진 못했다.

"왜 보기만 하면 하고 싶을까?"

"……예뻐서?"

"그것도 맞아. 오늘은 피곤할 테니까 안고만 자야지 하는데, 가만히 못 두겠어."

"참으면 병난대. 그리고 ……가만히 두면 죄악이야."

"뭐?"

"그냥, 나도 좋다고."

그녀의 대담한 고백에 참고 있던 재훈의 이성이 순간 뚝 끊어졌다. 그녀를 벽으로 밀친 후 급하게 상의를 올린 그가 거칠게 둔덕을 잡았다. 입으로는 턱선을 빨며 목으로 내려왔다. 흡혈귀처럼 그녀의 목 곳곳에 흔적을 남긴 후, 더 아래로 향했다.

진주가 벌을 서듯이 손을 들자 그가 블라우스의 단추를 벗겨냈다. 단추가 열리며 그녀의 살결과 등 뒤의 달빛이 어우러졌다. 진하지 않은 화장이 거의 지워진 상태였는데, 오히려 더 빛이 났다. 재훈은 다시 한 번 진주에게 반해 그녀의 어깨를 손으로 쓸었다.

어깨선을 타고 손목까지 느릿하게 훑은 후 등 뒤로 손을 가져갔
다. 속옷 후크 언저리를 매만지는 손끝이 거침이 없었다.

"······재훈아."

"응."

"사랑한다고 해줘."

그는 손으로 벽을 짚으며 그녀에게 입을 맞췄다. 상체를 숙여 그
녀의 입술을 훔친 그가 맛있는 아이스크림을 빨아 먹는 것처럼
그녀에게 입을 맞췄다. 그 야릇함에 온몸이 흐물거리며 녹아버릴
것 같았다. 입천장까지 그녀의 입 안 구석구석을 혀로 새긴 그가
살며시 입술을 뗐다. 그러자 두 사람 사이로 가는 실이 생겼다.

"사랑해."

"나도. 나도 사랑해."

"나는, 지금 널 안지 않으면 미쳐버릴 거 같아."

그는 그대로 그녀를 돌려 벽을 짚도록 만들었다. 티셔츠는 어느
새 말려 올라간 상태였다. 뽀얀 허리가 드러나자 그는 그곳에 입
을 맞추지 않고선 돌아버릴지도 모른다는 생각이 들었다. 거친
손길이 그녀의 옷들을 헤쳐 갔다. 재훈은 콘돔을 찾아 이로 포
일을 뜯었다.

"아프면 말해."

"······응. 근데 말하면 멈출 거야?"

"아니."

"근데 왜 말하래."

진주의 말에 재훈이 자잘한 웃음을 흘리며 그녀의 뒤에서 몸
을 겹쳐 왔다.

"조금, 천천히 하도록…… 읏."

그의 입에서 나오던 말이 멈췄다. 그 순간 진주도 말을 할 수 없었다. 저를 온몸으로 사랑해주는 재훈으로 인해 그녀에게도 흥분의 열기가 옮아 와 볼이 점점 터질 듯이 붉어졌다.

재훈은 벽을 짚은 진주의 손가락 사이에 깍지를 꼈다. 꼭 두 사람의 몸이 포개진 것처럼 맞물린 손은 시간이 지날수록 벽에서 미끄러졌다. 재훈의 이마에 땀방울이 맺혔다.

"……진주야."

"으응. ……재훈아."

지금 대답할 정신이 없는데. 더, 더…… 더 많이 널 느끼고 싶어. 진주 또한 그가 주는 사랑을 놓치고 싶지 않아 제 나름의 최선을 다했다.

"사랑해. 죽을 것만 같아."

"……!"

눈앞이 번뜩일 정도로 쾌감이 몰아쳤다. 진주는 그의 사랑 고백에 답을 할 수가 없었다. 정신이 몽롱해지고 자신의 입에서 어떤 소리가 나가는지 알 수 없는 지경이 되었다. 그저 그의 허벅지든, 팔목이든 뭐든 붙잡고 버텨야 했다. 그가 그녀를 꼭 안으며 어깨 위에서 숨을 토해낼 때쯤, 그녀는 다리에 힘이 풀렸다.

"김짐승. 별명을 바꿔야겠어."

"공자보다 낫네."

"하아, 숨이 찬다. 말도 못 하겠어."

헥헥거리며 숨을 몰아쉬는 진주를 번쩍 안아 들고 그는 욕실로 갔다. 옷을 다 벗지도 않은 그녀의 위로 샤워기를 틀었다. 얇은 상의가 물에 젖자 그녀의 몸 실루엣을 드러낼 정도가 되었다.

"뭐, 뭐 하는 거야. 나 옷 없어."

"내가 다 준비했어. 차에 있으니까, 아침에 막내한테 가져오라고 하면 돼."

"뭐어? 속옷은!"

"그것도 있어."

철두철미하네. 오늘 아예 밤을 보내려고 작정하고 온 모양이다.

"이렇게 물에 옷이 젖은 널, 상상해봤는데."

"짐승!"

"……훨씬 더 야해. 홍진주, 도대체 출구가 없어."

그는 그녀의 옷이 젖어 가는 걸 보며 점점 숨이 거칠어졌다. 상상했던 모습보다도 그녀는 훨씬 야했다.

회사를 다녀온지라 그녀는 오피스룩에 가까웠다. 날씨가 제법 추워진 탓에 입고 있던 스타킹은 그가 멋대로 찢어놔서 넝마가 되어 있었고, 치마 또한 젖어서 더 감각적으로 달라붙어 야했다. 어디 하나 노출한 곳도 없는데도 그는 눈을 뗄 수가 없었다.

"같이 반신욕을 하고 싶었는데."

"그랬는데?"

"젖어 있는 널 보니까, 씻는 건 사치라는 걸 깨달았어."

"으악!"

욕조 안으로 들어온 그가 다시 샤워기를 틀었다. 금세 달궈진 몸의 온도는 샤워기에서 나온 온수보다도 뜨거웠다.

"재, 재훈아!"

진주는 제 앞에서 옷이 젖어 가는 재훈을 보며 손으로 눈을 가렸다. 자신처럼 아직 옷을 벗지 않은 그도 머리에서부터 발끝까지 젖어 가고 있었다. 머리카락에 매달린 물방울들이 얼굴로 흘러내리고 더 아래로 내려갔다.

그러는 와중에 재훈이 두 팔을 들어 상의를 벗었다. 진주는 군살 하나 없이 탄탄한 몸매를 손으로 만졌다. 물기와 함께 만져진 그의 몸은 운동을 한시도 게을리하지 않은 태가 났다. 게다가 날 때부터 몸이 좋았던 그는 다른 연예인보다도 어깨가 넓고 각각 근육이 잘 발달되어 있었다.

그녀가 복근을 손으로 만지자 재훈이 움찔 몸을 떨었다. 그녀는 무릎을 꿇고 그의 복근 주변을 눈으로 보며 이마를 톡 댔다. 이마에서 볼로, 볼에서 입술로. 그녀의 입술이 닿자 재훈은 화들짝 놀라 눈을 떴다가 금세 감았다. 두 사람이 나누는 사랑의 소리가 욕실 안을 울렸다. 물소리와 함께 소리가 섞이자 더욱 욕실 안이 후끈하게 달아올랐다.

* * *

다음 날, 진주는 비몽사몽한 채로 재훈이 준 속옷과 옷을 챙겨 입었다. 그는 그녀에게 옷을 챙겨준 후 간단하게 먹을 빵을 꺼내고 커피를 내렸다.

거의 반쯤 눈이 감긴 상태로 나온 그녀가 입을 벌리자 재훈은 그녀의 입에 빵을 넣어주었다. 우적우적 빵을 먹던 그녀가 씹을수록 서서히 눈동자가 또렷해지고, 반쯤 감긴 눈이 떠졌다.

"역시 홍장군 깨울 땐, 먹이는 게 최고야."

"깰 때 돼서 깬 거거든."

"아니. 입에 뭘 물려줘야 깨."

"……내가 개야? 물려주게."

그녀가 반박하자 재훈이 키득 웃었다. 그러다가 시선을 내려 본인의 다리 사이를 보았다.

"……노! 그런 건 물리는 게 아니야. 너 지금 상상했지? 왜 얼굴이 붉어져? 이 짐승!"

폭풍같이 말을 쏟아내자 그가 그녀에게 다가와서 머리카락을 흩트렸다. 아침부터 잘생긴 그가 머그컵을 들고 있는 자태만 봤는데도 눈이 호강하는 기분이었다.

"아침부터 멋져가지곤."

"밤부터 예뻐가지곤."

자신을 따라하는 그가 웃겨서 진주는 피식 웃었다. 두 사람은 간단하게 아침을 먹고 매니저의 에스코트를 받아 엘리베이터에 탔다.

"어제, 오늘 호텔 측 CCTV는 모두 파기할 예정이고, 데스크 로비에 있는 두 분을 제외하면 아직 출근 전입니다."

"수고했어."

첩보물도 아니고. 그가 다녀간 자리는 흔적을 지워야 한다니. 하긴, 자신과 같이 호텔에 드나든 게 영상으로 돌아다니면 재훈이 곤란할 수도 있었다.

그냥 확 스캔들 터뜨리면? ……CF와 영화와 드라마에 지장이 있으려나. 일적으로 금전적 손해를 보려나.

"진주 누나 내려주고 바로 공항으로 갈게요. ……음, 시간이 너무 일러서 집으로 모시면 되죠?"

"아뇨. 병원으로 가주세요."

"벌써 출근하게? 집에서 조금 더 자지."

"일찍 출근해서 일 좀 더 하지 뭐, 일은 항상 쌓여 있으니까."

뒷좌석에 앉은 두 사람은 짧은 시간에도 떨어지기 싫다는 듯 손을 꼭 잡고 있었다. 그걸 지켜보는 막내 매니저는 너무 부러워서 속이 다 쓰렸다.

* * *

출근해서 일을 하겠다고 재훈에게 땡떼거렸지만, 실상 진주는 구두를 벗고 담요를 덮은 채로 탕비실 간이침대에 누워 잠을 청하고 있었다. 재훈과 있을 땐 떨어지기 싫어서 졸린 것도 꾹 참았는데, 회사에 도착하니 무섭도록 잠이 쏟아져 내렸다.

그녀는 꿈에서도 재훈을 만났다. 그가 있을 곳이 아닌데. 그가 자꾸 그녀의 손아귀에서 멀어져 갔다. 쉬고 싶다고 했을 때 재훈의 얼굴은 투정을 부리지만 일은 할 거라는 느낌은 있었다. 그런데 지금 그의 얼굴은 모든 걸 포기한 사람처럼 공허하기만 했다. 너무 놀라서 잠에서 깬 진주의 이마엔 땀이 송골송골 맺혀 있었다.

"개꿈인가."

뭐가 이렇게 생생해. 피곤해서 현실과 꿈의 경계가 모호해진 것일까. 진주는 아무 일이 없길 바라며 치약과 칫솔을 들고 화장실로 갔다. 같은 부서 식구들이 출근하기 전에 멀쩡하게 화장을 한 모습으로 자리에 앉아 있으려면, 이제는 완전히 잠에서 깨야 할 시간이었다.

* * *

재훈은 드디어 중국에서의 촬영 일정을 마쳤다. 상해에서 장가계로, 그리고 카스로. 중국의 서쪽 끝까지 날아갔다가 실크로드에서 엔딩컷 촬영을 한 그는 한국으로 돌아오기 전 병원에서 링거를 맞았다. 링거를 맞으며 한숨 자고 일어난 재훈이 기지개를 쭉 켰다.

"형. 드디어 김치찌개랑 된장찌개 먹을 수 있어요. 세 시간 뒤에!"

"세 시간 뒤에도 난 못 먹잖아."

"아, 맞다."

찌개의 국물은 절대 안 드셨지. 재훈은 라면 국물도 입에 안 댔다.

"돌아가면 나 일주일은 쉴 수 있는 거야?"

"잠시만요."

스케줄표를 보던 막내가 회사에 확인해 보겠다며 전화를 했다. 제발 더는 스케줄이 없기를.

"화보 촬영 하나 있고, 일주일은 집에서 쉬시면 될 거 같아요."

"집 밖에서 쉬는 건 안 되고?"

"……아무래도 그렇겠죠?"

재훈은 막내와 수다를 떨며 공항에 도착했다. 이제 한국으로 돌아가야 할 시간이었다. 매일 통화를 하고, 톡을 주고받았지만 실제로 그녀를 볼 수 없으니 갑갑하기만 했는데. 한국 가면 진주부터 만날 생각에 그의 기분은 평소보다 업이 되어 있었다.

"진주, 보고 싶다."

"형 가만 보면 진짜 중증이에요. 톱 배우의 연애설이 안 나는 게 신기할 지경이라니까요."

"그냥 낼까?"

"아뇨. 되도록 연애설은 늦게 터지는 게 좋죠."

"이 나이 먹도록 하나도 안 터지면 그게 더 이상하지 않나? 게이설 돌면 어쩌려고?"

"아직 게이설 돌 정도는 아니니 걱정 마세요. 그리고 한 번 터지셨잖아요."

막내의 딱 부러지는 대답에 재훈은 더는 반박하지 못했다. 하린을 잊고 있었다.

진주에게 정식으로 허락을 받고 교제하는 사실을 공개하면 어떨까 싶다. 그러다가도 진주가 연애 때문에 여기저기서 시달리고 피해를 본다고 생각하니 별로 달갑진 않았다. 둘만 좋으면 됐지.

한국으로 돌아가는 기내에서 재훈과 막내 매니저는 기절했다는 표현이 어울릴 정도로 잠에 취해 있었다. 그들은 착륙한다는 기내 안내 방송이 나올 때쯤 잠에서 깼다.

"으음."

비행기가 완전히 정지하기도 전에 매니저는 핸드폰을 켰다. 모바일 데이터가 연결되자 톡과 문자가 쏟아졌다.

Rrrrr. Rrrrr.

기내에 핸드폰 벨소리가 울리자 승무원이 막내에게 눈치를 주었다. 완전히 정지한 후에 핸드폰을 켜라고 기내 방송이 다시 한 번 나오고 있었다.

막내는 재훈을 흘깃 보았다. 그가 고개를 흔들며 눈으로 핸드폰을 끄라고 말하고 있었다. 막내는 승무원에게 고개 숙여 인사한 후 핸드폰을 비행기 모드로 바꿨다. 입국 수속을 밟고 다시 핸드폰을 켜자, 바로 전화가 울렸다.

-김재훈!

"어, 형. 윤재는 어때? 아픈 건 다 나았어?"

-수술은 잘됐어. 그게 문제가 아니라, 너 어디야?

"이제 입국 수속 중. 근데 귀가 왜 이렇게 따갑지?"

선글라스와 모자, 마스크로 중무장을 했지만 그래도 그를 알아보는 이가 더 많았다. 평소처럼 사람들의 이목이 집중되어 있는데 왜 거기서 경멸의 시선이 느껴지는지 알 길이 없었다. 귀도 간지러운 것 같고.

-너 인마, 큰일 났어!

"왜? 무슨 큰일?"

-S전자 유 팀장, 왜 진주 씨 전남친! 경찰서에서 봤을 때 그 자식 인상이 더럽더니 뒷백이 대단한 거 같더라. 그 빅토리 씨랑 친하더라고. 문제는, 너랑 네 친구 박태주 씨랑 친하다고 사진을 SNS에 올려서 난리 났어.

"나랑 태주가 그 새끼랑 어디가 친해? 아닌데."

-나갈 때 기자들 피해서 얼른 나와. 한 마디도 하지 말고.

다급한 덕재 형의 말을 들으며 그는 입국장을 나왔다. 그러자 그를 기다리고 있던 기자들이 벌떼처럼 몰려와 그에게 마이크를 내밀고 질문을 쏟아냈다.

"빅토리 컬렉션 톡방에 언제부터 함께였나요?"

"평소 친하다는 태인 자동차 박태주 부회장도 연관이 있나요?"

"몰카는 언제부터 좋아하셨습니까?"

"여자 친구의 컬렉션을 모으면 즐겁습니까?"

재훈은 더는 들어줄 수가 없어서 자리에 멈췄다. 덕재가 그냥 지나가라고 했으나 그럴 수가 없었다. 이걸 알고 저를 걱정하고 있을 진주가 떠올랐기 때문이다.

"저는 아닙니다."

재훈은 기자들이 보는 앞에서 핸드폰을 꺼내 현재 톡방 이름을 공개했다. 그룹톡방엔 누가 소속되어 있는지 상단에 떴고, 그는 전화번호부로 들어가 그들이 친하다고 했던 남자 아이돌과 유인호의 번호가 있는지 직접 이름을 검색했다. 아이돌 멤버까지 검색하자 저장된 흔적도 뜨지 않았다.

"나오기 전에 지우신 거 아닙니까?"

"인터뷰는 여기까지 하겠습니다. 형, 얼른 나가요."

더 격한 상황이 대치되기 전에 막내는 재훈을 말리고 기자들 틈을 팔로 헤쳤다. 그 뒤로 윤정과 경민, 보디가드가 재훈을 호위하였다.

* * *

병원에서 소식을 접한 진주는 재훈에게 미안해서 고개를 들 수가 없었다. 문제의 발단은 그날 유인호와 만났던 술집이었다. 유인호가 자신을 미행한 건지, 아니면 우연히 본 건진 모르겠지만 룸 안에서 술을 마시는 태주와 재훈이 사진 속에서 웃고 있었다.

[좋은 시간]

SNS 해시태그에 김재훈과 좋은 시간을 보냈다고 붙어 있었다. 박태주까지 소환한 해시태그를 보고 있자니 기가 막혔다. 태주는 거기서 담배까지 물고 있었는데, 그게 대마초니 뭐니 말도 안 되는 말까지 나돌았다. 거기에 자신과 하연이 있었지만 두 사람의 얼굴은 하나도 나오지 않았다. 어떻게 이 사진이 찍힐 수 있었을까.

'과일 안주는 서비스입니다. 새로 깎아왔어요.'

그들이 옛날 얘기를 하며 웃음꽃을 피울 때, 누군가 들어오긴 했었다. 안주를 놓고 간다고 해서 별생각을 못 했는데 설마 그 남자였을까? 아니면 열린 문틈으로 누군가 사진을 찍은 걸까. 하필 엮여도 빅토리와 윤 씨, 유인호와 한패로 낙인이 찍히다니. 재훈의 이름이 실시간 검색어에 오르내렸다.

"주리 씨."

"……네네. 네. 네."

"주리 씨."

주리는 혼이 나간 사람처럼 그녀가 묻는 말에 계속 '네'라고 대답했다. 화면 속 재훈의 공항 사진을 보고 있던 그녀는 진주가 그녀의 이름을 세 번 이상 불렀을 때 드디어 진주를 봐주었다.

"죄송해요, 대리님. 제가 지금 멘탈이 나간 상태였어요."

"그럴만해요."

"저는 아닌 거 알아요. 저희는 모두 후니 오빠를 믿거든요. 오빠가 평소에 전혀 일면식도 없던 가수와 엮이니까 황당하네요.”

잠도 못 자며 촬영하고 온 재훈에게 너무한다는 생각이 들었다. 그 사진을 올린 윤 군과 유인호의 콜라보가 어이없어서 그녀는 핸드폰을 들고 잠시 탕비실로 나갔다. 그녀는 바로 유인호에게 전화를 걸었다.

-헤이 섹시?

헤이 섹시는 무슨! 네가 빅토리냐! 헤이 섹시를 외치게.

“야!!”

기차화통을 삶아 먹은 것처럼 큰 소리로 그녀는 소리를 질렀다.

-기사 봤어? 오빠 귀청 떨어지겠다. 나의 진주. 우리 진주.

“돌았어? 네가 언제부터 우리 재훈이랑 친했다고! 알지도 못하면서!”

-차를 박은 그때부터 친해진 거지.

“미쳤어, 넌 미쳤다고! 사죄를 해도 모자랄 판에, 뭐?”

-사죄? 내가 왜? 남자들은 다 그래. 여자랑 재미 본 얘기 술자리에서 하는데 뭘. 우린 그냥 영상으로 공유했을 뿐이야~ 말보다 영상이 더 빠르니까.

“뭐, 이 미친 새끼야. 시궁창 물에 처박아서 눈, 코, 입에서 평생 썩은 물이 나와도 모자랄 새끼. 내가 어쩌다 이런 미친놈을 만났지?”

-난 일반인이라 신상 털릴 일도 없거든? 까짓 회사 때려치우면 아버지 회사 들어가면 되고. 잃을 게 없다고, 우리 진주~ 근데 내 진주가 다른 남자랑 잔 것만 생각하면 열이 뻗쳐서 말이야.

우리 진주! 제발 그 우리 진주 좀 하지 마! 진주는 벽을 보고 말하는 기분이 들었다.

"그래서 도대체 네가 원하는 게 뭔데?"

-그 새끼가 보는 앞에서 너랑 자는 거. 우리 진주가 나만 보는 거.

"정말 미쳤구나. 돌았어."

-생각해 보고 연락 줘.

"연락할 일 없어. 이 개새 호로 잡놈아!"

진주는 더는 얘기를 해봐야 혈압만 오를 거 같아서 전화를 끊었다. 감히, 네가 어떻게 우리 재훈이한테. 목과 어깨가 굳을 정도로 열이 받은 그녀가 씩씩거렸다.

그날 하루는 내내 실시간에 재훈의 이름이 오르내렸고, 빅토리와 친한 배우들과 가수들이 이름이 올랐다가 서로 친하지 않다고 기사가 나오면서 아주 내내 진흙탕이었다.

결국, 진주가 퇴근하기 전에 유인호도 신상이 털렸다. SNS에 본인의 사진을 떡하니 올리고, 한강에서 요트 타고 노는 사진 속에 지금 톡방에 거론되는 몇몇이 함께 있으면서 그가 누군지 신상 털기에 들어갔다.

S전자 유 팀장. 그의 SNS에 공격이 쏟아지자, 그는 뻔뻔하게 대응했다. 자기가 이렇게 비난을 받아야 하는지 모르겠다. 이렇게 관심을 받아본 적이 없어서 당혹스럽지만 감사하게 생각한다. 나머진 경찰서에 가서 얘기하겠다. 그러면서 셀카를 몇 개 더 찍어서 올렸다. 그는 이 상황을 즐기고 있는 듯 보였다.

오늘 재훈이 귀국했는데 아직 연락 한 통 없었다. 문자와 톡을 보냈으나 상대는 확인조차 하지 못했다. 핸드폰이 꺼져 있는 걸 보니 오늘은 켜지 않을 모양이었다.

"퇴근합시다."

"네, 대리님. ……오늘은 유독 힘이 빠지네요."

"저도요."

힘이 빠진 채로 병원을 나선 진주는 바로 집으로 향했다. 대중교통을 타고 가면서도 언제 핸드폰이 울리나 김재훈의 번호를 몇 번이나 눌러 전화를 걸어 보고, 그에게 톡을 보내 보기도 했다.

그러면서도 실시간으로 사태가 어떻게 진행되는지 살펴보았다. 몇몇 톡방에 실제 있는 가수들이 사실을 시인하고 연예계를 탈퇴한다며 기사를 올리느라 실시간 검색어에 치열하게 오르내렸다.

진주가 핸드폰을 보며 집 앞에 도착했을 때, 한 자동차의 헤드라이트가 그녀의 눈 쪽을 향해 빛을 쐈다. 눈이 부셔서 두 눈을 비비며 가늘게 눈을 뜨자 차 안 운전석에 앉아 있는 실루엣이 보였다. 오늘 연락 두절이 돼서 그녀가 한참 찾았던 재훈이었다.

진주가 차에 타자 재훈이 말없이 차를 출발했다. 어디로 가는지도 모른 채 그녀는 운전하고 있는 재훈을 물끄러미 보았다.

"……괜찮아?"

"응."

"넌 아닌 거 우리가 다 아니까 별일 없을 거야."

지금 그렇게 지라시에서 지목된 가수들이 줄줄이 그룹 탈퇴를 선언하고, 경찰에 출석하여 조사를 받고 있었다. 모두가 맞는데, 재훈만 아니라고 하면 그걸 사람들이 지금은 믿기 어렵겠지만 시간이 지나면 해결될 거라고 본다.

"내일 경찰 출석해서 조사받을 거야. 참고인으로 조사받는대."

"많이 억울하지."

"아니. 차라리 얼른 조사받는 게 나아. 근데, 내 핸드폰이 공개되면…… 우리가 연애 중이라는 사실도 새어 나갈 수도 있어."

그의 핸드폰 과거 기록과 현재 톡방에도 그들의 흔적은 없을 것이다. 그걸 증명하는 과정에서 그녀가 거론될 수도 있고, 그가 원하지 않던 스캔들이 날 수도 있는 상황이었다.

"괜찮아. 일반인과 연애 중이라고 기사 뜨면 뭐 어때? 나라고 써있는 것도 아니고."

"응. 그렇지."

"전 세계에 내 얼굴 공개되는 것도 아닌데, 뭘."

만약, 평범한 자신이 전 국민이 아는 얼굴이 된다고 가정하면……. 어떤 기분일지 상상도 가지 않았다. 조금 불편한 정도일까. 언행을 조심해야 하는 정도일까.

"근데 어떻게 왔어? 매니저도 없이."

"기자들 피해 도망쳤지. 나머진 대표님하고 덕재 형이 막는대."

"오늘 그럼 집에 못 들어가겠네?"

"응."

가뜩이나 사람 많은 L타워로는 죽어도 못 갈 것이다. 그곳에 놀러 온 수많은 사람에게 둘러싸여 욕을 들어먹을 걸 생각하니 진주의 마음도 아파 왔다.

"우리 집으로 갈래?"

끼이익. 도로를 달리던 차가 갑자기 반 이상 속도가 줄었다. 재훈이 갑작스럽게 브레이크를 밟은 거였다. 그는 깜빡이를 켜서 뒤쪽 차에게 사과를 하고, 다시 도로를 달렸다.

"아니야. 부모님 계시잖아."

"너랑 모르는 사이도 아니고, 너 오면 좋아하실걸?"

"지금 상황에서도 그러실까?"

"당연하지. 우리 엄마랑 아빠가 널 모르냐. 그럴 애 아닌 거 알지."

진주는 재훈을 여러 번 설득했다. 이 불안한 상태로 계속 운전을 하도록 두는 건 위험해 보였고, 그렇다고 어디 갈 곳 없는 그를 버리고 집에 가기엔 마음이 쓰렸다. 재훈의 차는 결국 진주의 집 앞으로 돌아왔다.

* * *

"엄마! 재훈이 왔어!"

진주가 현관문을 열며 재훈이 왔다고 소식을 전하자, 정숙과 성준이 TV를 보다 말고 현관으로 달려 나왔다.

"안녕하세요."

"우리 재훈이 왔어?"

기정숙 여사는 그가 연예인이 되기 전부터 아들이 아닌가 싶을 정도로 재훈을 좋아했다. 잘생기고, 공부 잘하고, 성실하고, 바른 인물이니 어른의 입장에서 싫어할 이유가 없었다. 성준 또한 딸의 친구이자, 제 아내가 인정한 인물인 그를 좋아했다.

"저녁은 먹었고?"

"우리 아직 안 먹었어!"

"먹었…… 안 먹었습니다."

먹었다고 하려던 그가 진주의 말을 듣고 말을 바꿨다.

"우리도 곧 먹으려던 참인데, 뭐 차린 건 없지만 같이 먹어."

진주의 부모님은 지금 일어난 빅토리 사태와 '빅토리 컬렉션 톡방'에 대한 언급은 전혀 하지 않으셨다. 전 국민의 이슈가 지금 그곳에 쏠려 있는 상태라 모를 수가 없을 텐데 그들은 재훈을 배려한 거였다.

재훈은 손을 씻고 나와 부엌으로 갔다.

"어머니, 수저 주세요."

"아니야. 손님인데~ 앉아 있어."

"아닙니다. 이 정도는 해야 마음이 편해요."

재훈이 싹싹하게 말하자 정숙은 그에게 수저통을 넘겨주었다.

"진주는?"

"거실에서 TV 보고 있어요."

"어우, 정말 네가 진주랑 이렇게 친하게 지내서 내가 다 고맙다. 진주는, 성인이 됐는데도 애 같아. 애. 홍진주!"

정숙이 진주를 불렀다. 누구는 손 씻고 와서 수저를 놓고 있는데, 정작 손님을 초대한 진주는 집에 오자마자 제 아빠의 옆에 붙어서 TV를 시청하고 있었다.

"엄마! 왜?"

"재훈이 좀 본받아라. 어?"

엄마의 말에 진주는 그제야 재훈을 보았다. 벌써 네 자리에 수저가 놓여 있었다.

"재훈아, 앉아 있어. 나 손 씻고 와서 밥 풀게!"

진주는 쪼르르 욕실로 뛰어갔고, 정숙은 딸을 보며 고개를 저으면서도 따스하게 웃고 있었다. 손에 물만 묻히고 온 진주가 밥주걱을 들고 밥솥을 열었다.

"아…… 뜨거."

고새 렌즈를 빼고 안경을 낀 그녀는 앞이 안 보인다며 뒤로 물러났다. 재훈은 그런 그녀의 옆으로 와서 주걱을 본인이 가져왔다.

"내가 할게."

"그럴래? 앞이 안 보여."

진주는 안경을 빼서 상의에 안경알을 닦았다. 그러곤 다시 안경을 쓴 후, 밥솥에서 밥을 퍼서 밥그릇에 담고 있는 재훈을 신기하게 보았다. 서툴지만 밥을 잘 담으려고 노력하는 재훈이 있어서 뿌듯했다.

"줘, 내가 할게."

진주는 남은 두 사람 몫의 밥을 펐다. 재훈이 담은 밥그릇은 엄마와 아빠가 앉을 자리에 두고, 그녀가 담은 밥그릇은 재훈과 본인의 자리에 놓았다.

"뜨겁다, 다들 비켜~"

진주와 재훈이 딱 붙어 있다가 갈라서자 그 사이로 김치찌개를 담은 뚝배기가 지나갔다. 정숙은 테이블 정중앙에 뚝배기를 놓고 국그릇 네 개와 국자를 챙긴 후, 냉장고 문을 열어 반찬을 꺼냈다. 재훈을 흘깃 본 정숙이 평소와 다르게 반찬을 담을 접시를 찾기 위해 찬장을 열었다.

"엄마, 뭐해?"

"반찬 담게."

"그냥 뚜껑 열고 먹으면 되지~"

"어머, 진주야~"

정숙이 딸에게 다가와 이를 물며 팔뚝을 꼬집었다.

"우리 원래 반찬 그릇에 담아 먹잖니~"

우리가? 언제부터? 정숙은 찬장에서 세 칸으로 나뉘어 있는 길쭉한 나눔 접시를 꺼내 물로 한 번 헹구고 물기를 닦았다. 그러고는 그곳에 반찬을 일일이 젓가락으로 옮기며 예쁘게 플레이팅을 하고 있었다. 진주는 그런 엄마를 한 번 보고는 재훈을 보며 어깨를 으쓱했다.

이런 엄마 밑에서 자란 그녀는 재훈의 집에 가면 냉장고에서 반찬 통 그대로 꺼내서 젓가락과 숟가락으로 퍼먹곤 했었다. 재훈이 가장 기겁했던 순간이었지만, 지금은 그런 그녀의 삶의 습관조차도 사랑스럽게 봐주곤 했다. 그렇기 때문에 재훈은 이 상황이 평소와 다르게 엄청 어색함을 알고 있을 것이다.

"아빠~"

그사이 TV 전원을 끄고 온 성준이 아내가 마무리한 반찬 나눔 접시 두 개를 가져와 테이블 위에 얹었다.

"기도하고 먹을까?"

다들 자리에 앉은 후, 정숙이 갑자기 기도를 하겠다며 두 손을 모았다.

"엄마! 재훈이 기독교 아니야."

"저는 괜찮습니다. 편하신 쪽으로 하세요."

"……우리 엄마도 기독교 아니야. 진짜 왜 이래~"

"네 엄마가 재훈이 와서 좋은가 봐. 얼른 먹자."

성준이 상황을 정리하자 정숙은 민망한지 본인 혼자 눈을 감고

기도문을 외웠다. 소리 없이 입으로 기도를 한 거라 기도 내용을 알 수 없었다.

기도를 마친 정숙이 갑자기 이마와 가슴을 손으로 짚고 다음에 어디를 짚어야 할지 몰라 숟가락을 잡자 진주가 고개를 저었다. 성부와 성자까지만 알고, 성령의 이름으로 부분을 모르는 것이다. 그리고 그건 기독교가 아니라, 천주교인데…….

진주는 국그릇에 김치찌개를 떠서 엄마 밥그릇 옆에 두었다.

"요리해준 우리 엄마가 제일 먼저~ 그리고 사랑하는 아빠~ 그 다음은 내 거."

"재훈이는?"

"……재훈이는 고기 많이 넣은 거로 일 번~"

진주가 김치찌개에 든 고기와 김치를 푸짐하게 넣어서 재훈에게 주었다. 그걸 본 성준이 자신과 재훈의 국그릇을 번갈아 보며 헛기침을 하였다.

"어때? 입에 맞아?"

"네, 입에 잘 맞습니다. 맛있어요."

"다행이네. 다음에는 언질 좀 줘. 갈비찜도 해 두게."

"감사합니다. 저는 이 정도만 해도 진수성찬이라고 생각합니다. 잘 먹겠습니다."

재훈은 진주의 부모님이 식사를 시작하자 그제야 본격적으로 먹었다. 오늘만큼은 다이어트도 잊고 그는 복스럽게 밥을 먹었다.

"많이 먹어."

정숙은 그의 밥 위에 생선살을 발라 올려주었다.

"감사합니다. 오늘 첫 식사인데 이렇게 맛있는 음식 주셔서 감사드려요."

"그랬구면. 맘고생이 심하지. 사람한테 사랑받는 직업이라 더 그렇지."

진주의 아빠인, 성준도 오늘 첫 끼라는 재훈의 말에 안쓰러운 눈빛으로 그를 보았다. 꼭 아들을 챙기듯 그의 물컵에 물을 가득 채워주었다. 재훈은 말없이 저를 믿어주고 배려해주는 진주와 그녀의 부모님께 감사함을 느끼며 밥 한 톨도 남기지 않고 싹싹 비웠다.

식사를 마친 후, 진주가 과일을 씻어서 깎고 성준이 앞치마를 맸다.

"우리 재훈인 나가서 나랑 TV나 보자."

"엄청 분업화되어 있네요."

"그럼. 밥을 먹었으면 다들 일을 해야지."

"저도 그럼 도울게요."

재훈의 말에 정숙이 고개를 저었다. 손님한테 어떻게 시키냐면서 그를 데리고 거실로 나갔다. 그는 거실로 나가다가 진열장을 우연히 보게 되었다.

"진주 어릴 때 사진인가 봐요."

"응. 진주 예쁘지? 내가 몸이 약해서 하나만 낳았는데, 사진 볼 때마다 몇 명 더 낳을걸 생각한다니까."

"네. 정말 예쁘네요."

재훈은 진열장 위의 진주 사진에서 눈을 떼지 못했다. 걷다가 넘어졌는지 바닥에서 울고 있는 사진도 있고, 머리를 빡빡 밀어서 뾰로통해 있는 사진도 있었다. 무릎 보호대를 한 진주가 아장아장 걷는 뒷모습이 정말 사랑스러웠다. 어쩌면 그녀와 자신 사이에 태어날 아이의 미래 같기도 해서 웃음이 나왔다. 그러다 그의 눈이 또 다른 사진에 갔다.

"진주가 어머니 닮아서 예쁜 건가 봐요. 아버님도 멋있으시고."

진주의 부모님 커플 사진이 아래 칸에 진열되어 있었다. 흑백 사진부터 컬러 사진까지. 그중, 대학교 단체 사진이 눈에 띄었다. 그 대학교는 그의 어머니가 다녔던 명문대학교였다.

"그거? 나랑 진주 아빠가 캠퍼스 커플이었어. 우리 진주 아빠가 총학생회장일 때야. 거기 있는 모든 학생이 다 학생회였고. 아주 그때 데모만 있다 하면 진주 아빠가 앞장서서 내가 얼마나 가슴 졸였던지. 정의가 뭔지 한창 찾을 때였어."

사진을 보는 정숙의 눈빛이 따스했다. 재훈이 본 정숙은 마음 자체가 풍요롭고 다정한 사람이었다. 그런 어머니의 영향을 받은 진주 또한 겉은 애 같아도 속은 매우 깊었다.

"무슨 과셨어요?"

"진주 아빠? 국어국문학과. 안 어울리지?"

"아뇨. 공부 잘하셨을 거 같아요. 어머니께서도 그럼 같은 학과셨나 봐요."

"아니. 나는 미대였어."

"……미대요?"

"응."

진주가 쟁반을 들고 나오며 두 사람 사이에 끼어들었다.

"우리 아빠가 엄마 신입생 환영회 때 보고 반해서 쫓아다니셨대. 절절한 구애 끝에 미인을 쟁취한 거지."

"어머. 재훈이 앞에서 그러면 엄마가 뭐가 되니. 호호호."

그러면서 정숙은 딸의 말을 반박하지 않았다.

"우리 과에서 내가 유명하긴 했지."

"지금도 우리 엄마 곱지. 옛날엔 진짜 예뻤대. 우리 외할머니가 그러시더라고. 가수 됐으면 천하의 인기를 누렸을 거라고."

"아하하."

정숙의 볼이 빨개졌다. 과 사람들 중에서 예뻤던 건 인정하지만, 배우나 연예인 감은 아니었던 걸 본인도 잘 알고 있었다. 현재 최고의 톱스타 앞에서 이런 얘길 하고 있으니 정숙은 볼이 다 화끈거렸다.

"충분히 그러셨을 거 같아요."

"그런 우리 엄마의 라이벌이 나타난 거지. 엄마가 이래저래 휴학하다가 4학년 복귀했을 때 미대에 신입생이 들어왔는데…… 진짜 예쁘셨대."

"그럼, 몇십 년이 지나도 네 아빠도 신입생을 기억하잖니. 이름은 몰라도 외모 자체가 일반 사람과 달랐던 그 충격적인 느낌이 생생해."

그 시절을 떠올리던 정숙이 더 생각해 보려 했으나 이름까지는 기억나지 않았다. 때마침 설거지를 마친 성준도 거실로 나왔다.

"우리 대학생 때 미대에 되게 예뻤던 신입생 있잖아요. 혹시 기억나요?"

"아니. 난 네 엄마가 제일 예뻤단다."

성준은 진주를 보며 말했다. 정숙은 그 대답이 싫지만은 않은지 어깨를 으쓱하며 웃었다.

네 사람은 거실에 옹기종기 모여 앉았다.

"우리는 산책 좀 하고 올 테니까 둘은 좀 얘기 나누고. 재훈인 오늘 자고 갈 거니?"

"네?"

"진주 방에서 자고 가. 시간도 늦었는데."

"아닙니다. 집에 가야죠."

"괜찮다. 밤길 운전이 얼마나 위험한데. 온 김에 푹 자고 아침도 먹고 가."

성준까지 거들었다. 진주의 부모님은 아마 재훈이 기자와 사람들의 눈을 피하고 싶은 상황을 충분히 안 것이다. 재훈이 대답이 없자 진주는 그를 보며 고개를 끄덕여 눈치를 주었다.

"그럼, 놀다 가."

진주의 부모님은 티타임을 끝내고 운동복으로 갈아입고 거실로 나왔다. 그들은 밤마다 매일 동네 산책을 하는데 오늘도 거르지 않고 밖으로 나갔다.

"예나 지금이나 사이가 정말 좋으시다."

"응. 가끔 내가 왕따 같다니까? 산책 나갈 땐 꼭 두 분이서 나가시더라고."

"좋아 보여."

재훈은 진주를 부러운 시선으로 보았다. 그에겐 없는 걸 그녀가 갖고 있었다. 그도 화목한 집안을 항상 상상했었다.

그러나 현실은 달랐다. 아픈 어머니를 돌보는 아버지는 죄책감에 사랑이 사그라든 상태에서도 곁을 지키며 버티고 계셨고, 어머니는 정신적인 문제가 나아질 기미가 보이지 않았다. 멀리서 관찰하면 그냥 일반 부부 같지만 파고들면 어딘가 깨진 그릇이 찬장에 놓여 있는 것 같은 형태였다. 문제가 있지만 그냥 두는 상태의 부부.

재훈은 방금 전 들었던 진주의 부모님 이야기에 내색하지 않았으나 내심 놀랐다. 정말 예뻤던 미대 신입생이 왠지 그가 알고 있는 사람 같았다. 그의 아주 가까이에 있는……. 아니길 바라지만 안 좋은 느낌은 빗겨나간 적이 없었다.

진주가 TV 전원을 켜자 9시 뉴스가 나오고 있었다. 거기엔 역시 빅토리의 YK프랜즈 탈퇴와 연예계 생활 은퇴에 관한 내용이 나오고 있었고, 최초 유포자를 고소하겠던 빅토리의 친구들이 줄줄이 죄송하다며 고개를 숙이고 있었다. 그들 또한 연예계를 은퇴한다고 되어 있었다.

Who's Next? 다음 타자로 지목된 사람들 사이에 재훈의 이름이 오르내리자 진주는 TV를 꺼버렸다.

"너는 빅토리의 빅도 모르는데. 아니, 드라마도 예능도 같이 한 적도 없는데. 휴ー 어쩌다 엮여서. 내가 정말 미안해. 너 만나기 전까지 남자 보는 눈이 너무 없었어."

그러니까 유인호의 실체를 몰랐지.

"너 좋다니까 그냥 만난 거잖아. 항상 네 연애가 그랬어. 그래서 난 네가 연애를 해도 걱정되지 않았어. 네가 그 사람들한테 진심이 없는 걸 알았으니까."

"정말?"

"응. 내가 걱정한 건…… 혹시 갑자기 결혼한다고 할까 봐 무서웠고, 순진한 우리 진주를 홀라당 데려가서 작정하고 덮칠까 봐 걱정되고 그랬지."

"홀라당 데려가서 눕힌 건 너거든."

"응. 나 맞아."

재훈이 그녀의 말에 동의했다.

"아닌가? 내가 네 침대로 들어간 건가?"

"그게 뭐든. 들어온 이상 나갈 순 없는 거지."

그는 그녀의 어깨에 팔을 올리고 제 품으로 당겼다. 진주는 앉은 채로 두 팔을 그의 허리에 감아 그를 꼭 안았다.

"걱정 마. 내일 떨지 말고."

"안 떨어. 죄지은 게 없는데."

"……응. 꼭 그래야 해."

나쁜 놈들은 벌을 받고, 죄가 없는 사람은 혐의를 벗고 그래야지. 빅토리는 은퇴와 동시에 그가 하고 있는 사업체가 모두 도마에 올랐다. 가족부터 친구들 명의까지 끌어가서 이것, 저것 사업을 했었는데 이번에 성 접대와 동영상 유포, 폭행 혐의 외에도 회계 장부 조작과 자금 세탁으로 걸렸다. 그걸 봐주기 수사했던 고위 관계자들까지 줄줄이 소시지처럼 엮어서 제대로 청산되면 얼마나 좋을까.

진주는 그런 사태를 보며 다시 한 번 재훈이 그들과 친하지 않은 것에 감사했다. 예능 프로그램에서 포장을 잘해서 좋은 사람인 것 같던 그들의 실체는 쓰레기만도 못한 거였다.

"잠깐만."

재훈은 제 어깨에 기댄 진주가 품에서 나가지 못하도록 안고 전화를 받았다.

"응, 형. 지금 진주랑 있어."

―거기서 자게?

"고민 중."

―그래. 집보다는 거기가 나을지도 몰라. 집은 내가 새로 내일 계약할게. 이사 준비 끝낼 때까지는 호텔에서 지내는 건 어때?

"그렇게 할게."

재훈은 덕재가 하라는 대로 하겠다고 말했다. 사실, 누군가와 길게 얘기할 정도로 힘이 많이 남아 있지 않았다. 전화를 끊은 후 그는 말없이 진주의 어깨를 꽉 감쌌다.

"근데 부모님께는 연락 안 해도 돼? 걱정하고 계실 거 같은데…….'

침묵의 시간을 깬 건 진주의 한마디였다. 자신의 집에서 재훈이 자고 가는 건 부모님도 허락했으니 괜찮긴 한데, 그의 부모님께서도 그를 걱정하고 계실 거 같았다.

"문자만 드렸어."

"안 가 봐도 돼?"

"응. 거기 가면 마음이 안 편해서 안 갈래."

"여긴 편하고?"

"응. 네가 있잖아."

재훈의 말에 진주가 그의 품에 얼굴을 비볐다.

"나 아니었으면 너 이런 일도 안 터졌잖아."

유인호가 앙심 품지만 않았어도 네가 굳이 사람들 입에 오르내릴 일도 없었을 텐데. 진주는 불쑥 솟는 미안함에 코끝이 시큰거렸다. 저 때문에 안 겪어도 될 일을 겪는 그에게 미안해서 눈물이 순간 날 것 같아 눈가에 힘을 줬더니, 눈 주변이 빨개졌다.

"미안해하지 마. 난 그때 그런 일이 있었더라도 헤어져서 다행이라고 생각해. 더 사귀었으면 톡방에 오르내리는 영상 중 네가 있었을 수도 있어. 만약 내가 그걸 알았다면 그 새끼 죽여버렸을지도 몰라."

"재훈아!"

"……이건 농담 같은 진담."

죽인다는 말에 놀라 진주가 눈을 크게 뜨자, 재훈이 농담 반 진담이 아닌, 진심이라고 다시 한 번 말해주었다.

"자고 가는 건 부모님께 너무 죄송해서 안 되겠다. 홍장군하고 더 있고 싶고 안고 자고 싶은데……. 배려해주신 부분만 감사히 받고 호텔로 갈게."

"정말? 자고 가도 되는데."

진주가 그의 품에서 얼굴을 떼며 그를 올려다보았다. 소파에서 내려와 그녀 앞에 선 그가 자신을 올려다보고 있는 진주를 보며 흘러내린 머리카락을 귀 뒤로 정리해주었다.

"나 자고 가면 아침도 분주히 해주셔야 하잖아. 손님 왔다 가면 청소도 하셔야 하고. 든든한 밥 주신 것만 해도 너무 감사한걸. 이따 오시면 인사하고 갈게."

"……내가 아쉬워서 그러지."

진주는 그의 허리를 와락 안아서 그의 배에 얼굴을 댔다.

"김재훈, 못 가."

"……."

"혼자 호텔 가는 거 마음 쓰이고 속상하고 그래. 우리 집에서

자, 응?"

진주가 그에게 투정을 부리며 그를 잡았다. 아침에도 따뜻한 국
물에 밥 말아서 먹구 가, 내일 중요한 날이잖아. 혼자 아침에 일어
나서 커피 한잔에 빵 쪼가리 먹고 보내고 싶지 않았다.

"정 갈 거면 나를 즈려밟고 가!"

진주가 그를 안은 팔에 힘을 주었다. 재훈은 미동 없이 서 있다
가 한쪽 발을 진주의 발등 위에 댔다. 점점 그쪽에 무게가 실렸다.
그녀는 그가 더 무게를 싣기 전에 발을 뺐다.

"진짜 밟고 가냐."

"……제대로 밟기 전에 네가 발 뺐거든."

재훈의 말에 진주는 키득 웃었다. 이래야 김재훈이지. 진주는 재
훈을 따라 소파에서 일어났다. 그는 아까 먹고 그대로 둔 찻잔과
쟁반을 들고 부엌으로 갔다.

"거기다 놔, 설거지 안 해도 돼. 어우, 하지 마. 하지 마."

재훈이 수도꼭지를 올려 물을 틀려고 하자 진주가 그의 손을
막았다.

"나중에 부인한테나 해줘."

"……."

그녀의 말에 재훈에게서 잠시 대답이 없었다.

"그럼 너한테 해달라는 거잖아?"

곰곰이 생각하던 그의 입술이 열린 순간, 진주가 씨익 웃었다.

"그걸 이제 알았어? 나중에 나 대신 네가 다 해줘야 해."

진주의 말에 그는 그녀의 손목을 당겨 제 앞에 그녀가 오도록 만
든 후, 싱크대 양옆을 짚었다.

"왜, 왜 그런 눈으로 봐?"

진주는 재훈의 뜨거운 시선을 받으며 뒤로 더 가려고 했으나 물러날 곳이 없었다. 설거지를 하기 위해 걷어 올린 팔에는 파랗게 핏줄이 올라붙었다. 그가 상체를 서서히 숙이며 그녀에게 다가왔다.

"조금만 키스하자."

"응? 조금만?"

그는 그녀의 안경을 벗겨 싱크대 옆에 내려놓았다.

"지금 홍진주 예뻐서 아무 생각도 안 나."

그러더니 그가 금세 그녀의 입술로 다가왔다. 가볍게 닿은 입술이 X자로 교차되듯이 맞물리더니 그가 밀고 들어왔다.

꼭 다문 그녀의 입술 전체를 빨며 혀로 간질이자, 진주가 신음 소리를 내며 입을 벌렸다. 그 사이를 타고 들어간 그의 혀가 물 만난 고기처럼 그녀의 안에서 노닐었다. 서로의 입술이 붙었다가 떨어질 때마다 찐득이는 소리가 났다.

숨소리가 커져 신음 소리와 분간이 가지 않을 때쯤 재훈이 싱크대를 잡던 손을 뻗어 물을 틀었다. 쏴아아- 쏴아아- 물소리가 그들의 소리에 섞였다. 그는 이곳에서 진주에게 더는 하면 안 된다는 생각에 더욱 흥분감이 고조되었다. 언제 그녀의 부모님이 올지 모르는 상황이었다.

"……하읍, 재, 재훈…… 읍!"

그가 다시 입을 맞춰왔다. 진주는 그의 목에 팔을 감는 대신 뒤로 손을 뻗어 싱크대를 잡았다. 진주가 입술을 떼고 고개를 아래로 숙이며 색색 숨을 쉬자, 그가 아래에서 위로 올라오면서 그녀의 입술을 빨았다.

"읍!"

색색 쉬는 숨까지 다 빨아들일 것처럼 그의 키스는 격렬하게 이어졌다. 그는 그녀의 혀뿌리까지 뽑을 것처럼 진하게 키스를 해왔다. 옷 위로 그녀를 더듬는 손길이 진득해서 진주는 발끝을 세웠다. 발가락 끝이 간지러워서 자꾸 오므라들었다.

"……재훈아, 그, 그만!"

"하아…… 응."

그가 그녀의 이마에 입을 맞춘 채로 잠시 그대로 있었다. 손을 뻗어 레버를 내려 물이 나오는 걸 멈추게 한 후, 그는 그녀를 안았다.

"나한테 시집오는 거야?"

"아니 뭐, 지금은 아니고……. 생각이 없는 것도 아니고."

그녀의 대답에 그의 입가가 위로 솟았다. 서서히 입술이 말려 올라가며 눈꼬리가 접혔다. 조금씩 변하는 그의 얼굴이 꼭 화면 속 영상을 보는 것만 같았다. 이러니 안 반할 수가 있나. 천상계의 외모로 취급될 만했다. 김재훈을 대체할 배우도 현재 없으며 미래에도 없을 거라는 사람들의 말이 우스갯소리가 아니었다.

띠디디딕, 띠디디딕. 도어 록이 해제되는 소리에 두 사람은 화들짝 놀라 떨어졌다.

"엄, 엄, 엄마아~"

진주가 목소리를 떨며 부엌을 먼저 나갔다. 재훈은 뒷목을 긁적이며 싱크대 앞에 잠시 하체를 대고 있다가 애국가를 빠르게 부른 후 밖으로 나갔다.

정숙이 들어온 다음, 성준이 그 뒤를 따라 들어왔다. 재훈은 괜히 찔려서 두 분의 눈을 마주치지 못했다.

"재훈이 호텔로 간대."

"왜? 자고 가도 되는데."

"다음에, 다음에. 태주랑 하연이도 오면 그때."

"그래, 파티하면 말해. 엄마표 갈비찜 해줄게."

"응. 나 재훈이 바래다주고 올게."

진주는 재훈에게 얼른 나오라고 손짓했다. 그는 거실에 둔 그의 트렌치코트를 팔에 걸고 진주의 부모님 앞에 섰다.

"오늘 저녁 잘 먹었습니다. 정말 맛있었어요. 걱정하실 일 없게 지금 회자되는 일들은 모두 처리될 거예요. 궁금하신 부분 많았을 텐데 배려해주셔서 감사해요."

"그래. 걱정 안 해. 재훈이가 언제 속 썩인 적 있었나. 안 그래요, 여보?"

"그렇지. 진주 엄마가 재훈이 같은 아들 하나 더 낳을걸, 맨날 그 소리 했어."

"엄마! 나로 부족해?"

진주가 엄마를 보며 묻자, 정숙은 웃으며 딸의 시선을 피했다.

"운전하다가 졸면 안 되니까 잠시만."

정숙은 운동복을 갈아입지도 않은 채 부엌으로 들어갔다. 부산스럽게 움직이는 소리가 나더니 종이컵 하나를 들고 나왔다.

"방금 탄 믹스커피인데, 가는 길에 마셔. 안전 운전해."

"감사합니다. 잘 마시겠습니다."

재훈은 두 손으로 종이컵을 받아 들고 현관 앞에 섰다.

"다음에 올 땐 맛있는 과일 사서 올게요. 오늘은 경황이 없어서 먹기만 하고 가네요."

"아니 뭘~ 친구 집에 오는데 안 사 와도 돼. 얼굴 봐서 너무 좋기만 한데. 조심해서 가."

"그래, 다음에 태주랑 하연이도 같이 와."

"네!"

재훈은 진주의 부모님에게 배웅을 받으며 집을 나섰다. 혹시 누군가와 마주칠까 봐 그의 앞을 진주가 막고 주변을 살피고 있었다.

"그렇게까지 안 해도 돼."

"그래도, 누구 마주치면 어떡해."

"뭐……."

마주치면 마주치는 거고. 재훈은 이번 사건을 겪으면서 생각을 달리하게 되었다. 마냥 꽁꽁 숨기는 게 능사가 아니었다. 조금 숨통이 트이려면, 본인이 놔야 할 부분이 있는 것 같았다. 연애하는 사실도 공개하고, 꼭꼭 숨겨 뒀던 아버지에 관한 것도 말이다. 숨기는 게 많을수록 본인만 힘들어지는 것 같았다.

차에 탄 그가 운전석 창문을 내렸다. 그러자 그녀가 활짝 웃으며 손을 흔들었다.

"운전 조심해야 해."

"응. 그럴게."

"내일 연락하고."

재훈이 고개를 끄덕였다.

진주가 다시 한 번 두 손을 흔들며 인사했다. 그러나 재훈은 차를 출발시키지 않았다.

"왜?"

"이게 끝이야?"

"그럼 뭐?"

그녀가 묻자 그가 운전대를 놓고 본인의 볼을 손가락으로 찍었다. 진주는 재훈에게 다가가 그의 볼에 쪽 하고 입을 맞추었다. 그제야 재훈은 차의 시동을 걸었다.

"도착해서 연락할게."

"응. 나 안 자고 있는다? 연락 꼭 줘."

"알겠어. 걱정하지 말고."

약속도 없이 그녀를 보러 왔는데, 온 마음이 편안해져 기분이 좋았다.

"다음부턴 연락하고 올게."

"아냐. 종종 힘들 때 무턱대고 찾아와도 돼. 안 그래도 보고 싶었는데."

"아까 연락 못 받은 건."

"말 안 해도 알아. 누구랑도 연락하고 싶지 않아서 그런 거잖아. 뭐가 어찌 됐든 나한테 온 거니까 괜찮아. 나도 너 괜찮은 거 보니까 좋고."

재훈은 자신이 진주를 안아주고 끌어주고 있다고 생각했는데, 오늘 보니 아닌 것 같았다. 진주는 보이는 것보다 마음이 더 넓고 사랑스러운 사람이었다. 그래서 자신이 그녀를 좋아한 거였다. 오래전 그날처럼……

* * *

다섯 시간 내리 워킹 연습을 하고, 사진에서 잘 나올 만한 포즈를 연습하다 보면 관절염이 걸린 사람처럼 뼈가 욱신거리고 아파서 주저앉는 순간이 종종 있었다. 그렇게 연습해서 그는 고등학생임에도 불구하고 명품 브랜드의 모델로 굳건히 자리를 잡을 수 있었다.

해외에서 쇼를 하고 귀국한 그는 학교로 가는 대신 집으로 향했다. 캐리어를 끌고 들어온 그는 마당에서 주저앉아 꽃을 보고 있는 어머니의 곁으로 다가갔다. 재훈도 캐리어를 놓고 옆에 앉았다.

"다녀왔어요."

"왔어?"

어머니는 그에게 인사를 한 후, 꽃을 보며 손수건으로 잎사귀에 묻은 먼지들을 닦으셨다.

"시간 나실 때 같이 꽃구경 가요, 어머니."

"꽃구경?"

"네. 오늘도 좋구요."

"아니야. 여기 꽃도 많은 걸."

어머니는 여전히 외부 출입은 못 할 정도로 집이 아닌 공간은 무서워하시고, 처음 보는 사람을 무섭도록 경계하신다. 그래도 육체적으로 크게 아픈 곳이 없으니 다행인 것 같기도 하다. 가끔 이런 모습을 보면 재훈의 마음은 수십 번도 더 무너졌다.

"재훈아."

아버지가 양동이에 물을 가득 담아 갖고 나오셨다. 그걸 어머니에게 건네자 어머니는 하나하나 꽃에 물을 주며 좋아하셨다.

"오늘은 밖에 나갔다 오셨어요?"

"아니. 전혀 집 밖을 나갈 생각을 안 하네."

"박사님은 다녀가셨고요?"

"응. 진전이 없어."

아버지는 한숨을 푹 쉬셨다. 한 시대를 호령할 정도로 유명했던 아버지는 지금도 그 외모가 어디 가지 않았다. 이제는 늙어서 젊었을 때의 외모는 사라졌지만 여전히 아버지 또래에 비해 외모가 특출났다. 어머니 또한 외모로는 말할 것도 없이 타고났다. 그런 두 사람의 좋은 유전자만 골라서 태어난 게 재훈이었다.

"언제쯤 좋아지실까요?"

"……모르겠어. 다 내 탓이다."

"아니에요. 아버지가 그러신 것도 아닌걸요."

아버지를 좋아했던 팬들이 문제였던 거죠.

"너도 나중에 좋아하는 사람이 생기면, 결혼 전까지는 숨겨. 어떤 일이 생길지 모르니까."

"네."

"나 좋다고 하는 사람들 다 좋아 보여도, 언제 어떻게 변할지 몰라. 나도 네 엄마가 내 팬들한테 맞고, 대학교에서 손가락질당하고, 저렇게 한쪽 눈을 실명할 줄은 몰랐거든. ……사람을 시켜서 유산되라고 사람이 사람을 겁탈하게 만드는 그런 일이 있을 줄은……."

어머니가 아버지를 만났기 때문에 그런 일을 당한 것이다. 평범한 학생이었을 어머니의 삶이 고통에 물든 걸 보며 그는 덜컥 무서워졌다. 누군가의 얼굴이 떠오르니 가슴이 불쾌하게 뛰었다.

"저 잠시 나갔다 올게요."

그는 집 밖으로 뛰쳐나갔다. 남부럽지 않을 만큼 부를 축적했지만 그의 집안 공기는 숨이 턱턱 막혔다. 아버지를 만나지 않았다면 어머니가 한쪽 눈을 실명할 일은 없었을 거고, 지금까지 이렇게 상담 치료를 받지 않아도 됐을 것이다. 아버지를 사랑한다던 팬들은 왜 어머니를 그렇게 만든 걸까.

한참을 걷다 도착한 곳은 학교였다. 마침 야간 자율 학습이 끝나고 학생들이 하나둘씩 교문을 벗어나고 있었다. 그런 그의 눈에 진주가 보였다.

"홍장군."

"언제 한국 왔어?"

"오늘."

"정말? 그럼 태주랑 하연이 불러서 파티할까? 떡볶이는 네가 쏴!"

그녀는 그에게 가까이 오라고 손짓했다. 재훈이 그녀에게 상체를 숙이자 그녀가 그의 귓가에 속삭였다.

'치맥도 좋아!'

그녀의 말에 재훈은 미간을 좁히며 상체를 도로 세웠다. 그러곤 그녀의 이마에 딱밤을 때렸다.

"학생이 못하는 소리가 없어."

"왜, 왜! 수학여행 때 다 먹거든?"

"안 돼. 술 마셨단 소리만 들려 봐."

"원래 장군은 술 잘 마시잖아. 내가 또 홍장군이라~ 본능적인 끌림이 있다고."

"……본능은 무슨."

웃을 일이 없었는데, 재훈은 진주와 대화하며 버스 정류장으로 가는 길 내내 웃었다. 놀리면 눈알을 까뒤집으며 바락바락 소리 지르고, 또 그러다가 생글생글 웃고. 진주와 같이 있으면 늘 즐거웠다.

"애들 부를까? 놀이터 갈래?"

"아니."

이상하게 오늘은 태주와 하연이 말고, 진주와 둘만 있고 싶었다.

"그냥 너 집에 데려다주고 나도 갈래."

"······떡볶이 사 줄 돈이 아깝냐. 하연이랑 내가 떡튀순에 오뎅 김밥까지 다 먹긴 하지만."

떡볶이 사 달라고 해서 가면, 거기 있는 모든 메뉴를 섭렵하는 경우가 허다했다. 그래서 그런가.

"아니. 오늘은 둘만 있고 싶어서."

"둘만? 나랑 너랑?"

"응."

다 같이 있는 것도 좋지만 오늘은 홍진주 너랑만 있고 싶어. 왜 그런 기분이 드는지 모르겠지만······.

　재훈은 진주가 웃긴 친구여서 힘들 때 웃기 위해 찾아가는 거라 생각했다. 옆에 두면 즐겁고, 놀리는 재미가 있고, 따뜻한 느낌이 들었다. 가장 좋은 건, 그가 어떤 일이 있어도 먼저 꼬치꼬치 묻지 않는 점이었다. 그런데 자꾸 둘만 있고 싶어지는 이 감정은 친구의 관계는 벗어난 것 같았다. 가끔은 태주와 너무 친해 보여서 학교에 가지 않는 날은 걱정되기도 했다.

"너 태주랑 싸웠어?"

"아니."

"그럼 진짜 떡볶이 쏘기 싫어서?"

"나 그렇게 치사하지 않거든."

우리 중 직접 돈을 버는 사람은 자신뿐이기에 재훈은 넷이서 밥을 먹을 때 곧잘 계산을 하곤 했다. 한 번도 아깝다는 생각을 해본 적이 없었다. 태주 또한 본인이 잘 사니까 쓰는 것에 아까워한 적이 없었고 말이다. 단순히 떡볶이가 쏘기 싫어서 같이 안 보냐는 질문에는 답을 할 가치가 없었다. 근데 그런 생각을 하는 진주가 귀여워 보였다. 이런 자신의 마음을 전하고 싶었다.

그는 뉴욕에서 사 온 목걸이 케이스를 주머니에서 만지작거렸다. 진주에게 주려고 샀는데 막상 주려니 뭐라고 해야 할지 몰랐다. 오다 주웠다고 할 수도 없고. 안 예쁘면 버려라. 선물 받았는데 내가 하긴 여성스러워서. 여러 가지 핑계거리를 생각하다가 제 마음을 한 번쯤 전해 보는 것도 좋을 거 같았다. 친구로서 멀어지는 건 아쉽지만, 고백을 함으로써 그녀가 저를 남자로 봐줄 수 있다면…….

"나도 너 없는 동안 고백할 게 생겼다."

"뭔데?"

"아직 태주랑 하연인 몰라."

"……그게 뭔데?"

어쩐지 불안한 기분이 들어 그가 주머니에서 손을 뺐다. 목걸이 케이스는 그대로 주머니 속에 있었다.

"나 좋아하는 선배 생겼어."

"남자?"

"어……. 우리 학교 농구부. 저번에 야간 자율 학습 끝나고 집에 갈 때 반했어. 근데 그 선배도 나를 지켜보고 있었던 모양이야. 크 큭. 다음 주에 같이 공부하기로 했다?"

"아……."

이미 진주의 마음속엔 다른 사람이 있었구나. 날카로운 걸로 가슴을 할퀴는 느낌이 들었다. 다른 상대를 좋아한다고 말하는 그녀에게 고백을 하면, 친구도 연인도 뭐도 다 잃을 것만 같았다. 그래서 그는 주머니 속에 있는 목걸이 케이스처럼 제 마음도 꺼내지 않기로 했다.

"키가 이만큼? 이만큼? 그래, 너 정도 되는 거 같아."

진주가 그 남자의 키를 가늠하며 발을 세우다가 결국 점프해서 재훈의 머리를 탁 때렸다.

"꿀밤에 대한 복수다!"

그녀는 깔깔 웃으며 먼저 앞으로 뛰어갔다. 그녀를 쫓아가지 않자 앞으로 한참 뛰던 그녀가 뒤를 돌아서 또 히죽 웃었다. 달이 참 예쁘게 뜬 밤, 마음을 숨기고 시선을 피하며 그는 그녀에게 다가갔다.

그 후로도 그는 그녀의 짝사랑 상대를 종종 들어야 했고 그럴 때마다 괴로워해야 했다. 진주는 금사빠이며 진정한 사랑을 하는 것보다 금방 반하고, 식었다. 그러다 누가 자신을 좋아하면 또 마음이 기울었다. 연애 패턴을 알고부터는 걱정되진 않았지만, 그녀가 말로 남자 친구 이야기를 할 때면 매번 제대로 축하해주지 못했다.

"내가 남자 친구 생겨도 너 고민 있을 땐 옆에 있어줄 거니까 걱정 마!"

"뭐?"

"나는 우리 팀이 일 번이라고. 사랑보단 우정이지~"

그녀는 금세 그에게 다가와 쌍 엄지를 들며 '우정'을 논했다.

"돈 버느라 힘든 우리 새훈이, 내가 응원해줘야지. 안 그래? 편의점 가자, 내가 핫바 쏜다."

재훈은 그녀의 손에 끌려가 편의점으로 갔다. 핫바 두 개를 사서 하나를 그에게 내밀며 그녀가 환하게 웃었다. 그 웃음이 엄청 다정했다.

"내가 너 대신 워킹은 못 해도 이렇게 핫바는 사 줄 수 있다 이거야. 네 말에 공감은 못 해줄 수 있으니 굳이 얘기하지 않아도 돼."

그녀는 그가 오늘 평소와 다르게 기분이 좋지 않다는 걸 알고 있었다. 그게 무슨 일 때문인지 말하지 않아도 앞으로도 지금처럼 핫바를 사 주며 옆에 있어준다고 했다. 재훈은 이런 진주를 친구로 절대 놓치고 싶지 않았다. 그러나 다른 한편으로는 누구에게도 뺏기고 싶지 않다는 생각을 하며, 그녀의 집 앞에 갈 때까지 주머니에 있는 목걸이를 만지작거렸다. 언젠가 전해 줄 날을 기다리며.

* * *

다음 날 회사에 출근한 진주는 점심도 거르며 일을 처리해야 했다. 재훈이 구설수에 얽히면서 몸과 마음이 아프던 주리가 결국 장염에 열 감기가 와서 오늘, 내일 월차를 쓰겠다고 오전에 톡이 온 것이다.

[대리님 정말 죄송해요ㅠㅠ 제가 어젯밤부터 오늘까지 계속 먹기만 하면 쏟아내고 있어서요. 지금 열도 오른 상태라 집 주변 응급실입니다. 오늘하고 내일 월차 써도 될까요? 17층 6인실 병동 입퇴원 환자 좀 부탁드려요. ㅠ]

일을 하다가도 문득문득 재훈이 생각났다. 재훈은 조사를 잘 받고 있는지 걱정이 되었다.

그녀는 잠시 숨을 돌리고자 핸드폰을 보았다.

"진주 씨, 점심 안 먹어?"

"네. 오늘은 커피로 대신할게요. 이따 저녁밥 두둑이 먹으려고요."

"그럼 안 되는데. 바쁜 거 나 주고, 간단하게 빵이라도 사서 와."

이지안 부장이 그녀를 걱정하며 빵이라도 먹으라고 카드를 주었다.

"홍 대리가 고생이 많아."

"아닙니다. 다들 고생하는걸요."

"그중에서도 홍 대리가 제일 고생이지. 모르는 거 같아도 나도 다 알고 있어. 서 과장 때문에 스트레스 받는 것도 알고. 조금만 더 버텨줘. 가서 맛있는 빵 사 먹고. 30분 안에 다녀와요."

술자리 때 만나면 정말 최악의 상사인데, 회식 때를 제외하고는 참 좋은 분이셨다. 그녀는 더는 거절하지 않고 카드를 받아서 1층으로 내려왔다.

빵과 우유를 사서 병원 카페에 앉은 그녀는 우적우적 빵을 먹었다. 진짜 먹을 생각이 없었는데, 막상 먹기 시작하자 얼마나 배가 고팠던지 몇 번 씹지도 않고 삼키게 되었다.

"김재훈은 톡방과 관련 없대. 이것 봐."

"S전자 유 팀장? 유인호? 고소한다더라."

"그 새끼 정신도 못 차리고 SNS에 맛있는 음식 사진 올린다며? 재수 없어."

"소문에 회사에선 잘렸대. 근데 원래 집안이 잘살아서 상관없나 봐."

진주는 그들의 말을 들으며 먹던 빵을 입 안에 다 욱여넣고 핸드폰 액정을 켰다. 어떤 결과가 나올지 몰라 불안해서 오늘 포털 사이트를 접속하지 못했는데, 옆자리 사람들 말을 들으니 포털을 확인할 결심이 섰다.

실시간 검색어 1위에 '김재훈 무혐의'가 떠 있었다. 그녀는 안도했다. 말은 안 해도 상처받았을 재훈이 이제 편해질 수 있어 다행이었다. 더욱 놀라운 건, 재훈을 제외한 [Who's Next?]에 올랐던 아이돌이 줄줄이 사탕처럼 엮여 올라 있다는 점이었다.

도대체 얼마나 많은 사람이 엮여 있는 건지. 경찰이 어디까지 봐주기 수사를 했는지, 수사에 있어서 정치적 압박이 있었는지에 대해 짚고 넘어가야 했다. 국민들의 분노가 더욱 격렬해져 모닝썬크림 클럽뿐만 아니라, 몰카 등 불법적인 비리를 저지른 자들이 벌받을 수 있는 사회가 되었으면……. 또한, 죄를 짓지 않은 자에게 뒤집어씌워 누군가를 죽음으로 몰고 가는 일은 없길. 진주는 기쁜 마음으로 재훈에게 전화를 걸었다.

"공자님!"

─진주야. 일할 시간 아니야?

"맞아. 축하해. 고생했어."

-고생하긴, ……근데 진주야.

"왜?"

-아무래도 너랑 나, 스캔들 날 거 같아. 근데, 홍모 씨라고 나오면 우리 동창들은 딱 너인 거 알 거 같아. 미안해.

"아니야. 안 미안해도 돼. 뭐, 그냥 일반인하고 만나는구나 하겠지. 다 조용해질 거야. 걱정 마."

하린과의 스캔들, 톡방 몰카 사건에 휘말렸다가 이번엔 일반인과의 스캔들까지. 몇 달 사이에 재훈에게 폭풍처럼 일이 엮여 하루도 쉬지 않고 기삿감이 된 느낌이었다. 그래도 뭐, 이제 더는 그런 일이 없겠지.

-일단 내가 모니터스타하고 몇몇 예능 스케줄이 잡혀 있어서, 이번 주는 바쁠 거 같아. 아무래도 이슈가 있다 보니 바로 촬영해서 편집해서 나간다고 하더라고. 다음 주에 보자, 진주야. 사랑해. 걱정해줘서 고마워.

"나도. 걱정 안 했어! 다 잘될 거 알고 있었거든."

재훈의 마음이 편해 보여서 그녀 또한 퇴근까지 마음이 편할 거 같았다.

* * *

저녁에 하연과 만난 진주는 소고기를 구워 먹으러 갔다. 젓가락이 안 보일 정도로 빠르게 입 안으로 넣는 진주를 보며 하연이 불판에 고기를 다 올리고, 소고기 반 마리를 주문했다.

"점심 못 먹었어?"

"응. 아아! 빵 먹었는데, 제대로 된 점심은 못 먹었어. 일단 좀 더 먹고."

진주가 하도 먹어서 하연은 얼마 먹지 못했다.

"그래. 많이 먹어."

"응. 오늘은 내가 쏠게."

"……지금까지 네가 먹은 게 얼마치인 줄 알고 하는 말이냐."

굳이 비싼 소고기를 먹는다고 해서는. 새로 나온 소고기 반 마리는 진주가 구웠고, 그제야 하연은 제대로 식사를 할 수 있었다. 불판 위에 고기를 다 올린 후, 진주는 벨을 눌러 직원을 불렀다.

"저희 이제 삼겹살로 갈아탈게요. 불판 바꿔주세요."

"어쩐지. 너무 소고기만 먹는다 했어."

"남은 배는 돼지로 채우자고."

내가 쏘는 거니까. 진주는 뒷말은 생략했다. 혹시, 혹시라도 몇 십만 원 대가 나오면…….

"재훈이 너무 잘됐어. 내가 말했지, 김재훈은 운이 항상 좋다고."

"응. 맞아."

"걔가 해외 지진 나고 홍수 나면 꼭 기부했잖아. 국내에도 재단에 기부 많이 하고 있어서 그런 게 다 이슈되더라. 오히려 이미지 더 좋아지겠어."

남자 친구를 칭찬하는 소식은 언제 들어도 기분이 좋았다. 뿌듯함에 고기가 더 맛있게 목 안으로 넘어갔다. 그간의 걱정과 묵은 체증이 싹 사라지는 것 같았다.

10. 달콤하지만 위험한

하연과 맛있게 고기를 구워 먹고 카페로 간 진주는 자꾸 핸드폰
이 울리자 아예 무음 모드로 바꿨다.

"누군데?"

"유인호."

"걔가 너한테 전화를 왜 해?"

"몰라. 나 번호 바꿀까 봐."

이번엔 하연의 핸드폰이 테이블 위에서 부르르 진동을 했다. 그
녀도 액정에 뜬 이름을 보더니 버튼을 눌러 진동을 끄고 핸드폰

액정이 안 보이도록 뒤집었다.

"넌 누군데?"

"박태가리. 박태주."

"태주?"

"응. 자꾸 만나재. 근네 난 이제 태주 잊고 있는 중이라서, 만나기 싫거든."

"왜 만나자는지 이유는 말 안 하고?"

"응. 알고 싶지 않아."

마음을 끊어낼 땐 매몰차고 단호하게 해야 한다고, 박태주가 누누이 말을 했었다. 그걸 하연이 실현하고 있는 거였다.

"혹시 태주가 너 좋다고 하면 만날 거야?"

"아니."

"……왜? 아직 못 잊었잖아."

자꾸 핸드폰을 흘깃 보는 하연의 시선을 모른 척은 할 수 있지만 그녀의 마음을 모를 순 없었다.

"내가 태주를 잊으면서 오랜 고민을 해봤는데, 걔랑 나랑 잘돼도 빈부 격차로 인해 우리가 가야 할 길이 가시밭길일 거 같더라고. 그 길을 같이 갈 자신이 없어졌어. 잘되어도 박태주 말대로 잠자리 상대로 연애만 하다가 끝나겠지."

"걔, 걔가 말을 좀 거칠게 해서 그렇지."

"그래도 끝은 같을 거야."

진주는 그 말에 아니라고 반박할 순 없었다. 태주의 형이 정신을 못 차려서 해외로 돌고 있지만 본부인의 아들이자 장남은 그의 형이었다. 지금 회사를 운영해도 회장님과 사모님께서 굳건히 버티고 있는 한 그의 자리는 위태로웠다. 언제든지 내쳐질 수 있었다. 그런 태주에게 필요한 건 사랑보다는 힘을 갖는 걸 거다. 하연도 그걸 알기에 아예 싹둑 마음을 잘라내고, 태주가 갈피를 못 잡고 그녀에게 연락하는 걸 끊어내는 것이다.

"근데 또 모르지. 내가 먼저 걔한테 무너질지도. 그러지 않길 바라지만 말이야."

"우리 그냥 핸드폰 꺼 둘까? 이따 집에 가기 전까지만!"

"좋아!!"

진주와 하연은 핸드폰을 종료해버렸다. 그러곤 두 사람은 핸드폰을 각자 가방에 넣고 근황을 주고받고, 학창 시절 이야기를 하며 즐거워했다. 분명 백 번은 말한 거 같은데, 백한 번 이야기를 해도 또 즐거웠다. 학창 시절 머리가 까졌던 학생주임 선생님은 뭘 하고 지내실까, 우리 학교 졸업한 사람 중 유명인이 된 사람의 이야기 등등.

한참 대화를 나누고 나니 또다시 배가 고파왔다. 진주는 베이글을 추가 주문해서 가져왔다. 그렇게 먹고 또 먹냐고 한 소리 하던 하연도 막상 크림을 발라주니까 맛있게 베이글을 먹었다.

"이것만 먹고 가자."

"응. 그러자."

두 사람은 베이글을 게 눈 감추듯 비우고 카페를 나왔다. 지하철역으로 내려가며 가방에서 핸드폰을 꺼냈다.

"이제 켤까?"

"좋아."

종종 이렇게 핸드폰을 꺼 두고 있어야겠다. 핸드폰을 켜 두면 연락이 없어도 버릇처럼 액정의 불을 켜고 인터넷도 들어가 보고 이것저것 어플을 눌러보게 되는데, 아예 폰을 끄고 가방에 넣어 두니 정말 집에 갈 때까지 아예 손이 그쪽으로 안 갔다. 신기한 현상이었다.

톡, 톡, 톡, 톡, 톡, 톡. 무지하게 톡이 밀려왔다.

"무슨 톡이 따발총 같이 오냐. 무섭다."

"그러게."

데이터를 연결하자마자 진주의 핸드폰에는 톡이 요란하게 계속 왔다. 순식간에 100개가 넘게 쌓인 걸 보며 진주의 눈이 커졌다. 그녀는 메신저 어플을 눌렀다.

"수아? 윤지? 태연이?"

"태연이? 고등학교 동창?"

"어어……."

동창들의 톡이 주르륵 와 있었다.

[너 재훈이랑 사귀어?]

[와- 홍진주 너 일부러 재훈이 소개 안 시켜줬지! 나쁜 년! 근데 잘 어울린다♡]

하연이 진주에게 팔짱을 끼며 톡을 같이 읽었다. 그러던 하연의 핸드폰에도 톡이 미친 듯이 오기 시작했다.

"왜 나한테 네 소식을 묻냐, 이것들이!"

하연은 조용히 톡을 무음으로 바꿨다.

"올해 너랑 나 폰 다 바꾸라는 하늘의 계시인가 봐. 하여튼 공자랑 박태가리! 남자는 여자를 귀찮게 하네 노래가 괜히 나온 게 아니야. 미래를 보신 거지."

진주의 말에 하연은 빵 터져서 지하철을 기다리는 동안 깔깔 웃었다. 톡이 너무 많이 와서 그녀는 답을 할 생각조차 못 했다. 재훈이 스캔들이 난다고 했지만 이렇게 빨리 동창들에게 연락이 올 줄 몰랐다. 도대체 뭐라고 기사가 났길래.

　하연이 먼저 기사를 검색했다.

　"학창 시절부터 친구로 지냈다. 홍씨 이십팔 세, 직장인이다. 이거 딱 넌데? 우리 동창들은 모르려야 모를 수가 없겠네."

　"홍씨가 나밖에 없나?"

　"우리 학년에서 홍씨는 몇 명 없었는데 여자는 너 혼자 아니었어? 그리고 학창 시절부터 친했다면 딱 너지."

　"아- 피곤해."

　진주는 뒷목을 잡았다. 이번 주는 내내 핸드폰이 불이 나겠구나. 그 와중에 주리의 얼굴이 순간 생각났다.

　"아, 하연아 나 어쩌지. 스캔들 나기 전에 얘기해줄 사람이 있었는데, 말을 못 했어. 알게 되면 서운해할 거 같은데."

　"누구?"

　"우리 회사 주리 씨라고, 재훈이 팬클럽 임원. ……가끔 나보다 더 재훈이를 위한다고 생각하게 만드는 사람? 얼마 전에 재훈이 그런 일 겪고 오늘 회사도 못 나왔어. 열성 팬이야."

　"우리 회사에도 있는데. 재훈이 팬."

　"은근히 주위에 팬들이 많아서 꼭 어딜 가도 한 명은 있더라. 하아, 엄청 서운해하겠지?"

　"내일 출근하자마자 말해."

　"내일도 쉰대. 장염이 심하게 와서."

"장염 맞아? 우리 회사 팬은 경찰청 앞에서 커피차 봉사한다고 휴가 냈거든?"

설마, 거짓말을 하고 거기 가진 않았겠지……. 연애 한 번 되게 요란하게 한다는 생각이 들었다. 재훈 덕분에 그녀도 유명인이 되어야 하고…….

진주는 집으로 가는 길, 동창들에게 모두 상냥하게 답장을 보냈다. 재훈은 유명인이라 여기저기서 질문을 많이 받겠지만 자신은 일반인이기에 별반 사람들의 관심 대상이 아닐 거라 생각했다. 그게 얼마나 오산이었는지 그때는 알지 못했다.

* * *

진주는 일주일 동안 동창에게 시달리고, 집에서는 부모님께 재훈과의 연애 사실을 들켜서 한동안 분위기가 어색했다. 재훈이 바쁜 일을 해결하고 부모님께 찾아뵙고 제대로 말씀드리겠다고 했으나, 그도 한창 바쁜 나날들이 계속되었다.

요새 진주는 길을 걷다가 자꾸 뒤를 보게 되는 버릇이 생겼다. 사람들이 흘깃 자신을 보는 거 같고, 누가 자꾸 따라오는 기분이 들었다. 삼삼오오 모여서 속닥거리면 그게 꼭 자신과 재훈의 일인 거 같아서 신경이 자꾸 쓰였다. 그뿐 아니라 지나가다가 재훈의 이름만 들어도 멈춰 서게 되고 그랬다.

"대리님!"

"아, 놀라라!"

"요새 왜 이렇게 멍하세요~"

진주는 핸드폰을 꺼내 시간을 보았다. 아직 부장님이 출근하기까지 30분 정도 여유가 있었다.

"잠깐 시간 돼요?"

"네!"

진주는 주리를 데리고 1층 병원 카페로 내려왔다. 거기서 커피 두 잔을 주문한 후 마주 보도록 자리에 앉았다. 그간 차마 입이 안 떨어져서 말을 못 했는데, 이제는 말을 해야 할 거 같았다.

"주리 씨, 일단 미안하단 말 먼저 할게요. 속이려던 건 아닌데, 처음엔 말할 수 없는 상황이라 못 했고 다음엔 용기가 안 나서 못 했어요."

"도대체 무슨 말씀을 하시는 건지……."

주리가 고개를 갸웃거렸다. 어떤 말을 하려는 건지 전혀 감이 오지 않았다.

"혹시 대리님, 퇴사하세요?"

"아뇨. 그런 건 아니구요."

"그럼 이직하시는 거예요? 아니면 부서 이동?"

"회사 일 아니에요. 음…… 주리 씨가 좋아하는 재훈이랑 사귀는 사람, 나예요."

밥차 보내고, 커피차 보내고, 지인들 생일까지 챙겨주며 좋아하는 그 상대. 그 사람과 연애하는 사람이 바로 자신이라고.

"네에? 푸하하하. 설마요…… 설마, 설마요!"

주리의 눈이 크게 커졌다. 그녀의 눈동자가 혼란스럽게 떨렸다.

"그럼 그때 중식 드셨을 때, 같이 계셨던 거예요? 맞네, 맞아. ……그래서 치골도 봤다는 거였어요. 분명 모든 사진에 장골까지만 있는데……. 치골 봤다고 할 때부터 의심을 했어야 했는데. ……말도 안 돼. 세상이 내게 이럴 수는 없어요."

주리가 고개를 좌우로 저으며 두 손으로 본인의 귀를 막았다. 혼잣말을 하면서 주리의 얼굴이 일그러져 가자, 진주는 잠시 그녀를 기다려주었다.

"제가 다른 사람한테 얘기할 때보다 주리 씨한테 말하기 전에 제일 긴장했거든요. 늦게 말해서 미안해요. ……주리 씨?"

"끼야아아! 제 지인이 여자 친구였다니. 헐. 오마이갓. 대리님, 사랑해요."

어느새 주리의 눈동자가 만화책 속의 여주인공처럼 반짝이고 있었다. 혼란스러워하던 그녀가 드디어 미친 것인가. 갑작스럽게 사랑한다고 해 오니 진주는 당황해서 머그잔을 들고 서서히 그녀를 피해 뒤로 상체를 물렀다.

"저 그럼 대리님…… 저 진짜 태어나서 간절하게 바라는 일이 있거든요. 제가 지금 3년째 자기 전에 R=VD를 외치며 그 장면을 상상하곤 하거든요."

"그게 뭔데요?"

"우리 후니 오빠랑 식사하는 거요!"

"……아."

"오빠가 부담스러워하면 보채진 않을게요! 대리님의 지인으로……. 제가 정말 평생의 소원이라서요. 지인 찬스 이럴 때 써 볼래요."

뭔가 예상했던 상황은 아니었다. 주리가 실망했다며 저를 차갑게 대할 거라고 생각했다. 그게 아니라서 다행이면서도 주리의 눈을 보고 있으니 부담감이 백배였다. 평생 소원이라는데 안 들어줄 수도 없고, 그렇다고 된다고 하기엔 재훈의 의중을 물어봐야 하고.

"일단 재훈이 의견도 좀 듣고요."

"끼얍! 얏호! 대리님, 진짜 사랑해요. 저 우리 후니 오빠 여자 친구 생겼다고 팬클럽 탈퇴하고 그런 사람 아니에요. 저는 백골이 진토가 되어도 우리 후니 오빠를 떠나지 않을 거예요. 저야말로 진정한 후니 오빠의 팬이거든요."

그녀의 외침에 주변의 시선이 두 사람에게 쏠렸다. 주리는 한발 더 나아가 신을 영접하듯 눈을 지그시 감고 손을 하늘로 올렸다.

"저는 다른 팬클럽에서 임원 섭외가 와도 절대 거들떠보지도 않을 거예요!"

아침에 가볍게 커피를 사러 온 의사와 간호사가 그녀를 이상하게 보았으나, 주리는 진주를 한 번 더 포옹하는 것으로 완전히 이상한 여자가 돼버렸다.

* * *

사람들의 시선을 받는 건 그녀가 아는 것보다 피곤한 일이었다. 철저히 남들의 무관심 속에 있을 때가 편했다는 걸 진주는 이제야 깨달았다.

"하아……."

네티즌의 힘인 건지, 동창 중에 누가 제 개인 정보를 퍼뜨린 건지 XX대학 병원 원무과 홍 대리까지 검색이 되었다.

김재훈 여자 친구. 김재훈 홍 대리. 김재훈 여자 친구 일반인. 무슨 키워드로 엮어도 여기저기에 '홍 대리라는데?' 'XX고등학교 졸업한 홍 대리' 등 누군가 댓글을 달아놓은 게 있었다.

[사진 있어?]

지신의 얼굴이 궁금한지 사람들은 사진이 있냐고 대댓글로 묻고 떠들었다. 도대체 어떤 여자가 김재훈이랑 사귀는지 궁금한 것 같았다.

[XX고등학교 졸업식 앨범 찾아보면 되지 않을까?]

[나 이미 학교 홈페이지 접속 중.]

진주도 그녀가 졸업한 홈페이지에 접속했다. 다행인 건지 고등학교 홈페이지는 접속자가 폭주하여 서버가 폭파되었다. 아무리 새로 고침을 눌러도 화면이 뜨지 않았다. 도대체 김재훈은 어떻게 버티는 거야?

"홍 대리님~ 축하해요~"

다른 부서 직원들도 진주를 구경하기 위해 원무과를 한 번씩 들렀다. 그녀는 오늘 웬만해서는 제자리를 벗어나지 않았다. 주리도 사태의 심각성을 느꼈는지 진주 대신 물을 떠서 갖다 주기도 하고 본인이 커피를 마실 때 진주 것도 타서 가져오기도 했다.

[새삼 우리 공자님이 대단해 보여. 관심의 대상이 되니까 뒷목이 다 뻐근해.]

진주는 재훈에게 톡을 보냈다.

퇴근을 하기 전까지 그녀는 잠시 숨 돌릴 틈이 있으면 인터넷에 '김재훈 여자 친구'를 검색했다. 사람들이 뭐라고 하는지 계속 궁금했다. 재훈은 댓글도, 기사도 안 보는 게 제일 속 편하니 보지 말라고 했다.

[완전 여시래.]

[집에 돈이 많다더라.]

[XX고등학교 동창회 사진을 봤는데, 완전 못생겼던데. 뭐로 꼬셨지?]

[대기업 딸이래!]

말도 안 되는 추측이 난무했다. 나는 완전 못생기지 않았고, 집에 돈도 없고, 대기업 딸도 아닌데……. 내가 먼저 꼬신 것도 아닌데. 자신의 의도와는 전혀 다르게 확산되는 루머들에 가슴이 뻐근해져 왔다. 답답함을 느끼며 그녀가 한숨을 쉬며 퇴근 준비를 하였다.

* * *

그 시각, 재훈도 기사를 하나둘씩 보고 있었다. 진주에 대한 추측성 댓글이 폭발적이었다. 익명이라는 것에 숨어 어디까지 사람을 몰아갈 건지.

[오늘 나 계속 힘들었는데 주리 씨가 엄청 도와줌! 시간 되면, 같이 볼래? 내 옆자리 직원인데.]

[내 팬클럽 임원?]

[어? 기억하네.]

[그럼, 임원진은 다 알지. ……내가 나가기는 힘들고, 택시 타고 이쪽으로 올래? 호텔 레스토랑 예약할게.]

[호, 호텔로? 그래, 그게 좋겠다.]

진주는 역시 수긍이 빨랐다. 그는 진주와 약속을 마친 후, 청바지에 티셔츠를 꺼내 입었다. 모자를 눌러쓰고 마음에 드는 운동화를 신은 후, 그는 거울을 한 번 보았다. 살이 좀 빠졌나? 진주가 걱정할 일은 만들면 안 되는데. 그는 한 번 더 매무새를 가다듬고 호텔 레스토랑으로 먼저 내려갔다.

* * *

"저, 저, 저…… 대리님. 청심환 좀 먹을게요."

"주리 씨, 이미 아까 출발 전에 먹었잖아요."

"……저 죽을 거 같아요. 심장이 너무 빨리 뛰어요."

주리가 임산부 심호흡을 하며 청심환을 더 먹어야 한다며 헛소리를 했다. 심장이 너무 빠르게 뛰어서 진정이 되지 않는다며 호텔 안을 두리번거렸다.

"대리님은 안 설레요?"

"설레고, 좋은데. ……주리 씨보단 아닌 거 같아요."

그녀도 재훈이 보고 싶고, 그와 만나기 전엔 기대감에 두근거리긴 하지만 이 정도는 아니었다. 게다가 오늘은 제 남자 친구의 칭찬만 하는 사람을 소개해주는 자리라, 뿌듯한 감정이 더 컸다. 이런 남자와 자신이 연애하고 있다는 우월감 같은 거 말이다.

Rrrrrrr.

"어. 재훈아. 나 호텔 레스토랑 안이야. 어디. ……아."

진주는 멀리서 재훈이 손을 흔드는 게 보였다. 진주 역시 재훈에게 손을 흔들어주고 옆을 보았다. 제 옆에 있어야 할 주리가 그들이 있던 바로 앞 테이블 밑으로 기어들어 가 있었다.

'대, 리, 님.'

주리가 그녀를 아주 작은 목소리로 불렀다.

"왜요?"

"저 도저히 못 보겠어요."

"네? 왜요?"

"……얼굴 보고 쓰러지면 어쩌죠? 제가 심장이 하나라서. 심장 마비가 오면 어쩌죠. 지금 막 울렁거려서 롤러코스터 타는 기분이에요."

"괜찮아요. 우리 재훈이 착해요."

"착하고 말고가 아니라…… 으앙. 어쩌지."

발을 동동 구르며 테이블에서 나오지 못하는 걸 보니 귀여워서 웃음이 났다. 멀리서 재훈이 어깨를 으쓱하며 눈썹을 위로 올렸다가 내렸다. 그녀도 그와 같은 제스처와 표정을 취했다. 결국, 재훈이 이쪽으로 서서히 걸어왔다.

"주리 씨."

"네, 네. 대리님."

"……재훈이가 이쪽으로 오는데요."

"으아아악! 엄-마야!"

주리는 금세 다가온 재훈이 그녀 옆에 서자 그대로 뒤로 벌러덩 넘어졌다. 인사를 하려고 일어나면서 머리를 테이블에 박았다.

"아, 아, 안녕하세요. 제가 후니사랑해주리입니다."

"저번에 팬 미팅 때 뵀었죠? 저는 몇 번 뵌 거 같은데, 반가워요."

"저를 기억하세요?"

"그럼요. 임원 얼굴은 압니다."

"끄아악. 대박. 저 악수 한 번만."

"네."

새훈이 손을 내밀사 주리는 그의 손을 두 손을 잡았다. 진주는 그와 만나면 시도 때도 없이 잡은 손인데, 주리는 그 손을 잡더니 눈에 눈물이 그렁그렁 맺혔다.

"저 죽어도 여한이 없어요."

"……하하."

"꿈이야, 생시야. 대리님…… 제 생명의 은인이세요."

주리의 목소리가 울먹거렸다. 재훈은 어색하게 손을 빼고, 진주는 그 옆에서 미리 말해주지 못한 것에 대해 다시금 미안함을 느껴야 했다. 이렇게 좋아하는데 진즉 만나게 해줄걸.

"제 팬 해주셔서 감사합니다."

"감, 감사 인사를 받다니. 흑…… 저 후니 오빠한테 절해도 될까요?"

"아뇨. 아뇨. 식사는 제가 준비했어요."

"……그래요, 주리 씨. 같이 저녁 먹으러 온 거니까. 주리 씨!"

재훈이 앞장서고, 진주가 주리를 챙기려는 찰나였다. 주리의 다리에 힘이 풀려 바닥에 풀썩 주저앉았다. 당황한 진주가 그녀의 이름을 불렀고 재훈은 다시 뒤를 돌아보았다.

"죄송해요. 제, 제가 지금 다리에 힘이……. 어, 어떡하지. 손이 막 떨려서……."

"주리 씨. 괜찮아요. 심호흡, 후-아, 후-아."

진주가 그녀 앞에 앉아 눈높이를 맞추고 같이 숨을 쉬어주었다. 꼭 임산부한테 하는 느낌이었다. 주리가 그녀를 따라서 숨을 쉬더니 진정이 좀 됐는지 울먹임은 없어졌다. 진주의 팔을 잡고 일어난 주리가 절뚝거리며 앞으로 걸었다.

"다리 괜찮아요?"

"아뇨. 지금 쥐난 거 같아요. 저 너무 진상이죠?"

"귀여웠어요."

"……후니 오빠는 진상이라고 생각할 거 같아요."

"전혀요. 재훈이는 자기 팬 아껴요. 소중히 생각하고요. 절대 그럴 일 없어요."

"역시 내 우상. 후니 오빠 짱이네요."

테이블까지 겨우 도착한 주리는 음식이 나와도 제대로 먹지 못했다. 호텔에서 이렇게 호화롭고 비싼 음식을 평생 가야 몇 번 먹는다고. 아깝지만 정말 얼굴만 봐도 배불렀다.

"너무 조금 먹는 거 아니에요? 더 먹어요."

"많이 먹었습니다."

"와인 한잔할래요?"

"아뇨, 아뇨! 술까지 마시면 심장 더 뛰어서 안 될 거 같아요. ……제 바로 옆에 계신 상사가 제 우상하고 사귀다니. 저 아직도 안 믿겨요. 지금 이 상황도요!"

쉽게 이해할 수 있는 상황은 아니지. 진주도 적당히 먹고 수저를 내려놓았다.

"진주야. 다 먹었어?"

"응."

"오늘 유독 잘 못 먹네. 주리 씨, 우리 진주 병원에서 무슨 일 있었어요?"

"앗, 앗, 네!"

기합이 바짝 든 주리가 재훈 앞에서 어깨를 쫙 펴고 혼나는 사람처럼 곧상 대답했다.

"부서 직원들이 한 번씩 저희 대리님 보고 가셨고요, ……축하한다는 인사를 엄청 받았어요. 환자들도 막 엘리베이터 타고 와서 힐끔힐끔 보고 갔죠, 아마……?"

"주리 씨."

진주가 그만하라는 뜻으로 주리를 불렀다. 재훈이 들어서 좋을 일은 아니었다. 괜히 걱정만 늘지. 그녀의 생각이 맞는지 재훈의 얼굴엔 근심이 가득했다.

"진주가 오늘 많이 힘들었겠네요."

"오늘 오후엔 아예 자리에서 일어나지도 않으셨어요. 이 접시가 모니터면……."

주리가 빈 접시 하나를 들고 본인의 눈앞에 댔다.

"거의 이 정도 위치? 코앞에서 모니터 보고 그랬어요."

그녀는 재훈이 묻는 게 있다면 그게 뭐라도 이실직고할 거 같았다. 이 정도면 제 지인이지만 첩자 노릇도 할 수 있을 것 같았다. 하긴, 그녀에게 재훈은 우상이니까.

"그 정돈 아니었어요. 오늘따라 일이 많아서 자리를 못 벗어난 거야. 어휴, 나 괜찮아."

진주가 손사래를 쳤다. 재훈이 자신을 걱정하는 눈빛을 보니, 더더욱 그를 걱정하게 만들고 싶지 않았다.

식사가 끝난 후, 커피 한잔하고 가라는 말에 주리는 이만 가보
겠다며 먼저 호텔 레스토랑을 나갔다. 더 있다가는 정말 심장 마
비로 여기에 大자로 뻗을 거 같다고 했다. 주리가 나간 후, 그녀는
재훈의 시선을 오롯이 받았다.

"우리 진주, 씩씩해서 좋은데 힘들면 기대도 돼."

"안 힘들어. 이 정도가 뭐~"

"손 좀 줘 봐."

그녀는 그에게 손바닥을 내밀었다. 손바닥엔 부드러운 벨벳의
상자가 놓였다. 손에 닿는 부드러움에 간지러워 그녀가 손을 뺀
다는 게 상자를 잡았다. 꼭 이걸 어떻게든 갖고야 말겠다는 탐욕
의 손처럼 보였다.

"힘내라는 선물."

그가 그녀의 손바닥에 있는 벨벳 상자를 열었다. 그 안엔 목걸이
하나가 영롱하게 반짝이고 있었다.

"목걸이? 예쁘다."

진주는 벨벳 케이스 안에서 반짝이는 목걸이를 보았다. 심플한
디자인의 목걸이는 화려함보다는 은은한 빛을 발하고 있었다. 목
걸이 가운데 하트 모양 겉에는 촘촘하게 보석이 박혀 있어서 더
욱 예뻤다.

"잠깐만."

재훈은 자리에서 일어나 진주의 옆으로 왔다. 그는 테이블에 케
이스를 내려놓고 목걸이를 들고 진주에게 다가갔다.

그녀는 문득 이런 생각이 들었다. 사람에게서 나는 향기조차 멋
있게 느껴질 수 있다는 것. 그게 진짜 사랑 아닐까? 그에게서 나는

향기에 가슴이 두근거렸다. 그가 목걸이를 목에 걸어줄 때 손가락이 언뜻 닿자 그 어느 때보다도 긴장이 되어 호흡이 가빠졌다.

"예쁘네."

그는 목에 걸린 목걸이와 진주를 번갈아 보다가 이마에 입을 맞췄다. 그러고는 도로 앞자리로 돌아가 앉았다.

"그러게. 바쁠 텐데 언제 샀어?"

"……그냥, 뭐."

"어? 김재훈도 부끄러워할 때가 있네. 이거 진짜 마음에 들어. 누군가한테 목걸이 선물 받는 거 처음이야."

"정말?"

"어. 정말이지~ 아주 예쁜 목줄이 되겠어."

진주가 목걸이를 만지작거리며 말하자 재훈도 피식 웃었다.

"목줄이라니."

"……김재훈이 나한테 채운 목줄이지, 아니야?"

"거기까지 생각 못 해봤는데. 좋은데?"

"그렇다면 나는 발찌를 준비해서 네 발목을 묶어야겠군."

진주의 농담에 재훈은 소리도 못 내고 웃었다. 사람이 한 번 크게 터지면 숨조차 쉬지 못하고 소리조차 안 날 정도로 웃을 때가 있는데, 재훈이 딱 그런 상태였다.

"숨 쉬어, 숨."

"……후."

"그렇게 웃겼어? 재훈이 너 웃음 코드가 이상해."

"좋아서 웃었다. 목줄에 발찌라니."

그는 고개를 절레절레 젓다가 또 무슨 상상을 하는지 키득 웃었다. 자신의 농담에 기절할 정도로 웃어주는 사람은 재훈뿐일 거 같았다.

그가 턱을 괴고 빤히 그녀를 보고 있었다. 그러나 진주는 그에게 집중할 수가 없었다. 재훈이 이 레스토랑에 있다는 것을 안 고객들이 일부러 그들 주위를 지나가며 힐끗거렸다. 칸막이가 있는 구석 자리에 있는데도 재훈은 눈에 띄는 모양이었다. 음식을 나르는 직원도 일부러 그들이 있는 자리를 돌아서 다른 테이블로 가고, 여기저기서 흘깃대는 시선이 자꾸 느껴졌다.

"재훈이 네가 대단해 보여."

"뭐가?"

"밖에 있으면 남들이 계속 흘깃대고, 집에 있어도 어딘가에선 네 얘기를 하고, 인터넷 티브이 어디서든 네가 주목받고 있잖아. 원하든, 원하지 않든 네 사생활이 공유되는 걸 견디는 게 신기해."

"……익숙해졌지."

"그게 익숙해질 수 있어?"

그녀는 재훈과의 스캔들로 인한 주변 지인들의 관심도 너무 부담스러웠다. 학창 시절부터 그렇게 들이대더니 결국 재훈이를 얻었네, 진주네 집안이 잘산다더라 등등.

남들의 안줏거리가 되는 것도 싫고, 그러다 보니 남들이 저가 없는 공간에서 자신을 욕한다고 생각할 때도 생겼다. 그럴 땐 갑자기 숨이 막혀 오곤 했다. 재훈은 이런 걸 매번 겪었을 거라 생각하니 마음이 아프기도 하고, 새삼 자신의 감정을 컨트롤하는 그가 되게 커 보였다.

"익숙해진다기보다 내가 스트레스 받을 일을 차단하는 쪽이지. 안 보고, 안 듣고."

"대단하다."

"날 좋아해주는 사람들한테 배로 잘하고."

"그 팬 카페 관리?"

"뭐, 그런 것도 포함이지. 몇백 명이 날 싫어해도 단 한 명이라도 날 진심으로 좋아해준다면, 그거 자체가 힘이 되더라고."

그렇게 생각하기까지 얼마나 많이 상처를 받고 자신을 도려냈을까. 몇백 명의 쓴소리보다 한 사람의 말을 듣기 위해 노력했을 거고, 그걸로 위안을 받으려고 홀로 발버둥쳤을 재훈을 떠올리니 안아주고 싶었다.

재훈 옆에서 자신도, 태주도, 하연도 응원은 해주었지만 그의 고민을 공감해준 적은 없었다. 그가 사는 세계를 모르고 말을 해도 그게 왜 힘든지 알 수 없기 때문이다. 또한, 버는 만큼 아프다는 둥 헛소리를 하기도 했다. 그게 얼마나 힘든 줄 모르니까 할 수 있는 말이었다. 친구가 아닌, 애인인 그를 바라보니 그가 안쓰럽기만 했다.

"그런 눈으로 보지 마, 누가 보면 진짜 불쌍한 줄 알겠어."

"그냥 내 사랑이 상처받았다고 생각하니 나도 마음이 아파서……. 근데, 네가 불쌍하진 않거든!"

진주는 바로 표정을 바꾸고 이로 입술을 장난스럽게 물고 눈을 희번득 떴다.

"두둑한 지갑을 생각하니 안 불쌍해졌어."

"뭐라고?"

"욕 많이 먹어서 오래 살 거고, 통장은 금화로 차오를 테니까. 재훈아, 네가 참아."

"……."

얘는 도대체 뭘까. 재훈의 시선이 그의 생각을 말해주고 있었다. 그런 재훈을 보고 진주도 실실 웃었다.

"……저기, 말씀 나누시는 중에 죄송한데요. 제가 아까부터 보고 있었는데요. 제가 정말정말 재훈 오빠 팬이거든요. 방금 계산하고 나갔다가 다신 없을 기회 같아서 도로 올라왔어요. 실례가 안 된다면 사인 한 장만 부탁드려도 될까요?"

"……."

"저 정말 용기 내서 얘기하는 거예요. 실례되는 줄 알면서도 저한테 다신 없을 기회 같아서요. 저 오빠 나오는 영화 다 보고요, 드라마도 재방송 보고 그랬어요!"

흘깃대던 시선이 많았지만 직접 사인을 해달라고 온 사람은 이분이 처음이었다. 20대 초로 추정되는 여자분은 재훈에게 제발 사인 한 장만 해달라고, 가보로 간직하겠다고 말하고 있었다.

"잠시만요. 데이트 중이라서, 제 여자 친구한테 양해 좀 구하고요. 진주야, 잠깐 3분만 사인해줘도 될까?"

그 여자의 시선이 그제야 제게로 왔다. 같이 있으면 재훈이 워낙 빛나서 자신은 투명 인간이 되는 경우가 많았다. 커플인가? 저여잔 뭔가? 그런 시선으로 보고 있다가 결국 원탑 재훈에게로 시선이 몰렸으니까.

갑작스러운 시선에 진주가 당황했으나 재훈을 보며 고개를 끄덕였다. 내 남자 친구 사인 하나가 이 사람의 하루의 고난과 역경을 상쇄시킬 수 있다면.

"감, 감사합니다!"

사인을 받은 종이를 책 사이에 넣고 가슴에 품은 여자가 재훈에게 한참을 고개를 숙였다. 나를 욕하는 수많은 사람보다 나를 좋아해주는 한 사람, 그로 인해 힘이 된다는 말. 그 말이 이해가 되었다. 저렇게까지 좋아하는데.

"자, 이제 우리도 나가자."

"왜? 여기서 아예 커피도 마시고 가면 좋은데."

"한 명 사인해주면 금방 몰려서 안 돼. ……나야 더 있고 싶지만, 우선 다른 데로 옮기자."

진주는 그제야 주위를 둘러보았다. 아니나 다를까 몇몇은 가방에서 다이어리를 꺼내려고 하고 있었다. 펜을 들고 머뭇거리는 이들도 보였다.

재훈은 이런 상황이 익숙한지 냅킨으로 입을 닦은 후 일어났다. 계산서를 들고 나가는 그의 뒷모습을 좇아 사람들의 시선이 한곳에 모였다. 입을 헤 벌리고 지켜보는 사람, 말을 걸어 볼까 머뭇대는 사람, 자신과 재훈을 보며 속닥이는 사람 등등.

계산을 마친 재훈이 진주에게 다가왔다. 그녀의 어깨에 팔을 올리고 좀 더 그의 몸 앞쪽으로 그녀를 끌었다. 그렇게 그에게 안기다시피 있으니 사람들의 시선에서 자유로워졌다. 그녀를 막아주듯이 선 그가 사람들에게 눈인사를 하고, 웃어주고, 고개를 끄덕이는 걸로 사인할 빌미를 없앴다. 밖으로 나온 두 사람은 어디 갈지 잠시 고민을 하였다.

"인근 카페로 가자."

"괜찮겠어?"

"……뭐 어때. 어차피 스캔들도 났는데. 내 사진 찍어서 올리면 그거 다 고소할 거야."

"음."

"모자이크 처리하고 올리면 봐준다."

막상 누가 얼굴을 올려도 고소는 안 할 거 같지만. 익명을 고소할 정도로 시간과 경제적 여유가 없었다. 누가 일부러 저를 대신해서 번거로운 일을 해준다면 모를까.

재훈은 그녀가 걱정되면서도 한편으로 이해가 되었다. 스캔들도 난 마당에 언제까지 숨기고 다닐 필요는 없을 거 같았다. 또, 진주가 연예인이 아니다 보니 사진이 올라와도 모자이크가 되거나 자신의 사진이 대부분일 거 같았다.

"그래! 좋아! 카페로 가자. 그전에……."

"그전에?"

"나 화장실 좀."

그녀는 카페 건물이 있는 옆 건물의 1층 화장실로 갔다. 재훈은 그럼 안에서 먼저 주문하고 있겠다며 그녀가 화장실로 가는 걸 지켜보았다. 진주가 먼저 들어가라고 손짓을 해도 그는 그 자리에서 고개만 끄덕이고 있었다.

화장실 칸 안에 들어간 그녀는 시원하게 볼일을 보았다. 당연히 안에 휴지가 있을 줄 알았는데 마지막 한 장을 누가 쓴 건지, 그녀가 있는 칸엔 남는 휴지가 없었다. 당황한 진주가 핸드백을 찾았으나 그 또한 없었다. 재훈이 화장실에 잘 다녀오라며 그녀의 핸드백을 들어줬기 때문이다. 하필 평소엔 내 손에 있던 게 왜 화장실 갈 때만 걔 손에 있냐고.

"저, 저기요……."

진주는 밖에 있는 사람을 불러 보았다.

"저, 저기요……. 밖에 아무나 휴지 좀 주시면 안 될까요?"

부스럭, 부스럭. 도로로록 휴지걸이가 돌아가는 소리가 들리더니 옆 칸에서 누가 휴지를 칸 아래로 넣어주었다. 진주는 한쪽 발을 최대한 뻗은 후 '나는 요가의 신이다'를 외치며 한쪽 팔을 칸 아래로 쭉 뻗었다. 한 번에 닿지 않자 다시 한 번 심호흡을 해서 훅 손을 뻗자 순간적으로 팔이 길어진 느낌이었다.

"감사합니다."

진주의 인사에 상대에게선 답이 없었다. 옆 칸에 있던 여자가 문을 열고 나갔다. 세면대 쪽에는 그녀의 친구들로 추정되는 몇몇이 있었던 모양이었다. 키득대는 웃음소리가 들렸지만 부끄러움 따위 시원한 뒤처리 앞에서 잊어버리기로 했다.

"나 아까 김재훈 여친 봤잖아. 이거 사인받으면서 여자 친구 봤는데, 야…… 완전 뜯어 고쳤더라."

"진짜? 왜 빅토리 술집 장사했다며. 거기서 건진 거 아닌가?"

"그런 듯?"

……순식간에 자신도 모르는 사이에 성형한 여자가 되고, 술집 여자가 되었다. 그리고 왜 성형과 술집 여자랑 연관이 되는가. 빅토리 사건과 빅의 빅도 재훈과 관련이 없다고 기사에 나왔는데 그럼에도 아직도 연관 지어서 그를 뒤에서 까는 사람들이 있다니.

진주는 그들이 나가기 전에 화장실 문을 열고 나갔다. 세면대로 가자 그들이 옆으로 물러났다. 그녀는 손을 씻은 다음 고개를 들었다.

"……!"

아까 재훈에게 사인을 받았던 여자가 화들짝 놀라는 게 보였다. 진주는 싱긋 웃으며 뒤를 돌았다.

"화장지 주신 분?"

"저요."

"감사해요. 덕분에 잘 썼어요. 그럼 이분 빼고. 그쪽, 저 아까 봤죠?"

진주가 사인을 받은 여자를 노려보았다. 평생 은인인 것처럼 감사한 마음에 사인을 받아가더니 뒤에서는 호박씨를 까고 있었다. 불쾌한 감정이 올라와 구역질이 날 것 같았다. 사람의 양면성을 여기서 노골적으로 보고 있으니 불편했다.

"아, 아뇨. 못 봤는데요."

"봤잖아요. 김재훈 여자 친구 봤다면서요. 머리부터 발끝까지 뜯어고친 흔적, 있어요?"

진주는 화를 누르며 무감한 표정으로 그녀에게 질문했다. 그러자 상대의 얼굴이 빨개졌다. 그 옆에 선 친구들도 상황을 눈치챘는지 얼굴이 화끈거리는 모양이었다.

"친구들한테 자랑하고 싶은 마음, 잘 알겠는데……. 차라리 너무 좋은 사람이었다, 여자 친구를 정말 위해주더라, 근데 그 여자는 못생겼더라, 복도 많지. 이렇게 하지 그랬어요? 내가 욕먹는 거보다, 기분 좋게 사인해주고 뒤에서 욕먹고 있는 재훈이 생각하니까 기분이 너무 안 좋아서 그래요. 이거 재훈이가 알면 얼마나 허탈할지 생각해봤어요?"

"……아뇨."

"사인받은 거 다시 저 줘요."

진주가 손을 내밀었다. 이런 사람한테 재훈의 사인은 사치였다. 차라리 주리에게 갖다주는 게 낫다 싶었다.

"저희 부모님께서 재훈 오빠 엄청 팬이셔서요. 이건 제가 가지면……."

"저 줘요. 그쪽, 그거 가질 자격 없잖아요."

딱 부러진 진주의 말에 여자는 가방에서 주섬주섬 종이를 꺼냈다. 사인 종이를 고이 접어서 책 사이에 끼워 둔 거 보면 귀한 건 줄은 아는 모양이었다.

"너 사인도 받았어?"

"우리한테 말도 없이. 언제 받은 거야?"

"아까 화장실 갔다 오면서……."

자기들끼리 웅성대는 사이 진주는 여자의 손에서 사인 종이를 가져갔다.

"앗!"

"이건 제가 압수."

"……그런 게 어디 있어요. 제가 받은……."

"돌려받고 싶죠?"

진주가 싱긋 웃으며 물었다. 세면대 레버를 올리자 수압 좋은 물이 콸콸 쏟아졌다. 그 바로 위에 종이를 잡은 손을 두고 그녀가 생글생글 웃었다.

"어, 어…… 안 돼요!"

재훈에게 직접 받은 사인 종이의 값어치는 누군가의 하루치 아르바이트비가 될 수도 있다. 어쩌면 그것보다 더한 값어치가 될 수도 있고 말이다.

"이거 돌려줄 테니까 다시는 뒤에서 재훈이 욕하지 마세요. 잘해준 것도 욕먹을 정도로 못된 애 아니거든요. 나쁜 짓을 하면 그때, 그때 뒤에서 낄낄 욕해요. 지금 이렇게 좋은 일 했을 때 욕하지 말고요."

"네! 다시는 욕 안 할게요."

진주는 다시 사인 종이를 돌려주었다. 순간 이런 자신의 행동이 재훈을 더 욕 먹게 하는 건 아닌지 걱정이 들었다. 마음 같아선 저 종이를 물속에 넣어 잉크가 번지게 한 후 손으로 시원하게 찢어서 버리고 싶었다. 그러나 그렇게까지 하면 재훈이 미친 여자를 만난다, 끼리끼리 논다 등 후폭풍이 두려웠다.

"고맙습니다!"

진주는 감사 인사를 받은 후 먼저 화장실을 나왔다. 밖으로 나오자마자 심장이 쿵쾅쿵쾅 뛰었다. 저 친구들이 착해서 망정이지 숫자로 몰아붙였으면 자신의 머리털이 다 뽑혔을지도 모르는 일이었다. 요새 애들 무섭다던데. 일부러 쫄지 않은 척하느라 혼났다.

그녀가 심호흡을 하면서 옷매무새를 다듬는 사이, 익숙한 향기가 코끝을 맴돌았다. 진주가 옆으로 고개를 돌리자 벽에 기대선 재훈이 보였다. 그의 손에는 커피 두 잔이 담긴 캐리어가 들려 있었다.

"……."

설마 들었을까? 자신이 사인해준 상대가 저를 욕하고 있던 걸 그가 몰랐으면 좋겠는데……. 진주의 눈빛이 떨리자 그가 다가와 어깨에 팔을 둘렀다.

"왜, 왜 나와 있어?"

"안에 사람들이 몰려서. ……그냥 호텔로 가야겠다."

"공개 연애를 해도 데이트는 결국 집이네."

진주가 그의 허리에 팔을 두르며 키킥 웃었다. 여자 화장실에서 애들이 나오기 전에 얼른 나가기 위해 문으로 그를 끌었다.

"나 아까 좀 감동했다."

"뭐를?"

"그쪽, 그거 받을 자격 없잖아요."

"으아악!"

그가 그녀가 했던 대사를 정확히 읊으며 표정도 지었다. 아마 이런 표정이지 않았을까 하면서 생생하게 표현하는데 부끄러움은 진주의 몫이었다. 그녀는 건물 밖으로 그를 밀어냈다.

"역시 홍장군, 멋져."

"……."

"내 보디가드 해도 되겠더라."

"뭐어?"

재훈의 농담에 진주는 자꾸 웃음이 나왔다. 그의 말대로 별명에 부끄럽지 않게 방금 장군처럼 적진으로 돌진하긴 했다.

"사실 나 좀 쫄았다. 걔네가 중고딩이었으면 말도 못 붙였을 거야."

"크큭. 당연하지."

"그래도 대학생이라 말은 통할 거 같아서 센 척했어. 아- 화장실 나올 때 발걸음 빨라지는 거 티 내지 않으려고 꾹꾹 눌러 밟았는데. 티 났나?"

"안 났어. 적진에서 상대의 머리채를 쥐고 나오는 장군 같았어."

그의 말에 진주가 눈썹을 삐죽 세웠다. 그러곤 폴짝 뛰어 그에게 헤드락을 걸었다. 이건 칭찬이 아니었다. 저를 놀리고 있는 거였다.

바로 옆 호텔로 와서 객실로 가는 엘리베이터를 탄 두 사람은 서로를 여전히 꼭 안고 있었다. 스위트룸 문을 열고 들어가자 재훈은 그대로 캐리어를 놓을 수 있는 자리에 그녀를 앉혔다. 그는 진주의 신발을 벗겨주었다. 그러곤 무릎을 꿇고 앉아 그녀와 눈을 맞췄다.

"아까 조금 맘 아팠지?"

"……아니. 익숙해."

"익숙하다고? 그게 어떻게 익숙할 수 있어……. 안쓰럽게 왜 그러냐."

진주는 저를 보는 재훈을 와락 안았다. 품으로 안아 머리를 쓰다듬었다. 눈을 계속 보고 있으면 눈물이 왈칵 쏟아질 거 같았다.

"나를 많이 좋아하다가도 불과 몇 분 뒤에도 나를 증오해. 사인을 하고 사진을 찍어도 다음 날 거기에 '죽어'라고 피로 써서 집으로 보내기도 하고 말이야. 어느 날은 좋은 팬이었다가 다음 날은 나를 끌어내리고 싶어 하는 적군이 되었다가, 또 어떤 날은 내 부하가 되기도 하고, 어떤 날은 다시 스승이 돼서 나를 가르치려 들고 그래."

재훈이 연예계 생활을 한 지 십 년이 다 되었다. 자신이 고등학교, 대학교를 다니며 친구들과 놀고 떠드는 동안 그는 세상과 부딪친 것이다. 그 이후엔 취업을 하겠다며 학원에 가서 공부를 하며 힘들다고 칭얼거릴 동안 그는 사람들이 눈앞에서 배신하는 걸 보면서 참고, 참고, 또 참아야 했다.

그런 사람한테 투정만 부렸다고 생각하니 미안함이 몰려왔다. 자신을 찾아왔을 땐 분명 힘들었다는 건데. 저를 좋아하는 그에게 다른 남자의 이름을 말하고, 설렌다고 하는 아주 못된 짓을 저지른 것이다. 미안함이 울컥 올라와 목소리가 떨렸다.

"미안해, 미안해, 재훈아."

"네가 뭐가."

"네 마음 너무 늦게 알아서. 진짜 미안해……."

겨우 제 마음을 터뜨린 그에게 자신은 어떻게 굴었던가. 장난치지 말라고, 육체적 관계를 위한 거라고 몰아갔었다. 그는 자신만 바라보고 있었는데 그 마음을 전혀 몰라주었다.

진주가 그의 어깨에 이마를 기대자 눈물이 볼을 타고 흘렀다. 이 안쓰러운 김재훈. 생각만 해도 그가 받은 고통이 꼭 자신이 받은 것처럼 가슴이 쓰라렸다. 목 끝까지 차오른 울음이 막혀서 핏대가 섰다.

진주가 눈을 감자 볼 위로 한 줄의 눈물 자국이 생겼다. 안고 있는 사이 재훈은 그녀의 목걸이를 손으로 만졌다.

"간지러워."

"좀 참아 봐. 너무 좋아서 그래."

"목걸이 그렇게 선물 주고 싶었어?"

"어."

재훈의 말에 진주는 키득 웃으며 그의 볼을 잡아 억지로 위로 올렸다. 눈이 마주치자 재훈이 싱긋 웃었다.

"웃지 마."

"왜?"

"마음 아프니까."

"그럼 울어?"

"차라리 그래라. 이왕이면 주먹도 입에 넣고 처절하게 울어줘."

진주의 말에 재훈은 키득키득 웃었다. 그러면서 그녀보다 훨씬 큰 주먹을 앞에 들이밀더니 그녀의 입가에 가져다 댔다.

"주먹은 네 입에 넣고 눈물은 내가 흘릴게."

"……."

진짜 콱 물어버릴까. 진주가 입을 벌리는 순간, 그가 그대로 공주 안기로 그녀를 번쩍 안았다. 아직 신발도 벗지 못한 재훈이 신발을 벗으며 안으로 들어갔다.

* * *

다음 날 병원에 출근한 그녀는 주리의 뜨거운 포옹을 받아야 했다.

"저는 오늘부터 대리님의 발닦개가 되기로 결정했어요."

"뭐가 돼요? 발닦개?"

"……네. 저 후니 오빠랑 사진 찍은 거 가보로 간직하려고 액자 프레임도 맞췄어요. 정말 감사해요. 제 인생에서 가장 행복한 날이었어요."

"팬클럽 하다 보면 재훈이 자주 보지 않아요?"

"그냥 멀리서 보는 것과 어제처럼 가까이서 보는 게 다르고, 많은 사람 틈에서 같이 만나는 것과 단둘이 얼굴을 마주치고 저에게 말을 걸어주고 그런 건 정말 다르다구요!"

"이제 지도 있었어요."

단둘이라니. 주리 씨, 저도 있었어요. 진주의 말에 주리가 히죽히죽 웃었다. 그녀는 어제 재훈과 자신 둘만 있다고 생각을 했던 모양이었다.

"어제의 대리님은 제게 뭐랄까…… 투명드래곤이었어요. 졸라 짱 세서 이길 순 없지만 보이진 않은……."

"저 놀리는 거죠?"

투명드래곤의 뜻에 대해 곱씹고 있는데 주리가 직접 설명하는 걸 들어 보니, 이건 놀리고 있는 거였다. 아무리 짱짱 세면 뭐하나, 투명해서 보이지 않았다는 건데.

"저 오늘 점심은 친구 만나서 먹을 거예요."

"네, 네. 저는 액자 프레임 최종 시안 보러 잠시 나갔다 올게요. 대리님, 식사 맛있게 하세요."

"네. 저는 친구 만나서 크와아아앙 울부짖고 올게요."

"끄아악. 역시 투명드래곤!"

주리가 그녀에게 쌍 엄지를 올렸다.

* * *

오늘 진주의 약속 상대는 하연이었다. 하연이 이 주변에 나온 김에 점심을 같이 먹자고 연락이 와서 급 만남을 갖게 되었다.

"뭐 먹을래? 내가 쏜다!"

"오오. 홍진주~ 재훈이 만나더니 통도 커졌어. 언제는 친구끼린 무조건 더치페이라면서."

"내가 5만 원까진 쏘는데, 금액이 5를 넘으면 더치를 외치는 거지. 기준이 있거든!"

"그 기준 좀 올랐네? 전엔 3만 원이었잖아."

"……나를 너무 잘 알아, 넌."

무서울 정도로.

진주는 하연에게 팔짱을 끼었다. 학창 시절엔 만 원이 넘으면 더치페이를 했고, 처음 병원에 입사했을 땐 2만 원, 연차가 쌓여서 3만 원, 대리가 되고부터는 5만 원. 나름 그녀의 기준이었다.

두 사람은 파스타를 먹으러 레스토랑 안으로 들어갔다.

"봉골레랑 토마토 스파게티, 피자. 런치 세트 먹으면 되겠다. 저기요!"

진주가 런치 세트를 주문하였다. 스파게티 2개와 피자 한 판에 에이드 두 잔. 식전 빵이 나오자 두 여자는 하나씩 빵을 집었다. 누구보다 빠른 손놀림이었다.

"요샌 주변 연락 안 와? 재훈이랑 만나게 해달라는 둥 그런 거."

"와. 그냥 미안하다고 하지 뭐."

"참 미안해야 할 일도 많아. 그지?"

하연의 질문에 진주가 고개를 끄덕였다. 재훈이의 사인을 못 받아줘서, 사진을 같이 못 찍게 해서, 그들 사업에 재훈의 도움을 줄수 없어서 한없이 미안해해야 했다.

"어우. 정말 싫어. 그러면서 뒤에서 빅토리게이트 열렸을 때 재훈이 욕 엄청 했을 거 아니야! 좋아할 거면 좋아하고 말 거면 말던가. 내가 다 화나네."

"내 말이. ……어제 무슨 일이 있었냐면."

진주가 어제 있던 일을 말하자 하연도 함께 불같이 화냈다. 그녀만큼 재훈을 친구로서 소중히 하는 사람인 만큼 식전 빵을 갈기갈기 찢어 씹어 먹으며 하연이 이를 갈았다.

"근데 너 뭐야? 못 보던 건데?"

하연의 눈이 진주의 목 언저리에 닿았다. 그녀는 블라우스 안에 감춰 둔 목걸이를 꺼내서 하연에게 보여주었다.

"그거 재훈이가 준 거네?"

"응. ……나한테 목걸이 줄 사람이 걔밖에 없긴 하지. 어떻게 딱 맞추냐."

"나 그 목걸이 본 적 있어."

"진짜? 이거 유명한 거야?"

고가로 보이진 않았는데. 다이아몬드는 아닌 거 같은데. 설마 목에 차고 다니면 안 될 정도로 고가인 건가. 벨벳 박스 안에 모셔두고 생각날 때 한 번씩 열어서 봐야 하는 보물인 건가? 아무래도 디자이너인 하연은 자신보다 보는 눈이 더 좋을 거였다.

"아니. 유명한 건 아니고, 재훈이가 무슨 말 안 해?"

"응. 안 했는데?"

"내가 말해도 되나……."

하연이 고개를 갸웃했다. 진주는 하연의 표정을 보니 더욱더 궁금해서 고개를 앞으로 빼며 하연에게 눈을 깜빡이며 부담스러운 눈빛을 쏴주었다.

"알려주려다가도 그 눈 보면 마음이 식네."

"알려줘. 뭔데? 뭔데?"

진주의 질문에 하연이 잠시 고민하는 모양인지 눈동자가 자꾸 뇌와 가까워졌다. 진주는 하연의 흰자를 보고 있다가 서서히 돌아온 눈동자와 마주했다.

"그거 나 고등학생 때 봤어."

"이 목걸이를 봤다고?"

"재훈이가 그때 샀던 거 같아. 걔 학교 온 날 같이 공부할 때 봤어. 가방에서 걔가 뭘 떨어뜨렸는데 상자였거든? 장난친다고 열어 봤는데 목걸이인 거야. 재훈이 얼굴 빨개져서 막 달라고 하는데 나 달라고 졸랐거든. 절대 안 주더라."

진주는 목에 건 목걸이를 돌려가며 만졌다. 이게 사실이라면…… 재훈이가 이 목걸이를 고등학생 때 샀다고?

"내가 눈썰미 좋은 거 알지? 그거 그때 봤던 거 맞을 거야."

하연이 파스타를 포크에 돌돌 말아 먹으며 대수롭지 않게 말했다. 그러나 진주는 목이 막혀서 에이드를 벌컥벌컥 마셨다. 어제 제 품에 안겨서 목걸이를 만지작거렸던 재훈이 떠올랐다. 그렇게 좋냐는 말에 좋다고 대답했던 재훈의 눈빛이 마음을 아프게 조여 왔다.

"이거 먹고 같이 금은방 좀 가자."

"금은방?"

"……발찌 좀 사게."

그가 채워준 이 목줄이 더욱 무겁게 느껴졌다. 목줄을 쥐어줬으니 자신은 그의 발목에 채울 발찌를 사 주면 어떨까 싶었다. 정말 조금만 더 그의 마음을 일찍 알아줬다면 얼마나 좋았을까.

"근데 그 목걸이의 주인이 너일 줄은……. 나는 재훈이 어머니 건 줄 알았거든. 디자인이 세련돼서 긴가민가하긴 했지만."

"아 정말 재훈이 때문에 맘이 아프네. 나 왜 이렇게 둔했지? 조금만 신경 써서 보면 눈에 꿀 떨어지는 거 알 수 있었을 텐데. 나 걔 앞에서 금사빠라서 누구 잘생겼다 누구랑 사귀고 싶다 막 별의별 얘기 다 했는데."

"누구랑 잤다가 없어서 얼마나 다행이니. 좋게 생각해."

"그래. 상상만 해도 싫다 그건."

진주는 재훈에 대한 미안함을 느끼며 밥값을 계산하고 하연을 데리고 액세서리 전문점으로 갔다.

* * *

재훈은 영화 시사회에 초대되었다. 분명 그가 주인공이 아닌데도 연예부 기자들은 틈틈이 그의 시사회 패션을 사진 찍어 바로바로 기사를 썼다. 시사회에서 주인공과 감독이 질문을 받다가도 일부러 재훈도 재밌게 봤냐는 질문을 통해 그에게 마이크를 넘겼다.

"영화 재밌게 보았습니다. 대박 나시기 바랍니다."

재훈의 말 한마디에 뜨거운 박수갈채가 쏟아졌다. 시사회가 끝난 후 그는 대기실로 갔다.

"축하해."

"와줘서 고마워, 형. 잠깐만, 나 인사만 하고 나갈게. 어디 가지 마."

그보다 한 살 어린 기준은 요새 한창 주가를 올리고 있는 배우였다. 이 친구 또한 모델로 시작해서 배우로 넘어온 케이스였다. 그래서 드라마 촬영을 할 때 다리를 벌려서 매너 다리를 해주기로 유명했다.

재훈이 대기실을 나와 걷는 동안 아직 영화관에 있던 사람들이 그에게로 몰려왔다.

"와와! 진짜 잘생겼어요."

"오빠 사랑해요!"

저 멀리서 누가 사랑한다고 소리를 꽥 질렀다. 재훈은 눈이 마주치는 모두에게 인사를 건넸다.

"연기 짱 잘하세요. 우유 빛깔 김재훈!"

"사랑해요 김재훈!"

그가 목을 긁적였다. 그러다 잠시 멈춰서 뒤를 돌자 그를 에워싸던 사람들도 멈칫했다. 막상 가까이 다가가니 그들은 '사랑한다'는 표현을 멈췄다. 부끄러운 모양인지 볼이 붉게 변해가고 있었다.

"형."

"꺄아아아!"

대기실에서 나온 기준이 그의 이름을 부르며 다가오자 다시 한 번 데시벨이 쭈욱 올라갔다.

"안녕하세요. 안녕하세요. 저 좀 지나갈게요~"

기준은 사람들을 헤치고 그에게 다가왔다.

"영화 어땠어요?"

"최고였어요!"

"감사해요. 다들 좋은 시간 보내세요!"

기준이 손을 흔들며 인사했고, 재훈도 환하게 웃었다. 그들은 사람들을 헤치고 주차장으로 내려와 재훈의 차에 탔다. 그런 뒤 두 사람은 서울 시내를 빠져나갔다. 비교적 사람이 없는 술집으로 갔다. 안주와 술이 나왔다.

"형, 문자 왔나 본데? 핸드폰 울려."

"아 잠시만."

그가 핸드폰을 열었다.

[재훈아, 오늘 저녁에 뭐 해? 호텔에 있어? 집에 있어?]

[아는 동생 만났어. 나 이사 갈 집이 아직 리모델링 중이라, 당분간은 호텔에 있을 예정.]

[……나 거기 가 있을까?]

진주의 말에 그의 입가에 미소가 번졌다. 그는 당장 지갑을 꺼내 카드키를 보았다. 두 장이 다 제게 있는 걸 보니 하나를 진주에게 주지 않은 모양이었다. ……어쩌지.

[컨시어지 데스크에 말해 놓을게. 거기서 키 받아서 가.]

[응. 몇 시에 와?]

[……열두 시 전엔 가는데. 너무 늦나? 어머니께 혼나겠다. 안 되겠어. 내일 보자.]

[노노노. 오늘 볼래. 오늘 보고 싶어.]

어머님과 아버님께 찍히면 안 되는데. 그러나 진주는 보고 싶고 안고 자고 싶고. 이걸 어쩌나.

결혼하고 싶다. 문득 든 생각에 재훈도 화들짝 놀랐다. 그러다 그녀와 결혼한 상상을 하니 절로 기분이 좋아졌다.

"무슨 연락인데 그렇게 좋아해?"

"여자 친구."

"아-! 나도 소개시켜줘. 공개 연애하니까 어때?"

"좋지. 근데 여전히 사람 많은 곳은 못 가."

"직업상 그게 힘들지."

공개 연애를 해도 결국 국내에 있을 땐 전과 마찬가지로 호텔, 집, 차 안이 제일 데이트하기 편했다. 아무래도 밖에 있으면 사람들의 시선을 피할 수가 없고, 신경을 써야 하는 부분이 있었다.

"형 예전에 고백하려다가 못 했잖아. 혹시 그때 그분?"

"언제였지?"

"……왜, 정진이 스캔들 났을 때. 그때."

"아."

잊고 있던 기억이 떠올랐다. 진주가 대학생일 때였던 거 같다. 그 맘때쯤 유명했던 아이돌 멤버인 정진은 같은 소속사의 아이돌 여자 멤버와 공개 연애를 시작했다. 3개월 정도 연애했을까……. 아이돌 여자 멤버가 자살을 시도했고 그게 이슈가 되었다.

정진의 팬들이 그녀를 죽음까지 몰아간 사건이었다. 스토킹은 기본이고, 죽은 동물 사체를 보내기도 하고, 공개 방송에서는 일부러 아무도 응원을 하지 않는 등 마음고생을 시켰다.

그맘때쯤 진주에게 다시 한 번, 제 마음을 전하려고 했는데 그러지 못했다. 돌아오는 길은 정말 쓸쓸했다. 사람들에게 사랑을 받는 만큼 무서움은 배가 되었다. 그 사랑에 대한 배신은 처절하게 응징을 당하기 때문이다.

"그때 그분 맞아. 정진이를 잊고 있었어. 걔 뭐 하고 지내?"

"제주도에서 농사짓고 살지. 농부 다됐어."

지나가는 사람들의 시선에서 자유로워지려면 아예 결혼 후 사람들에게 묻히는 거였다. 작품 활동도 서서히 중단하고 그렇게 시간이 흐르다 보면 잊히게 될 것이다. 결국, 제 곁에서 진주가 안전한 방법은 결혼뿐이었다. 기준과 대화하는 내내 그의 머릿속엔 틈틈이 진주에 대한 생각으로 가득했다.

* * *

재훈이 호텔에 도착한 시간은 밤 열한 시였다. 기준이 뒤에 배우 친구들과의 술자리가 있다기에 냉큼 기준을 보내고 호텔로 돌아왔다.

대리 기사가 운전한 차가 호텔 주차장에 도착하자마자 그는 엘리베이터를 타고 룸으로 올라갔다. 적당히 술을 마신 그는 평소보다 조금 더 흥분한 상태였다. 이럴 땐 최대한 집 밖을 나가면 안 되는 상태라, 그는 술을 마시면 꼭 귀가하여 깰 때까지 집 안에 있는 버릇이 있었다. 주변에 조금이라도 책잡힐 일을 하지 않기 위한 그만의 방법 중 하나였다.

재훈은 카드키를 찍고 문을 열었다. 문 앞의 불이 켜지면서 안쪽이 보였지만, 진주는 없었다. 아직 안 왔나 싶어 아래를 보니 그녀의 구두가 놓여 있었다.

"진주야?"

그는 신발을 벗고 슬리퍼를 신었다. 그리고 현관 쪽에 있는 버튼을 눌러 이곳저곳 불을 켰다. 침실 쪽 불만 꺼 둔 채로 복도를 지나면서 획획 둘러보았다. 드르륵.

"……왕!"

거실로 이어지는 복도 사이에 있는 알파룸에서 진주가 확 튀어나왔다. 그녀가 나오면서 그 안에 있던 여분의 이불과 가운이 우수수 아래로 떨어졌다. 그녀도 미끄러지면서 그의 발 앞으로 넘어졌다.

"진주야."

그는 무릎을 대고 바닥에 앉으며 그녀를 일으켰다.

"무릎 괜찮아?"

"어. 괜찮아."

다행히 폭신한 것이 아래에 먼저 깔려서 크게 다치진 않은 모양이었다. 이럴 때 보면 학창 시절의 진주가 떠오르곤 했다. 장난기가 많아서 매번 자신을 놀리고 도망가고, 내기에서 지면 씩씩거리며 이길 때까지 불타오르던 모습들.

그가 진주의 두 볼을 와락 잡았다.

"왜애이래."

손에 악력이 들어가자 그녀의 볼이 눌리며 입술도 앞으로 쭉 내밀어졌다. 말을 할 때마다 오물거리는 입술이 사랑스러워서 견딜 수가 없었다.

"왜 이렇게 사랑스러워? 홍장군 진짜…… 미치게 하네."

그는 그녀의 입술에 쪽 뽀뽀를 했다. 그녀를 번쩍 안은 후 알파룸 중간 칸막이에 그녀를 앉혔다. 그에 비해 한참 작은 그녀는 알파룸의 중간쯤 설치되어 있는 칸막이에 올려도 머리가 닿지 않고 딱 맞았다. 그 모습이 사진으로 남기고 싶을 정도로 앙증맞았다.

공중에 뜬 다리가 위아래로 움직이는 걸 보던 그가 그대로 칸막이를 짚고 그녀의 다리 사이로 들어왔다. 그보다 한 뼘 정도 더 높은 위치에서 그녀가 그를 보았다.

"위에서 보니까 우리 공자님 더 잘생겼어."

"아래서 보니까 넌 더 예뻐."

"정말?"

"응. 콧구멍이……."

"야!"

그녀가 그의 얼굴을 꽉 잡아 위로 들어 올렸다. 한참을 실랑이하던 그때, 그들의 몸을 견디지 못한 중간 칸막이가 흔들렸다. 진주가 너무 놀라 엉덩이를 떼서 그에게 쓰러졌고, 그는 그대로 그녀의 몸을 받으며 뒤로 쓰러졌다. 그의 위에 올라탄 그녀가 중심을 잡기 위해 재훈의 얼굴 양옆을 짚었다.

"……!"

코끝이 닿은 두 사람은 누가 먼저랄 것도 없이 입을 맞췄다. 진주는 그의 알싸한 알코올 향조차 감미롭게 느껴질 정도로 그에게 취했다. 서로의 혀가 놓치기 싫다는 듯 얽히며 감쌌다. 두 사람의 입에선 숨 쉬는 소리와 서로의 입술을 빠는 소리만 가득했다.

촉, 초옥. 조용한 공간을 가로지르는 소리에 아랫배가 찌릿했다. 진주는 그에게 입술을 맞추며 서서히 그의 턱으로 입술을 내렸다. 날카로운 그의 턱선을 따라 입술을 내리고 목젖까지 닿자, 그가 움찔 몸을 떨었다.

"진주야. ……하아."

"왜?"

"나 술 마셔서, 제어 안 돼."

"많이 마셨어?"

그녀가 그에게 물으며 손을 그의 옷 속으로 넣었다. 자잘한 복근을 만지고 그 위로 올라가 탄탄한 가슴까지 훑으며 서서히 상의를 들췄다.

"조금. 아니, 조금 많이…… 정말 안 돼. 오늘 위험해."

"언제는 안 위험했나?"

술을 마시나, 안 마시나 항상 위험했다고 투덜거리며 그녀는 그의 옷 속으로 얼굴을 들이밀었다.

"홍진……주. ……으."

재훈은 다음 말을 잇지 못했다. 진주의 입술이 닿을 때마다 온몸이 터질 것처럼 뜨거워졌다. 목을 꺾어 거칠게 겨우 숨만 쉴 뿐이었다.

그녀가 그의 옷 속에서 나와 벨트를 풀었다. 그러곤 점점 더 아래로 내려가더니 그의 다리 하나를 접은 후 발바닥을 바닥에 대게 했다.

"뭐, 뭐 하는 거야?"

"잠깐만."

부스럭대는 소리가 나더니 발목에 차가운 금속성 물질이 느껴졌다. 재훈이 상체를 들고 일어나자 진주가 만족스럽다는 듯 웃으며 손가락으로 그의 발목을 가리켰다. 거기엔 발찌 하나가 매달려 있었다.

"이게 뭐야?"

"목걸이에 대한 답례. ……네 발목을 잡겠단 내 숨은 의도."

"선……물?"

재훈은 항상 자신이 그녀를 더 사랑하고 안달 냈던 입장이었기에 선물을 받는 건 상상도 못 했다. 뭐라고 표현해야 할지 알 수가 없었다. 벅찬 기분에 숨이 가빠졌다. 그녀가 제 마음을 받아주고 용기 내서 불편함을 무릅쓰고 연애해주는 것도 감사한데, 선물이라니. 홍진주는 도대체 얼마나 더 사랑스러워지는 것일까. 그는 이 공간 안에 진주 하나만 있는 것 같은 착각이 들었다. 원래도 예쁜 그녀가 더욱 사랑스럽게 보여서 미칠 것만 같았다.

"왜? 디자인 마음에 안 들어? 좀 여자 거 같나?"

"아니. 너무 좋아. 마음에 들어."

"……으아악!"

진주는 갑자기 저를 눕히는 재훈 덕분에 바닥에 깔린 이불 위에 누웠다. 여분의 이불은 그들이 몸을 뒤척이는 동안 쿠션 역할을 충분히 하고 있었다. 그는 자신이 입고 있던 상의를 벗은 후 그녀의 옷가지도 벗겨냈다. 침실까지 가지도 못한 채, 그들은 그곳에서 날이 밝을 때까지 서로에게 취했다. 입술 맞추고, 몸을 겹치고, 잠시 지쳐서 잠들었다가 누군가 다시 깨면 먼저 서로에게 올라타서 하나로 얽혔다. 그들의 주변에 콘돔 포일이 여러 개 쌓여 갔다.

11. 마음을 잡아

가을이 지나, 겨울이 찾아와도 세간은 여전히 시끄러웠다. 몇 달째 빅토리의 사건은 꼬리에 꼬리를 물어 결국 공무원 고위 간부들까지 소환이 되었다. 용기를 내고 고발한 자들은 고소를 당했고, 몇몇은 소리 소문 없이 사라지기도 했다.

그럼에도 국민들과 시민 단체는 포기하지 않고 그들을 압박하고 목을 조여 갔다. 제일 힘없는 자들이 도마에 올라 욕받이를 하고, 정작 돌을 맞아야 할 사람들은 뒤에 숨어 철저히 은폐됐다. 빅토리와 그의 무리는 연예계 은퇴를 선언한 이후 참고인으로 조사를 받았고, 결국 검찰은 그들에게 징역 5년의 형을 때렸다. 그마저도 부족하다는 것이 국민들의 의견이었으나 그대로 묵살되었다.

그렇게 가장 유명한, 얼굴로 먹고사는 몇몇이 감옥에 가면서 사건은 거의 종결 처리가 되어 갔다. 재훈이 일반인과 연애한다는 소식도 이제는 실시간 검색어에 오르지 않을 만큼 시간이 지난 것이다.

"박태가리, 오랜만?"

"어."

"웬일로 나를 보재? 우리 병원 앞까지 오고!"

이런 일이 자주 있는 일이 아닌데? 진주가 고개를 갸웃했다. 태주의 얼굴엔 수염이 나 있고 안색이 좋지 못했다. 어디 실연이라도 당한 사람처럼……. 설마?

"너 하연이한테 차였어?"

"차인 건 아니고."

"차인 거 아니고, 까인 거?"

"……하연이가 아무 말 안 해?"

"응."

두 사람이 잘되면 어련히 얘기해줄 것이고, 아니면 아닌 거고. 그녀는 태주에게도, 하연에게도 이렇다 저렇다 조언을 할 생각은 없었다. 둘 다 제게 소중한 친구니까.

"내가 사과했다. 내 옆에만 있어 달라고 했어."

"너 약혼은?"

"……"

"약혼 상대도 정리 안 하고 사과하면 그게 먹히냐?"

상처 줄 땐 언제고, 돌아서니까 이제 붙잡니……. 이러니 박태가리라고 부르지! 이 답답아! 진주는 태주를 흘겨보다가 후 하고 한숨을 쉬었다.

"하연이가 이미 너한테 한 번 상처를 받았잖아. 그거에 대한 두려움도 있는 거 같고, 어쨌든 너랑 연애를 하면 결국 상처받는 쪽이 하연이일 테니까."

"왜 그렇게 단정 지어?"

"상식적으로 봐. 적당히 집안 차이가 나도 결혼하다가 헤어지는데, 하늘과 땅 차이면 그게 되겠어? 다 좋아. 그래, 다 생략하고 결혼한다고 쳐. 시집살이 견딜 수 있겠니. 거기서 힘들면 너한테 기댈 테고, 하연이 힘들어하는 거 매번 봐야 하는 널 보면서 하연이가 더 힘들 거잖아. 내 눈엔 거기까지 딱 보이는데, 걔가 그거 몰랐겠냐."

말을 하면서 어째 지금 자신의 상황을 말하고 있는 것 같았다. 박태주와 지하연의 간극이 집안의 차이라면, 자신과 재훈에게도 물리적인 차이가 있었다. 그가 한없이 좋은데 결혼을 생각하면 어쩐지 세상에서 가장 먼 사람처럼 느껴지기도 했다.

"그럼 그것만 해결해주면 되는 거네?"

"그, 그렇지."

"고마워."

"해결할 방법은 있고?"

"이제부터 찾아봐야지."

뭐가 저렇게 자신만만해? 누가 보면 벌써 해결책은 다 찾았고, 하연이를 제 여자로 만든 줄 알 것 같은 미소를 짓고 있었다.

"뭐가 됐든 두 사람이 상처받지 않고 좋은 쪽으로 원만하게 해결하길 바라."

"그럼."

"어쩜 미소가 좀……."

사악해 보이는 건 착각일까. 대화를 나누던 중 태주가 그녀의 목 언저리를 뚫어지게 보고 있었다.

"재훈이가 준 거야. 혹시 너도 아는 목걸이야?"

"응. 본 거 같은데?"

"얜 주인 빼고 다 보여줬네, 다 보여줬어."

"한창 걔가 가방 속에 넣고 다니던 거라 봤지. 가보로 내려오는 건 줄 알았는데 주인이 있었군. 그럼 그때부터……! 진짜 미친 새끼네."

"우리 재훈이가 왜 미친 새끼냐?"

진주가 태주를 힐끗 째려보았다. 눈, 코, 입 어디 하나 빼놓을 데 없이 멋있는데. 정신 건강이 우리 중에서 제일 튼튼한데!

"사랑에 미친 새끼라고. 사랑에."

태주식 칭찬에 진주는 그게 좋은 말인지 놀리는 건지 판단하느라 잠시 고개를 갸웃거렸다. 그때, 그녀의 핸드폰이 울렸다.

[진주야, 엄마 병원 앞인데. 어디야? 잠깐 엄마랑 데이트 좀 할까?]

"왜?"

"아, 우리 엄마가 이 주변에 와 있다고 해서. 너 다시 회사로 갈 거지?"

"응. 오시면 인사만 드리고 갈게."

태주의 대답에 진주는 엄마에게 지금 있는 곳으로 가겠다고 문자를 보냈다. 이렇게 불쑥 찾아오실 분이 아닌데, 가슴이 불규칙적으로 뛰기 시작했다.

* * *

"엄마! 태주 오랜만에 보지?"

"어. 그러네. 태주 오랜만이다. 잘 지냈니?"

"네, 어머니. 인사도 못 드리고 죄송해요."

"아니야. 다들 일하느라 바쁜데 뭘."

태주는 진주의 어머니인 정숙에게 깍듯이 인사했다. 진주는 태주가 먼저 가지도 못하고 앞에서 멀뚱히 있자 엄마의 옆에 서서 팔짱을 꼈다.

"엄마, 태주는 오늘 일이 남았대."

"어, 그래. 그래…… 내가 시간을 많이 뺏었구나. 다음에 또 보자."

"네. 어머니. 다음에 재훈이랑 같이 한번 찾아뵐게요."

"어…… 그래."

태주가 재훈의 이름을 꺼내자 정숙의 표정에 싸늘함이 스쳐 지나갔다. 진주는 그걸 못 봤지만, 태주의 예리한 눈썰미로는 분명 뭔가 있다는 사실을 느꼈다. 그러나 그는 다시 한 번 더 깍듯이 인사를 하고 병원 주차장으로 갔다.

"엄마, 카페로 갈까?"

"이. 그러자."

"여기까지는 무슨 일이래?"

진주는 엄마에게 팔짱을 낀 채로 인근 카페로 갔다. 딸이라곤 저 하나밖에 없기 때문에 그녀는 어려서부터 부모님의 사랑을 독차지했고, 아직까지도 스킨십을 자주 할 정도로 부모님과 친했다. 그렇지만 이렇게 말없이 엄마가 그녀가 근무하는 회사로 찾아온 건 이례적인 일이었다. 아빠랑 병원 주변에 오셨을 때도 따로 연락한 적이 없으셨다. 엄마가 좋아하는 허브티와 그녀가 먹고 싶은 생딸기라떼를 주문한 후 테이블에 앉았다.

"무슨 일 있어? 아빠랑 싸웠어?"

"……."

"아빠한테 말하기 곤란한 거면, 내가 전달해줘? 뭔데~ 우리 엄마가 이렇게 심각할까."

진주는 평소처럼 엄마에게 말을 걸었다. 그런데 전과 달리 엄마의 얼굴에선 표정 변화가 없었다. 정말 뭔가 심각한 일이 있는 건가.

"설마, 엄마 어디 아파?"

아빠한테는 말 못 할 뭔가가 있는 거야? 진주가 불안함을 느끼는 사이, 그녀의 심장 박동보다 더 큰 진동이 울렸다. 그녀는 진동벨을 들고 픽업대로 가서 머그잔 두 개를 쟁반 위에 올려서 들고 왔다. 정숙은 허브티를 마시며 마음을 가다듬었다.

"엄마가 저번 주에 동기 모임을 다녀왔거든."

"응. 엄마."

"엄마가 다닌 학과에 정말 예쁜 후배가 들어왔다고 했었잖아. 너도 알지? 아빠도 알 정도로 외모가 특출났는데 갑자기 돌연 자퇴했던 후배. 엄마 동기 중에 그 후배랑 연이 닿은 친구가 있더라고……."

진주는 거기까지 듣자 어딘지 싸한 느낌이 들었다. 왜인지 모르게 그녀의 다리가 저도 모르게 달달 떨렸다. 불안할 때 나오는 버릇이었다.

"진주 너 재훈이 부모님 뵌 적 있어?"

"아니. ……없어."

"그때 그 후배가 입학하자마자 배가 불러 오던 상태였어. 그 상대가 우리 때 유명한 배우였거든. 미성년자 때 이미 임신을 한 거지."

거기까지 듣자 이제야 아귀가 맞아 떨어졌다. 재훈에게 들었던 내용을 떠올리니, 엄마의 후배가 재훈의 어머니라는 소리였다.

"그, 그래서."

"엄마도 아빠랑 사랑해서 결혼하고, 널 낳은 거잖아. 그래서 상대가 미성년자였던 건 눈살을 찌푸렸지만 책임진 것에 대해선 대단하게 생각해. 그런데 진주야, 엄마는 그때 그 배우 팬들이 우리 후배한테 어떻게 했는지 다 들었어. 그리고 알지도 못하는 사람들이 얼마나 후배를 안줏거리로 삼아서 별의별 말을 다 하는지도 다 봤고."

"……엄마, 그때는."

"팬들이 차마 말로 못 할 욕설도 날리고, 대학교 앞에 찾아와서 깽판도 부리고, 깡패도 동원하고 그러더라. 더 말 못 할 일도 있었어."

"들었어."

결국, 아이를 잃고 한쪽 눈까지 실명할 정도로 스토킹을 심하게 당했다고 들었다.

"사람을 사랑한 게 죄가 아닌데, 고개를 못 들고 다니더라. 그러다 결국은……. 엄마도 안타깝게 생각해. 그 어린 나이에 얼마나 힘들었을까, 그런 부모 밑에서 재훈이 잘 자란 거 보면 대단하고. 근데, 진주야."

정숙은 테이블 위에 있는 진주의 손을 잡았다. 그리고 손바닥 위에 딸의 손을 올리고 그 위를 자신의 손으로 덮었다.

"엄마 딸 진주야, 엄마는 네가 그렇게 될까 봐 불안해."

"지금은 그런 시대 아니야. 팬들이 오히려 연애 지지해주는 걸."

"……국민들의 사랑을 받는 만큼, 그에 비례해서 미워하는 사람도 있어. 재훈이는 그냥 스타가 아니잖아. 전 국민, 아니 해외에서도 다 알아준다며. 재훈이랑 정말 오래된 친구로만 지내주면 안 될까?"

"엄, 엄마……."

"내가 그 사실 알고부터 밥도 못 먹겠고, 잠이 안 와. 너 매번 외박할 때마다 걱정되고, 무슨 일 있나 상상하게 돼. 네 아빠한텐 말도 못 꺼냈어. ……우리 진주, 엄마는 너랑 아빠뿐인 거 알지?"

차라리 엄마가 헤어지라고, 안 된다고 강경하게 나왔으면 그녀 또한 헤어질 수 없다고 딱 잘라 말했을 것이다. 그런데 제 건강을 걱정하며 불안해하는 모습과 간절하게 제게 부탁을 하는 엄마를 보니 가슴이 찌르르하게 아파왔다.

"엄마, 나 재훈이가 너무 좋은데. 어떡하지."

진주의 눈가가 파르르 떨렸다. 하루라도 안 보면 보고 싶어서 미칠 거 같고, 다른 사람의 연애 이야길 듣다가도 꼭 내 이야기인 거 같아서 걱정되고, 언젠가 우리가 결혼을 하지 않고 남이 된다고 생각하면 송곳으로 온몸을 찌르는 것처럼 아픈데, 어떡하지.

 걔가 힘든 걸 지켜볼 때마다 차라리 내가 대신 아팠으면 좋겠고, 옆에서 도움이 못 돼서 미안하고, 이렇게 나를 너무 사랑해 줘서 또 미안한데. 엄마와 아빠가 준 사랑이 얼마나 큰지 아는데, 재훈이 주는 사랑에 비하면 그게 작게 보일 만큼 눈에 개밖에 안 보이는데…….

"우리 딸, 왜 울고 그래."

 정숙이 손을 뻗어 진주의 눈가를 닦아주었다. 잔잔히 맺히던 눈물이 또르르 떨어졌다.

"생각만 해도 눈물이 나. 아파."

"……널 어쩌면 좋니."

"엄마, 나 절대 그런 일 없어. 그러니까…… 친구로 지내라는 말만 하지 마. 그렇게 못할 거 같아."

"……."

 엄마도 물러날 수 없다는 듯 그녀의 연애를 응원해주지 못했다.

"널 모르는 사람들이 댓글에서 너에 대한 추측을 할 때마다, 악담을 퍼부을 때마다 그게 꼭 현실에서 일어날 것처럼 걱정돼. 엄마는 그게 단순히 악플이네 하고 넘어가지지가 않아. 우리 딸이 죽었으면 좋겠대. 하나도 안 어울린다고, 몸 파는 여자 아니냐는 말도 있었어. 엄마한테 제일 예쁜 딸인데, 못생겼대. 그 애미는 그런 딸 낳고 미역국…… 아니다. 진주야. 엄마 딸이 왜 이런 취급을 받아야 하니?"

그런 댓글까지 달린 줄 몰랐다. 저뿐만이 아니라, 부모 욕까지 했을 줄 몰랐다. 엄마가 자신의 욕을 들으며 마음 아파하면서 속 끓었을 걸 생각하니 미안한 마음이 들었다. 그것도 모르고 저는 재훈이와 어떻게 하면 1분이라도 더 볼까, 재훈이 품에서 잘 생각만 했었다. 재훈이 악플이 달리고 힘들었던 것만 눈에 보였다.

"엄마, 내가 미안해. 정말."

진주는 고개를 푹 숙였다. 테이블 아래로 고개를 떨군 그녀는 구두의 발끝만 바라보고 있었다. 재훈과 처음 스캔들이 터졌을 때, 자신이 알고 있는 모든 이에게 연락을 받았던 거 같았다. 모자 이크가 되어 있어도 실제 지인은 자신을 알아볼 수밖에 없을 테니까. 엄마의 딸인 자신의 얼굴을 아는 분들이라면, 엄마와 아빠에게도 수십 통의 전화가 갔을 거란 걸 이제야 깨달았다.

"엄마랑 아빠도 피해를 봤을 텐데, 내가 그 생각을 못 했어."

"진주야. 엄마는."

"……."

제 손을 잡은 엄마가 그녀의 손등을 쓰다듬었다.

"엄마가 피해 보고 욕먹는 건 괜찮아. 근데 우리 딸이 상처받고, 피해 보고, 아픈 건 못 참아. 그건 엄마가 대신해주고 싶어도 못 해주는 거잖아. 지켜보고만 있어야 하는 게 엄마는 너무 힘들어."

"엄마……."

"우리 진주 엄마 말 잘 알아듣지? 재훈이가 싫다는 게 아니야. 이런 상황이 재훈이를 허락하지 못하는 거지."

"아빠도 생각이 같아?"

"……아직 얘기해 보진 않았지만, 그럴 거라고 생각해. 널 끔찍이도 생각하시잖니."

그러네. 진주가 이로 입술을 질끈 물며 숙인 고개를 들지 못했다. 엄마는 한 번 더 그녀의 손을 잡아주더니 그 손을 놓았다.

먼저 자리에서 일어난 엄마가 저를 보며 아픈 표정을 짓고 있었다. 네가 아무리 떼를 써도 들어줄 수 없다고. 네가 말을 안 들을수록 엄마는 더 힘들어질 거라고. 그런 눈빛을 담고 있었다.

"진주야. 엄마 먼저 갈게. 조금 더 생각해 보고 와. 그런데 엄마 생각은 안 변해. 절대로."

엄마가 나간 후 그녀는 카페에 앉아 있었다. 그대로 일어날 수가 없었다. 제 연애로 인해 가족이 상처를 받고 있을 줄은 몰랐다. 그냥 둘만 좋고 행복하면 되는 거라 생각했는데……. 그때, 그녀의 핸드폰이 울렸다.

[공자님]

재훈이었다. 이런 상황에서도 그의 연락에 반가운 마음이 드는 걸 보면, 자신은 불효녀인 게 틀림없었다. 그래서 더욱 미안함이 배가 되었다.

* * *

재훈은 촬영이 길어지자 잠시 쉬는 타임을 요청했다. 태주에게서 온 전화가 계속 신경 쓰였다. 진주 어머니의 표정이 심상치 않았다는 게 좋은 느낌 같진 않았다.

"오빠, 생수 드세요."

"어- 고마워."

몇 번의 신호음이 가는 동안, 그는 생수를 마시며 스태프가 없는 대기실로 들어갔다. 아직 어머니랑 식사 중인가? 그는 진주가 전화를 받지 않자 귀에서 핸드폰을 뗐다. 액정을 보고 미간을 좁히고 있는데 누군가 대기실 문을 두드렸다. 똑똑.

"재훈 씨, 잠깐 시간 돼요?"

"네. 돼요. 들어오세요."

이번 잡지 촬영을 기획한 편집장이 다가와 앉았다. 그러더니 아주 오래전 남자 배우 사진 하나를 꺼내 테이블 위에 놓았다.

"김택 배우를 재조명해볼까 하는데, 재훈 씨 생각은 어때요?"

갑작스럽게 치고 들어온 질문에 재훈은 잠시 말을 잇지 못했다. 아버지의 오래전 사진에서 한참을 눈을 떼지 못했다. 저번에 팬클럽 카페에 아버지의 사진이 올라왔을 때 더는 숨기지 못할 거란 걸 예감했었다. 재훈은 조용히 살고 계신 두 분을 세상으로 끄집어 올리고 싶지 않았다. 아버지께선 좋은 기억이 아니니 묻고 싶다고 하셨다. 국민들의 사랑을 받고 세상이 제 중심으로 돌아가는 거 같았던 그때, 행복한 기억보다 힘들었던 것투성이였다고 하셨다.

"제가 안 된다고 하면 재조명 안 하실 거예요?"

"그럼 다른 기자가 먼저 쓰겠죠."

그건 재조명이 아니라, 하나의 가십거리가 될 수도 있다는 거였다. 그럴 바엔 이 편집장이 훨씬 믿을 만하다. 오래전부터 해마다 잡지 촬영을 같이하면서 친분도 있었고, 그에게 해가 되는 쪽으로 함부로 글자를 쓰지 않는 곳이기에 어차피 나가야 할 기사라면 이 사람이 낫겠다 싶었다.

"저희 부모님…… 인터뷰 어려울 수 있어요."

"제가 아버님께 연락드려서 따내볼게요."

"어차피 다들 잊었을 텐데, 굳이 재조명을 해야 할 필요가 있을까요?"

"그럼요. 그래도 아직 기억하는 분들도 계세요. 더 중요한 건, 재훈 씨 아버지시잖아요. 엄청난 화제죠. 거기다 잊힌 유명 배우 출신이면 더더욱."

김재훈의 아버지. 김재훈의 여자 친구. 그 앞에 제 이름이 수식어처럼 붙으면, 화제몰이가 제대로 된다는 말에 씁쓸했다. 그 화제의 중심에 있는 사람들이 다치고 상처받는 것도 '김재훈' 수식어가 붙기 때문에 감당해야 한다는 말처럼 들렸다.

"일단 재훈 씨는 오케이한 거로 알게요. 고마워요."

"네."

부디 아무 일 없기를.

"참, 재훈 씨. 왜 전에 재훈 씨랑 메신저 방에 있다고 했던 S전자 유 팀장. 그 사람만 제대로 수사 받고 다 독박 쓰려나 봐요."

"그렇군요."

"이참에 싹 다 잡아넣으면 좋은데, 빽 있는 놈들은 아예 기사에 언급조차 못 하게 하니, 원. 제 후배들이 요새 다 이러려고 기자 됐나 싶대요. 차라리 저처럼 패션 잡지 기자나 될 걸, 요새 그러더라고요."

그 모임 중 제일 빽 없는 놈이 유인호이고, 결국 그놈만 최악의 저질인 것처럼 몰아가고 결국 다른 이들은 흐지부지되다가 다른 더 큰 사건으로 덮고 그럴 것이다. 지금껏 그랬듯이.

"저는 그럼 먼저 나가볼게요. 촬영 끝까지 파이팅 합시다!"

"네. 감사해요."

편집장님이 대기실을 나간 후 재훈은 의자에 앉아 핸드폰을 다시 꺼내 들었다. 그사이 윤정과 경민이 안으로 들어왔다.

"오빠, 잠깐만요."

그들은 익숙하게 그의 옷매무새를 다듬고 머리를 만졌다. 피부에 묻은 먼지를 제거하며 두 발짝 뒤에 서서 재훈을 경이롭게 보았다.

"이게 사람이야? 신이야?"

"뭐?"

"오빠, 진짜 잘생긴 거 아세요? ……사람 맞죠?"

"실없는 소리 하긴."

재훈이 고개를 절레절레 저었다.

"진짜예요. 배우들 그렇게 많이 보는데 저희가 오빠 안 떠나잖아요. 그게 다 왜겠어요."

윤정이 손등을 본인의 턱에 댔다.

"다 오빠 이거 보고…… 앗. 왜 때려요!"

재훈이 윤정의 머리에 꿀밤을 때리는 척을 하자, 윤정은 할리우드 액션을 하며 아프다고 뾰로통한 표정을 지었다.

"나 전화 한 통만 하고 나갈게."

"네, 저희가 분위기 띄우고 있을게요. 천천히 통화하고 나오세요."

"응. 고마워."

재훈은 윤정과 경민을 대기실에서 내보내고 다시 진주에게 전화를 걸었다. 몇 번의 신호음이 가자, 그녀가 전화를 받았다. 다만 그가 기대한 그녀의 목소리는 아니었다.

* * *

ㅡ진주야. 무슨 일이야?

"아무 일 없어. 태주랑 오늘 일 끝나고 잠깐 봤거든. 하연이 생각도 나고 그래서 그런가 봐."

재훈은 아직 잡지 화보 촬영 중일 것이다. 그런 그가 신경 쓰고 걱정할 일은 만들고 싶지 않았다.

ㅡ목소리가 많이 안 좋은데.

"아냐. 좋아!"

그녀는 애써 밝게 말했다. 사실 엄마가 너와 전처럼 친구로 지내라고 했다는 말을 할 수가 없었다. 그래, 차라리 거기까지는 연예인과 사귀는 것에 대해 걱정하는 부모님께서 할 수 있는 말이라고 해도 결국 그의 어머니 얘기를 꺼내게 된다면 그는 상처받을 것이다.

이미 지난 일이라 괜찮은 척하지만, 사실 재훈은 그렇지 않을 것이다. 그 이야길 재훈에게 꺼내며 연예인을 말렸을 그의 아버지도, 그걸 듣고도 하고 싶은 걸 고집한 재훈도, 아직 정신과 약을 드시는 재훈의 어머니도 모두 그 일에서 벗어나지 못할 거란 건 확실했다. 자신이었어도 그랬을 테니까.

ㅡ나 두 시간 뒤에 끝날 거 같은데, 집 앞으로 갈게.

"아니야, 아니야. 오늘은 오지 마."

-내가 우리 진주 엄청 보고 싶어서 그래. 차 안에서 잠깐만 보자. 보고 싶어.

나도 널 하루라도 안 보면 너무 보고 싶은데. 네 맘과 별반 다르지 않은데. 진주는 울컥 하는 감정을 참으니 목과 코가 매워져 눈가 주변이 빨개졌다.

-걱정은 나한테 나눠. 내가 대신 걱정해줄게.

"정말?"

-응. 그럼 이따 보는 걸로 알게.

"재훈아!"

-왜?

"사랑한다고."

그녀는 카페 안에서 누가 들을세라 작은 목소리로 그에게 고백했다. 이런 상황에서도 네가 온다니까 코와 목은 매운데 가슴은 두근거리는 내가 왜 이렇게 싫은지.

-내가 할 말이네. 사랑해. 이따 맛있는 거 사서 갈게.

전화를 끊은 후 그녀는 카페에서 일어났다. 집 앞 정류장이 아닌, 두 정거장 전에 내린 그녀는 찬찬히 집으로 걸었다. 코끝이 쨍할 정도로 바람이 매서웠다. 언제 이렇게 계절이 변해서 겨울이 되었나 싶을 정도로.

시간이 지날수록 좋아하는 마음이 식어야 하는데 왜 자꾸 더 타오르는 건지 모르겠다. 기대고 싶은 마음도 늘어나고……. 홍장군이던 홍진주가 아닌 것만 같았다. 그녀는 집 앞에 도착해서도 들어가지 못하고 주변을 배회했다. 동네를 몇 바퀴 돌았는지 모를 때쯤 재훈에게서 전화가 왔다.

"응. 재훈아."

-나 거의 다 와 가는데.

"나, 집 앞은 아니고…… 여기, 음. 어디라고 설명해야 하지?"

-간판 아무거나 말해줘.

"프랜차이즈 아니어서 모를 거 같은데. 뉴서강 피아노 학원, 달려라 떡볶이, 음…… 그리고 에이파 문구점."

-아. 어딘지 알겠다. 거기서 기다려.

진주는 전화를 끊은 후 두리번거리며 재훈의 차가 골목으로 들어오는지 목을 빼고 기다렸다. 단지 내 간판만으로도 제 위치를 찾은 재훈이 신기하기만 했다. 어딘지 모르면서 내비게이션에 찍고 있는 거 아닌가, 아니면 이 주변을 뱅뱅 돌고 있는 거 아닌가. 그런 생각을 하는데 멀리서 헤드라이트 불빛이 보였다.

깜빡이를 켠 차가 제 앞에 멈췄다. 그녀는 조수석 문을 열고 차에 탔다. 남성 슈트 화보 촬영이었는지 남색의 슈트로 쫙 빼입은 채였다. 진주가 조수석 문을 닫지 않고 있자 재훈이 문을 가리켰다.

"아아!"

그녀가 차 문을 닫자, 재훈이 바로 차를 출발했다. 재훈의 차는 진주의 집 근처 주차장에 섰다. 시동을 꺼도 가로등 불빛이 있어서 서로의 얼굴은 보이는 상태였다.

"오늘도 잘 지냈어?"

"응. 너는?"

"보시다시피."

그가 슈트를 입는 건, 연말 시상식 때뿐인 거 같은데 이렇게 슈트를 입은 모습을 보니 색달랐다. 깔끔하게 넘긴 포마드 헤어가

남성미를 돋웠다. 그에게서 나는 향도 오늘따라 더 짙은 느낌이었다.

"우리 내년에도 연애하고 있겠지?"

"아니."

"뭐?"

진주가 그를 흘깃 째려보았다. 그녀가 예상한 답변이 아니었다.

"같이 살고 있을 수도 있지."

"놀랐잖아!"

헤어지는 건 줄 알고 놀랐잖아! 진주가 그의 팔을 손바닥으로 찰싹 때렸다.

"하루라도 빨리 너랑 같이 살고 싶다."

"……."

그 말은, 자신과 결혼을 하고 싶다는 말과 같았다. 프러포즈를 암시하는 그의 말에 뭐라고 답을 해야 할지 몰라 진주가 쭈뼛거렸다. 그러자 그가 그녀의 손을 잡았다.

"내일이라도 홀라당 집어서 우리 집에 두고 싶지만, 참을게."

"……."

"세상에 내 여자라고 공표도 했겠다, 우리 진주 어디 못 가게 목줄도 채웠고."

그는 그녀의 목에서 반짝이는 목걸이를 보며 뿌듯하게 말했다. 그녀도 그의 시선을 따라 손이 올라가 보석을 손안에서 돌돌 돌리며 만졌다.

"재훈아."

"응?"

"……우리 엄마가, 너희 어머니를 아셔."

그녀는 조심스럽게 말문을 뗐다. 결혼까지 생각하고 있다면 재훈도 이 사실을 알아야 할 거 같았다.

"응."

차분한 그의 대답에 진주가 고개를 갸웃했다. 놀랄 줄 알았는데.

"저번에 너희 집 갔을 때, 명문대라고 하실 때 과까지 듣고 알았어. 엄청 예뻤던 후배라고 하셨잖아. ……먼저 말씀드려야지 했는데 입이 안 떨어졌어."

"응."

"많이 실망하셨겠다."

재훈은 그럼에도 그녀의 손을 놓지 않고 꼭 잡고 있었다. 풀이 죽은 목소리였지만, 그런 일로 포기할 거 같진 않았다.

"엄마는 내가 걱정되나 봐. 아직 아빠는 모르신대."

"내가 가서 말씀드릴게."

"……전처럼 반기지 못할지도 몰라."

"각오하고 갈게."

"재훈이 네가 밉고 싫어서가 아니라……. 내가 다칠까 봐 그런 거니까……."

진주는 말을 마저 다 하지 못했다. 갑작스럽게 재훈이 운전석에서 상체를 기울이며 그녀의 팔을 당겨 와락 안았기 때문이다. 그에게 안긴 그녀가 볼을 어깨에 대고 색색 숨을 쉬었다.

"말 안 해도 알아. 어머니께서 뭘 걱정하시는지. 절대 그런 일 없을 거야."

"응. 나도 알아."

"부모님께서 아무리 뭐라고 하셔도 나 너 못 떠나. 백 번이고, 천 번이고 너희 부모님 찾아가서 설득할게. 그런 일 일어나지도 않을 거고, 내가 네 옆에 있을 거라고 말씀드릴게. 나 진주 너 없이…… 안 돼. 못 살아. ……네가 필요해."

그는 그녀의 머리를 감싸고 나직이 속삭였다.

* * *

재훈은 해외 패션 위크에 초대되어 일주일간 국내에 없었다. 진주는 그사이 아침과 저녁은 꼬박꼬박 집에 와서 부모님과 함께 식사를 하였다. 오늘도 진주는 퇴근하자마자 손을 씻고 주방으로 왔다. 반찬을 꺼내 테이블에 두고, 밥그릇에 밥을 푸는 걸 보며 엄마의 눈치를 살폈다.

"이런다고 엄마 마음 안 변해."

"……알지. 근데 엄마, 나 지금까지 아무 문제없었어."

진주는 가스레인지의 불을 조절하고 있는 엄마의 허리를 안았다. 예전엔 매번 안겼을 그 품이 오늘따라 작게 느껴졌다. 자신보다 키도 작고, 몸집도 왜소했다. 언제 이렇게 우리 엄마가 나이가 먹었을까. 나이를 먹는 만큼 걱정거리만 잔뜩 늘어난 거 같아서 미안한 마음이 들었다.

"지금까지? 그럼 앞으로는?"

정숙은 진주의 팔을 풀고 뒤를 돌았다. 진주는 엄마의 표정을 보고 자신이 말실수를 했다는 것을 깨달았다.

"아니, 엄마. ……나는 지금까지 그런 일 없었으니까 앞으로도 그럴 거라고, 그런 의미로 말한 거야."

"엄마가 예민했어. 미안해."

"아니야. 엄마가 나 생각해서 그런 거 알아. 근데, 재훈이 정말 괜찮은 애잖아. 응?"

"진짜 엄마 미안하게 왜 이러니, 너희 둘 다."

"우리 둘 다?"

진주가 고개를 갸웃했다.

"너는 안 하던 짓 하면서 어떻게든 허락받으려고 하지, 재훈이는 아침 점심 저녁으로 안부 문자 오지. 어디에 있다고 메신저로 사진도 보내고……."

양옆에서 허락해달라고 공세를 하니까 엄마는 엄마 나름 괴로웠던 모양이었다. 두 사람만 보면 연애를 허락해주고 싶은데, 그럴 때마다 핸드폰으로 제 딸에 대한 걸 검색하다 보면 걱정이 되고, 재훈의 어머니를 떠올리면 안 되겠단 생각부터 들 것이다.

"그럼 재훈이가 마흔 넘으면 팬들도 이제 제발 장가가라고 할 거 아니야. 마흔다섯? 그때까지 재훈이 기다렸다가, 그때 연애할까?"

"너 엄마 협박하니?"

"반은 진심이야. 친구로 지내다가 그때 결혼…… 아!"

진주는 엄마가 제 등짝을 때리자 아파서 팔짝 뛰며 냉장고 옆으로 도망갔다. 차라리 한창 나이를 먹고 극성팬들도 없어지고, 팬들조차 오빠 이제 결혼하라고 놔주면, 그때 결혼하면 되지 않을까. 그럼 엄마가 걱정할 일도 없을 테니까…….

"마흔다섯까지 혼자 살겠다고? 너 진짜!"

"그러니까 재훈이랑 허락해줘~ 엄마랑 아빠 걱정 안 시킬게."

"……네 아빠는 대수롭지 않게 생각하더라. 요새는 그런 일 안 일어난다고. 네 아빠가 엄마한테 구시대적인 생각을 갖고 산다고 뭐라 했어."

"아빠한테 말했어?"

"응."

"아빠 말이 맞아. 요새 세상이 어느 땐데~ 팬들도 스타의 연애를 인정하고 축하해주는 분위기라고."

엄마의 표정이 풀어지는 걸 포착한 진주는 금세 엄마의 옆에 붙어서 팔짱을 끼었다.

"딸 생각한다면서, 건강하게만 자라달라고 그게 소원이라고 하면서 내가 널 내 맘대로 하려고 했대. 내가 그랬니?"

"아니지. 엄마는 충분히 내 생각해서 그런 거지."

"네 아빠는 자기만 너 생각하는 줄 알아. 내가 얼마나 마음이 철렁 내려앉고 무서웠는데. 우리 딸 조금이라도 잘못될까 봐."

"알지, 엄마 내가 잘 알지. 우리 엄마가 나 사랑하는 거."

진주는 엄마의 등을 보고 있노라니 눈가에 눈물이 고였다. 점점 제 앞에서 작아지는 엄마가 그녀의 마음을 아프게 했다.

재훈도 바다 건너에서 엄마에게 잘 보이기 위해 노력을 하는 눈치였다. 자신과 재훈의 이중 공세를 받으며, 아빠한테까지 한 소리 들었을 엄마가 얼마나 마음이 불편했을지 말하지 않아도 알 거 같았다.

"허락할게. 그러니까 절대 다치지 마. 엄마 걱정시키지 말고."

"당연하지, 엄마. 내가 언제 남한테 맞는 거 봤어? 때리면 때렸지."

"몰라! 가서 밥이나 퍼."

"다 펐어. 아빠 모셔 올게~ 그럼 허락한 거다!"

"……."

대답이 없다는 건 긍정으로 바라봐도 좋은 거였다. 엎드려서 절받은 거지만, 그래도 몰래 만나는 것보단 이렇게라도 허락을 받고 만나는 게 옳다고 생각했다. 진주는 저녁을 먹은 후, 오늘은 아버지를 대신해서 설거지를 자처했다.

뽀득뽀득 그릇을 씻고 방으로 온 그녀는 뒤로 털푸덕 누웠다. 그러다 팔을 뻗어 핸드폰을 품에 가져온 그녀는 재훈에게 톡을 보냈다.

[재훈아, 통화 돼?]

그녀는 톡을 보내놓고 침대에 아무렇게나 두고 잠시 눈을 감았다. 시차가 안 맞아서 지금 전화가 올 리는 없을 테니까.

태주랑 하연인 잘 해결됐나? 씻고 자야 하는데……. 잠이 솔솔 오니 눈이 감겼다. 씻고 자야 한다는 생각이 머릿속에 가득했지만 점점 침대와 혼연일체가 되어 가고 있었다.

Rrrrrrr.

반쯤 눈을 떠 핸드폰 액정을 보던 그녀는 '공자님'을 보고 바로 전화를 받았다.

"재훈아!"

-어, 진주야.

"거기 몇 시야?"

-여기, 아침 몇 시더라……. 시계가 안 보인다.

바보. 핸드폰 액정으로 시계를 보면 되는데. 재훈도 잠에서 방금 깬 모양인지 목소리가 가라앉아 있었다.

-영상 통화 할까?

"좋지! 잠시만."

진주는 전화를 끊고 영상 통화로 다시 걸었다. 그러자 아침부터 잘생긴 재훈의 얼굴이 나타났다. 주변은 고요해 보였다.

"누구랑 잤어?"

-막내랑.

"항상 물 건너갈 때는 여자 조심!"

-……내가 할 소리. 남자 조심해.

두 사람은 서로 조심하라며 티격태격거렸다.

"공자님, 한 번 주변 삭 스캔해줘."

-주변?

부스럭, 부스럭대는 소리가 들리더니 재훈이 핸드폰을 움직여 가며 호텔 방 안을 보여주었다. 새벽빛이 어스름하게 들어오는 시간. 방 안은 어두워서 뭐가 잘 보이지 않았다. 그의 베드 옆 베드에서 뭐가 꿈틀거렸다.

"……으아악!"

그 물체가 이불 속에서 다리 하나를 툭 내밀었는데…… 나체였다. 내, 내가 지금 뭘 본 거야.

-왜, 왜 그래?

"막내 이불 좀……."

-이불? 아, 이런. 이 새끼는 왜 다 벗고 자서. 아, 진주야 나 이

불 만지기 싫은데.

"영상 통화 끄고 전화로 하자."

진주는 다시 전화를 끊었다. 그녀가 본 그것을 재훈도 본 모양이었다. 아침이라 힘이 들어가 있던 그것이 다리와 함께 하얀 이불 위에 놓여 있었던 것을. 다시 전화가 오자 진주는 냉큼 전화를 받았다.

-너 방금 본 거 머릿속에서 다 지워.

"알아서 지워지더라. 너랑 너무 달라서."

-뭐?

"크크크. 너 칭찬한 거야~"

-정말, 홍진주…….

진주는 킥킥 웃으며 침대 위를 데구르르 굴렀다.

-저녁은 먹었어? 아까 얼굴 보니까 오늘 더 예쁘더라. 나날이 예뻐져.

"네 눈에도 그래? 나 요새 예뻐진다는 소리 자주 들어."

-어떤 놈이 그래?

"우리 병원 교수님들이."

요새 연애해서 그런지 예쁘다는 말을 자주 듣는다. 병원에서도 듣고, 구내식당에서도 듣고, 심지어 병원 1층 카페 매니저님께도 들었다.

-안 되겠네. 홍장군. 자꾸 예뻐져서.

"엄마가 너랑 연애하래."

-정말? 나 귀국하자마자 찾아뵈려고 했는데.

"응. 요새 팬들은 자기 우상 연애하는 거 응원한다고 설득했지."

-그래도 계속 걱정은 하실 거야. 내가 찾아뵐게. 너한테 할 말
도 있고.

부모님이 자식 걱정하는 건 재훈과의 연애가 아니어도 당연한
거 같았다. 돈 많으면 많아서 걱정이고, 돈이 없으면 없어서 걱정
이고, 매번 할머니와 외할머니도 지식 걱정을 하면서 사셨다. 가
끔 찾아뵈면 나이가 들수록 자식들에게 못해 준 것만 생각난다
고, 네가 대신 부모에게 잘하라는 말을 수십 번도 더 들었다.

지금껏 키워주신 거 자체가 감사한 일인데 뭐가 그렇게 미안할
일인 건지. 이미 가정을 일구고 잘사는 데도 건강이 염려되고, 경
제적인 부분도 더 많이 물려주지 못해서 걱정이고……. 그걸 보
면서 느꼈다. 부모란 자식이 할머니가 되어도 걱정한다는 것을.

-이틀 뒤에 보자. 보고 싶어.

"응. 나도."

-눈을 감았다 뜨면 네 옆이고 싶어.

"나도. 재훈이 네 옆에서 자면 너무 좋은데. 안겨 있고 싶다."

포근한 그 품에서 그의 향기를 맡으면서 잠들고 싶다. 자고 일어
났을 때 언뜻 닿는 살결에 취해 그가 제 위로 올라와서 다정하게
인사를 해주는 것도 좋고, 입을 맞추며 몸을 섞는 행위도 좋았다.
그와 있으면 언제 그가 나를 덮쳐줄까 기대하는 마음도 들 만큼.

-나도 너 안고 자고 싶어. 평생.

"어으. 몰라. 몰라."

진주가 입꼬리를 올리며 침대 위에 발을 탕탕 내리쳤다. 그러고
있는데 문틈으로 엄마의 얼굴이 보였다.

"으아악!"

-왜?

"일단 끊어 봐!"

진주는 전화를 끊고 머리를 정리한 후 태연한 척 침대에 앉았다.

"엄마, 노크는!"

"이미 세 번이나 했어. 네 속옷하고 옷."

엄마는 깨끗하게 빨아서 다림질한 옷과 속옷을 그녀에게 주었다. 그녀는 그걸 받아서 책상 위에 올려놓았다. 세탁기를 돌리고, 젖은 옷이 다 마르면 꼭 가족의 속옷과 옷은 다리미로 보송보송하게 다림질을 하신다. 그래서 그녀는 매번 보송보송하고 주름 하나 없이 잘 다려진 옷을 입고 다녔다.

"그사이를 못 참고, 너도 참······."

"들었어?"

"다 들으라고 큰 소리로 통화한 거 아니야?"

"······문 닫아도 들려?"

"응."

오 마이 갓. 그것도 모르고 맨날 방 안에서 문 닫아 놓고 통화했네. 역시, 자취를 다시 해야 하나.

"엄마, 주말에 건조기 사러 가자. 사 줄게."

"됐어. 네가 돈이 어디 있다고."

"있어, 있어."

신용카드라고. 할부라는 돈이 있어. 긁고 몇 달간 갚으면 돼. 진주는 속엣말은 하지 않았다.

"엄마 다림질 안 해도 되게 내가 좋은 거로 사 줄게. 다 모아 놨지."

"됐어. 그거 모아서 재훈이랑 맛있는 거나 사 먹어. 다 얻어먹지 말고."

"……나 얻어먹는 거 어떻게 알았어?"

보통 호텔에서 만나기 때문에 재훈이 숙박비를 결제하는 편이었다. 가끔 커피나 입가심으로 먹을 것들은 편의점에서 그녀가 사긴 하지만, 그 외의 것은 재훈이 다 내줬다. 그의 집, 호텔, 차 안 등. 폐쇄적인 장소에서 만나야 하고, 장소를 재훈이 고르다 보니 그녀가 돈을 낼 수 있는 상황이 아니었다.

"진짜 다 얻어먹었어? 밥 안 샀어?"

"샀지. 근데 아닌 날이 더 많지. 엄마도 아빠랑 연애할 때 아빠가 냈잖아."

"……우리 땐 그랬지. 근데 요샌 아니거든. 어디 가서 얻어먹고 다니지 마. 엄마가 돈 줄게."

건조기 사 준다는 말에 왜 밥 얻어먹고 다니지 말란 얘기로 튀었을까. 그녀는 다시 원점으로 돌아와서 건조기를 주말에 사 주는 것으로 결론을 내렸다. 재훈이 귀국하면 밥도 사는 것으로.

12. 가장 행복한 날

공항을 나오는 재훈의 주변으로 기자들이 에워쌌다. 다른 팀들은 먼저 내보내고 그들이 가장 마지막으로 나왔다. 기자들 틈에서 재훈의 팬클럽단도 질 수 없다는 듯 플랜카드와 현수막을 들고 그의 귀국을 반겼다.

그는 선글라스를 빼며 손을 흔들어 인사를 건넸다. 몇 가지 질문 세례를 받았지만, 재훈은 웃음으로 대답을 대신했다. 팬들에게는 감사의 의미로 고개를 꾸벅 숙였다. 주변을 둘러보던 중, 진주의 회사 동료인 주리가 보여서 그는 그녀에게는 따로 눈인사를 하였다. 주리는 그러자마자 뒤로 엉덩방아를 찧으며 무리에서 사라졌다.

"오빠, 재밌는 일 있어요? 아우, 사람 많은 것 좀 봐."

"아니야."

아는 사람이 있는데 자꾸 저만 보면 넘어져서 걱정이란 말은 굳이 하지 않았다. 부디 뼈에 이상이 없어야 할 텐데…….

"바로 집으로 가세요?"

"아니. 들를 곳 있어."

"어디요?"

"노코멘트."

그는 인천 공항 장기 주차장으로 갔다. 재훈은 그의 차에 타고, 경민과 윤정, 막내는 밴에 탑승했다. 재훈은 그들에게 인사를 해준 후, 인근 백화점으로 차를 몰았다.

까르띠엥 매장으로 들어선 그는 존재 자체만으로도 이목을 집중시켰다. 매장 안에 마련된 VIP실로 간 그는 미리 주문했던 디자인을 받았다.

"저희 이 디자인 같은 경우엔 말씀드렸듯이 화이트골드 핑크골드 옐로우골드 세 가지와 0.75캐럿의 라운드 브릴리언트 컷 다이아몬드가 110개가 세팅되어 있습니다. 커팅 등급은 Excellent로, 최고라고 자부할 수 있습니다. 아이딜 컷의 다이아몬드 빛은 광채, 분산, 섬광의 완벽한 조화를 이뤘다고 보시면 됩니다."

재훈은 직원의 설명을 들으며 그도 장갑을 낀 채로 반지를 보았다. 그녀의 반지 사이즈는 하연을 통해 미리 톡으로 전달받아서 잘 알고 있었다. 그의 새끼손가락과 얼추 비슷한 사이즈였다.

"저희 조명에 반사되는 거 보세요. 특히 이 세 가지 골드가 믹스되어 더욱 아름답습니다. 요새는 결혼반지도 커플링과 비슷하게 심플한 디자인을 많이 선호하세요. 이 정도의 화려함과 심플함이라면 평소에도 착용 가능합니다."

"네. 그리고 못 모양으로 생긴 브레이슬릿도 보여주세요."

"네. 이 디자인은 핑크골드, 옐로우골드, 화이트골드 세 가지입니다. 피부 톤에 따라, 또는 평소 옷 입는 스타일에 따라 고르시면 좋을 거 같아요. 개인적으로 저는 핑크골드 추천드리는 편입니다."

그는 꼼꼼하게 브레이슬릿을 살폈다. 진주가 이 팔찌를 착용했을 때를 잠시 눈을 감고 떠올렸다. 세련된 이목구비, 평소에 화려하게 꾸미지 않아도 예쁜 얼굴, 시폰 드레스를 좋아하고, 잘록한 허리와 길쭉한 다리, 보기와 다르게 볼륨감 넘치는 가슴까지. 전체 실루엣을 떠올리던 그가 색상을 골랐다.

"고생 많으셨습니다."

"아닙니다. 프러포즈하시려고요?"

"네. 제 여자 다른 데로 도망갈까 봐 무게감 있는 거로 준비해서 가려고요."

그의 재치에 직원은 한참 웃었다.

"이 모델 링, 혹시 살찌면 늘려줍니까?"

"네?"

"혹시 나중에 살이 찌면…… 아닙니다. 새로 사 주면 되겠군요."

그는 점원에게 굳이 더 답을 안 줘도 된다는 듯 환하게 웃었다. 그가 살갑게 웃으면 웃을수록 점원의 얼굴이 빨개졌다. 까르띠

엥 매장을 나오는 재훈의 발걸음은 평소보다 긴장되어 있었다.

* * *

그 시각, 인호는 부모님과의 저녁 식사를 하고 있었다. 식사 내내 분위기는 살얼음판 같았다. 인호는 입에 밥을 넣는 둥 마는 둥 하며 깨작거렸다.

"죄송합니다, 아버지."

"그러게 넌 왜…… 하라는 건 안 하고 그런 짓을 해?"

"죄송합니다."

"네 애비가 막을 수 있는 게 있고 없는 게 있다. 이번 건 너무 커."

"……부탁드려요, 아버지. 저 살려주시면 이제 아버지 밑으로 가서 일 도우면서 회사 일 할게요. S전자에서 배운 것들도 많아요."

경찰에 소환돼서 조사받는 것도 하루 이틀, 지금 분위기로 봐서는 그가 모든 걸 뒤집어쓰게 생겼다.

"아버지 그 정도 하실 수 있잖아요. 총경님과 동창이라면서요!"

"……."

"설마 어려운 거예요? 지금 제 톡 멤버들은 다 풀려날 거 같은데, 저만 가라고요? 그렇게는 못 합니다."

"그럼 방법이 있니?"

그들의 말을 듣고 있던 김 여사가 인호에게 물었다. 그러나 인호는 대답을 할 수가 없었다. 실질적인 해결책인 아버지가 저를 막아주지 않으면 방법이 없었다. 톡 멤버들도 다들 자기 살기 바빠서 누구를 두둔해주지 않았다.

"그냥 전…… 변태 새끼일 뿐이라고요. 정말 나쁜 놈들은 그들이에요. 억울해요."

"그러니까 적당히 놀지 그랬어? 너 말고 다른 놈들 건들면 정재계 모두 박살나는데, 윗대가리들 줄줄이 소환되게 생겼는데 찌르겠니? 너한테 뒤집어씌운 대가는 분명 올 거다. 그러니까 암말 말고 가서 살아."

"억울합니다."

"방법이 없어!"

방이 쩌렁쩌렁 울렸다. 인호는 더 대들지 못하고 깨갱 고개를 숙였다. 아버지의 말은 곧 법이었다. 매번 아버지 앞에서 작아지는 자신의 모습이 싫었지만 어려서부터 그렇게 교육을 받았기에 그는 더는 말을 붙일 수 없었다.

억울했다. 잘못을 했어도 같이 했고, 법을 어겼어도 같이 어겼다. 그런데 왜 자신이 독박을 써야 한단 말인가. 그들보다 뒷배가 없기 때문에?

이 모든 일의 원흉은 김재훈과 홍진주 두 사람이었다. 그들 때문에 자신이 사랑했던 여자는 다른 남자에게 떠났다. 홍진주 때문에 그의 결혼도 깨졌고, 김재훈에 대한 복수심에 불타서 했던 행동이 일을 더 크게 만들었다. 처음부터 김재훈하고 붙어먹을 거였으면서 제 옆에서 아닌 척 굴었다. 그의 미간이 좁혀졌다가 잠시 풀어졌다.

"그래서 저는 얼마나 살다 오면 됩니까?"

"5년. 딱 5년만 살다 나오면 된대."

"5년이요? 그럼 제가 나이가……."

한창 즐길 30대가 다 지난 나이에 나오라고? 나만? 내가 들어가서 감방에서 괴로워할 동안 나머지는 모두 웃고 떠들고? 혼자다 뒤집어쓰라고?

그는 그럴 수 없다고 생각했다. 뒷배가 없어서 사건을 묻지 못한다면 오히려 들쑤시는 방법도 있었다. 또한, 어차피 감방에 들어가는 거 5년이든 10년이든 그에겐 모두 그게 그것으로 느껴졌다.

"다른 생각 말고, 눈 딱 감고 살다 나와."

"네……."

대답을 하는 와중에도 인호의 머릿속은 다른 상상으로 가득했다.

* * *

진주는 오늘따라 더부룩한 속을 달래며 소화제를 물과 함께 삼켰다. 분명 다 같이 삼계탕을 먹었는데 그녀만 체한 것 같았다.

"대리님, 괜찮으세요? 안색이 파래요."

"네네, 체했나 봐요."

"제가 바늘로 따드릴까요?"

"여기…… 병원이에요. 약 타서 먹었어요."

몇 발자국 걷기만 해도 의사와 간호사 천지인데, 손을 따준다는 주리의 말에 웃음이 나왔다. 그러나 주리는 굴하지 않고 서랍에서 반짇고리를 꺼냈다.

"저 정말 괜찮아요."

"대리님, 제가 손 진짜 잘 따거든요. 이게 야매가 아니라 진짜라니까요. 저 한번 믿어 보세요."

　바퀴 달린 의자를 끌고 오는 모양새가 꼭 귀신이 점프해서 달려오는 것 같았다. 진주가 숨을 들이마시며 발로 바닥을 밀어 바퀴 의자를 뒤로 밀었다.

　"어허! 대리님. 저 좀 믿어 보세요."

　"아뇨. 안 믿을래요."

　"제가 진짜 잘 찌르거든요."

　결국 진주는 주리에게 손을 내밀었다.

　"후니 오빠 애인인데, 잘해드려야죠."

　주리의 눈빛에서 광선이 나오는 것 같았다. 온갖 광기가 담긴 듯한 눈동자에 진주가 하하하 끊어치듯이 웃으며 손가락 하나하나에 모두 힘을 주었다. 어째 재훈의 애인이라 더 세게 찌를 거 같은 느낌인데……

　"아!"

　"오오. 검은 피! 쭉쭉!"

　주리가 바늘로 찌른 곳엔 표면장력이 깃든 피가 반달 모양으로 엎어져 있었다. 그녀의 말대로 검은 피였다.

　휴지로 검은 피를 닦은 후 다른 곳도 막힘없이 찔렀다. 진주는 열 손가락 중 안 딴 손가락을 찾을 수 없을 때쯤 그녀의 손아귀에서 벗어날 수 있었다.

　"대리님, 시원하죠?"

　"아직 모르겠어요. 따갑기만 해요."

　"더 따야 하나."

　반짇고리를 넣은 서랍 문이 다시 열리는 소리가 났다. 드르르,

드르륵. 마치 여름에 공포 체험을 하는 기분이 들었다.

"서랍 다시 닫아요, 주리 씨. 그거 아니야."

"아쉽네요. 발도 같이 따면 더 좋은데."

"오, 노. 충분해요."

진주가 두 팔을 겹쳐 엑스 표시를 하며 고개까지 저었다. 더는 민간요법이 필요하지 않았다.

"오늘 후니 오빠 만나요?"

"네."

"저 오전에 반차 내고 공항 다녀왔잖아요. 후니 오빠 진짜 멋있어요! 완전 짱!"

"……거길 다녀왔어요?"

"당연하죠~"

팬이란 이래서 무섭다. 그가 들어오는 비행기 시간을 어떻게 알았을까. 미심쩍은 눈초리를 보냈지만 주리는 알아먹지 못한 모양이었다.

"오빠가 어디 급히 가길래 대리님 만나는 줄 알았는데, 여기 계셔서 좀 놀랐어요."

"어딜 급하게 가요?"

"모르겠어요. 주차장에서 차도 따로 타고 갔다고 하던데……."

"무슨 일 있나?"

진주가 혼잣말을 했다. 그러고 보니 귀국하고 나서 오늘 저녁에 데리러 오겠다는 말 이후로는 따로 연락이 없었다.

"무슨 일 있으면 저한테도 꼭 연락해주셔야 해요."

"……."

"꼭은 아니고, 제가 넌지시 생각나면 알려주세요!"

진주가 답이 없자 주리는 냉큼 말을 바꿨다. 눈빛은 꼭 알려주길 바라는 것 같았다.

"앗! 여기 피 묻으면 안 되는데!"

그녀가 보고 있던 서류에 피가 똑 떨어졌다. 바늘로 찌른 거라 휴지로 닦았을 때 분명 멎은 거 같았는데, 그녀가 주리와 대화하면서 테이블을 손바닥으로 세게 짚은 모양이었다. 서류에 묻은 피를 보며 그녀가 울상을 지었다.

밀린 업무로 인해 밤 9시가 돼서야 컴퓨터를 종료할 수 있었다. 시간이 9시였지만 병원 로비에는 여전히 환자와 보호자로 가득했다. 밤에도 잠들지 못한 환자를 휠체어에 태워 바람을 쐬고 돌아오는 이들도 있었고, 링거를 맞는 아이를 등에 업고 잠을 재우고 있는 엄마도 있었다. 제각각 다 지친 얼굴을 마주하니 그녀도 힘이 빠졌다. 진주의 손에는 밴드가 덕지덕지 붙어 있었다. 꼭 그들처럼 그녀의 얼굴에도 힘이 잔뜩 빠져 있을 것만 같았다.

열심히 일을 했지만 그에 대한 성과는 미비했다. 진주의 업무 처리 속도가 빠르다 보니 상사의 것까지 대신 가져와서 일을 해줘야 하는 경우도 있고, 미팅이랍시고 밖으로 놀러 다니는 과장의 일도 그녀의 몫이었다. 뒤에서 남들의 일까지 처리해주는 제 신세가 왜 이런가 싶었지만, 모든 직장인들이 다 그럴 거라고 생각하며 털어냈다.

여기나, 저기나 어딜 가도 일하는 사람 따로 노는 사람 따로 있으니까. 1을 해도 힘들어 죽는 사람이 있고, 10을 해내고서야 힘든 사람이 있다. 성과는 같아도 1을 하면서 죽겠다고 하는 사람에게 시선이 가기 마련이었다. 저도 그럴걸. 1만 해 놓고 일한 티, 힘든 티 다 낼걸. 이제 와서 그럼 뭐 하나. 이미 그녀의 일 처리 능력은 병원 내 소문이 다 나서 급한 건 꼭 그녀의 내선 번호로 전화가 왔다.

"하아⋯⋯."

한 번에 여러 업무를 마무리하다가 종이에 손이 베였다. 탕비실 문을 열면 바로 있는 싱크대 위의 과도를 못 보고 지나가다가 손등을 긁혔다. 여러모로 피를 많이 본 하루였다.

그녀가 병원 지하 주차장으로 내려가자, 재훈의 차가 제일 마지막 층에 주차되어 있었다. 그녀가 걸어오는 걸 보며 그가 차에서 내렸다. 재훈이 손을 흔들며 웃고 있었다. 진주는 재훈에게로 가기 위해 빨리 걸었다. 그에게 뛰어가다가 떡진 머리카락이 휘날리는 모습을 보이긴 싫은데 빨리 가고 싶은 마음에 나온 걸음이었다. 그러다가 발이 꼬였다.

"으앗."

넘어질 뻔했지만 다행히 넘어지진 않았다. 그녀가 남은 몇 걸음을 천천히 걷자 재훈이 다가와 그녀의 팔목을 당겨 안았다.

"보고 싶었어."

"나도⋯⋯."

"오늘도 일하느라 힘들었지?"

"응. 오늘은 진짜 힘들었어."

"요새 힘들다고 하는 날이 많아지네?"

재훈의 걱정에 진주가 울상을 지었다. 힘든 하루에 이렇게 투정을 부리는 것만으로도 피로가 조금 풀리는 기분이었다.

"상사가 괴롭혀?"

"대놓고 괴롭히면 미워라도 하지. 일을 너무 못 해. 놀러만 다녀. 미치겠어. ……일은 다 나한테 떠내려오고."

"돈 받는 만큼만 일해."

"그게 되면 내가 아니지."

돈 받는 만큼만 일하고 싶은데, 그게 안 된다. 그녀보다 두세 배로 받는 사람보다 네다섯 배는 일을 해야 직성이 풀리는 성격이었다. 또 부서에 떨어진 일이 계속 미뤄지는 꼴도 두고 보질 못했다.

"야무지지 못하긴."

"그래도 병원에선 내가 SOS나 마찬가지라고. 일 잘하는 능력 있는 대리. 어?"

"일 못 하는 홍장군이 훨씬 좋아. 너한테 일 많이 몰리는 거 싫어."

그의 말에 진주는 그의 허리를 와락 안았다. 이렇게 말해주니 오히려 더 열심히 일해야겠다는 생각이 든다. 왜 그럴까?

"저녁 먹을래?"

"아니…… 하도 일했더니 배불러."

"일을 하는데 배가 고파야지."

"아니야. 스트레스밥이라고 알아? 스트레스도 왕창 받으면 배가 불러~"

그녀의 농담에 재훈은 웃지 못했다. 대신 그녀를 번쩍 안아 조수석 앞으로 왔다. 직접 문을 연 후 그녀에게 차에 타라고 눈짓을 하자, 진주가 샐쭉하게 웃으며 안에 탔다. 재훈은 차 문을 닫

은 후 여의도 공원으로 갔다. 유람선을 타자는 말에 진주의 눈이
커졌다.

"지금 시간에 크루즈 탈 수 있어?"

"미리 예약했어."

"직원한테? 예약이 돼?"

"……넌 가끔 내가 누군지 잊는 거 같아."

"아."

그제야 진주는 고개를 끄덕였다. 그가 다녀간 곳은 자동으로 홍
보 효과가 있을 테고, 그의 재력으로 24시간을 전부 사도 부족함
이 없을 터였다. 김재훈이 남자 친구이기 전에 한류 스타라는 점
을 자꾸 잊는 모양이었다.

제 옆에 있을 땐 그저 사랑스럽고 멋진 공자님인데, 밖에선 그가
어느 정도까지 권력을 휘두를 수 있는지 알 길이 없었다. 대기업
자제인 태주도 재훈이 마음먹으면 어디까지 할 수 있는 사람인지
모르겠다고 우스갯소리로 하곤 했었다.

진주는 그의 에스코트를 받으며 선착장으로 갔다. 유람선을 탄
그녀는 여의도의 63빌딩을 보고 아직 불을 밝힌 아파트 불빛들
을 보았다. 크루즈가 출발했다.

"우리 둘만 타?"

"응."

"……"

"거기까지만. 오늘은 혼나고 싶지 않아."

재훈이 손바닥으로 두 귀를 막았다. 오늘은 진주에게 혼나고 싶
지 않다는 말에 그녀는 키득거렸다. 창가 연인석에 앉은 그녀는

악기가 연주되는 소리에 시선을 내렸다. 콘트라베이스와 기타, 바이올린의 합주가 시작되었다. 기분 좋은 음악에 그녀는 고개를 까닥이며 음을 탔다.

"음식은 간단한 다과류만 있어. 먹으러 갈래?"

"응. 당연하지."

"……혼날 줄 알았는데."

"오늘은 혼나기 싫다며. 그래서 안 혼냈어."

사람이 버는 만큼 쓰기도 해야 세상이 잘 돌아가니까. 애먼 데 쓰는 게 아니라 저한테 쓰는 건데. 좋게 생각하니 재훈이 더욱 사랑스러웠다. 태어나서 이런 호화로운 걸 언제 또 느껴 보나 싶기도 하고 말이다. 그녀는 빈 테이블을 지나 접시를 들고 음식을 담았다. 케이크와 과일, 음료만 준비되어 있었다.

"원래는 이곳에 스테이크도 있고, 랍스터도 있고 다 있는 거지?"

"스테이크는 있을 거 같은데. 랍스터…… 모르겠다."

"우와. 진짜 넓다. 나 유람선 처음 타 봐."

진주는 접시를 들고 뱅글뱅글 돌았다. 그러자 연주자들이 곡을 바꿔주었다. 요새 유행하는 가요로 바뀌자 진주는 그 앞에서 재롱떨 듯이 몸을 움직였다. 음악을 듣고 있기만 해도 절로 흥이 돋았다.

"이 정도면 흥진주인데?"

"내가 흥이 좀 많지?"

"어. 아예 헤드뱅잉도 해. 스트레스 풀리게."

재훈의 말에 진주는 얌전히 접시를 잡았다. 보기만 해도 예쁜 케이크를 담고 쿠키도 몇 개 접시에 올렸다. 재훈은 그녀의 옆에 와서 접시를 들어주었다.

"다른 접시에도 또 담아."

"오오! 센스 있어."

진주는 다른 접시에는 과일을 담았다. 그러곤 한 손에 유리컵을 들고 오렌시 주스를 담았다. 두 사람이 자리로 왔을 땐 와인병과 와인 잔 두 개가 준비되어 있었다. 그들이 앉자마자 직원이 와서 인사를 하고 와인병을 따주었다.

"재훈아, 세상은 이렇게 시끄러운데, 여기는 정말 우리만 사는 섬 같아."

"그러게."

음악을 연주하는 소리조차 없으면 정말 섬과도 같았다. 다만 먹을 게 풍부한 섬.

"우리 때문에 직원분들 일하셔서 어떡해?"

"그래서 예약할 때 평일 일급에 3배로 보너스 챙겨드리기로 했어. 그리고 지원할 수 있도록 사내에 공지해달라고 했어. 그런데."

"그런데?"

"너무 많이 지원해서 오히려 인사팀에서 뽑아야 할 정도였대."

"어머나."

평일 직장인으로서 하루 일당의 3배를 준다고 하면……. 자신이라도 하겠다고 했을 것이다. 특별한 약속이 없는 한 말이다.

"케이크 달다. 아~ 먹어 봐."

"……."

"아아–"

진주가 다시 보채자 재훈이 한참을 고민하더니 입을 벌렸다.

"이번만 먹을게."

"맛있게 먹으면 살 안 쪄."

"현실은 맛있게 먹을수록 더 찌더라."

팩트 폭력을 하는 재훈을 두고 진주가 입을 삐죽이며 다른 케이크를 입에 넣었다. 사르르 녹아 목으로 넘어간 건 느껴지는데 배 속으로 내려가기도 전에 자취를 감춰버렸다. 꼭 아무것도 먹은 거 같지 않은 느낌이었다. 그래서 그녀는 접시에 담긴 그 많은 케이크를 단숨에 먹었다. 역시 목으로는 분명 넘어가는데 중간에서 사라지는 기분이었다. 재훈의 말로는 그게 다 살로 가는 거라고 했지만, 맛있게 먹으면 살이 안 찐다는 명언을 오늘만큼은 믿기로 했다.

"진주야."

"응?"

경쾌하던 음악이 순간 잔잔하게 바뀌었다. 그리고 화려하던 실내가 불이 탁 꺼졌다. 놀란 진주가 두리번거리자 조명이 그들과 연주자들이 있는 곳을 밝혔다.

"으응? 뭐야?"

어리둥절한 진주가 재훈을 보자, 그가 그녀에게 반지 케이스를 내밀었다. 붉은빛이 도는 박스 안에는 그녀도 아는 브랜드의 반지가 놓여 있었다.

"진주야."

"……어어?"

그가 방긋 웃었다. 화려한 그의 얼굴은 미간을 좁히고 입을 살짝 벌리면 섹시해서 사람을 돌게 만드는 힘이 있었고, 지금처럼 어린아이 같은 미소를 지을 땐 상대도 같이 웃음이 나와서 방어막을 무장 해제 시켰다.

"오래도록 네 마음을 기다렸어. 나는 더는 너랑 떨어져 있고 싶지 않아. 그래서 네가 내 옆에서 평생 있어줬으면 좋겠어."

"재, 재훈아."

"나는 널 앞으로도 계속 사랑할 거야. 그러니까 날 믿고, 결혼해줘."

분명 음악 소리가 들려야 하는데 귀가 멍멍해졌다. 퇴근길에 갑자기 프러포즈를 받을 줄 몰랐기에 진주는 그저 얼어붙었다. 저를 사랑하는 그의 마음을 알기에 오래도록 기다렸다는 말이 그녀의 가슴을 울렸다. 프러포즈 받을 때 여자들이 왜 우는지 몰랐는데, 그게 연기 아닐까 싶었는데 아니었다. 눈물도 말라버릴 것 같은 이 추운 겨울에 왜 눈물이 자꾸 흐르는지 알 길이 없었다.

"사랑해. 홍진주. 하루도 빠짐없이 매일 고백할게."

"……."

목이 막힌 그녀가 혀로 마른 입술 주변을 축였다. 코가 매웠다. 목 안 깊숙이 뭔가가 밀려오는 것 같았다.

잊고 있던 재훈과의 첫 만남이 떠올랐다. 중학교 1학년 입학식. 어떤 친구들이 우리 반에 있을까 기대하면서 입학식을 기다렸다. 그리고 반 배정을 받기 위해 운동장에서 두리번거리다가 조각 같은 미남을 보았다.

그때의 신선한 충격이란 이루 말할 수가 없었다. 떡잎부터 다르다는 말을 그때 알았다. 다른 친구들보다 머리 하나가 더 위에 있던 그는 교복 맵시가 너무 잘 어울려서 같은 교복이 맞는지 의심스러울 지경이었다.

"우와, 선배님들인가?"

13반 앞에 선 그녀의 뒤로 하연이 섰다. 하연은 처음 본 그녀에게 말을 걸어왔다. 서로 통성명을 하고 어디 초등학교에서 왔는지 얘기를 나누었다. 그러면서도 두 사람의 시선은 재훈에게서 떨어지지 못했다.

"그 옆에도 멋져. 대박. 저 둘이 친한가 봐."

"어어! 이쪽으로 온다."

단언컨대 13반 양옆으로 각자 반 여학생들은 그들을 흘깃거리며 자신의 반이기를 기대했다. 그녀들은 까르르 웃으며 발을 동동 굴렀다. 담임 선생님보다 저들이 나와 같은 반일까 하는 기대감이 더 컸다.

"여기 같은데?"

"맞네. 13반."

두 사람은 진주와 하연의 뒤에 섰다. 그러나 앞쪽에 있던 여학생들이 슬금슬금 뒤에 줄을 서려고 옮기는 바람에 곧 두 여자는 제일 맨 앞에 서게 됐다. 선생님 소개가 있고, 드디어 13반에 배정된 선생님을 만났다.

"김재훈, 박태주. 너희구나. 여기 잠깐 서줄래?"

제일 키가 큰 그들이 진주와 하연 옆에 섰다. 무슨 일인가 고개를 갸웃하며 진주와 하연은 계속 힐끔 그들을 봤다. 그때까진 친해질 거라 전혀 생각을 못 했다.

담임이 그들을 첫 번째 줄에 세운 이유는 입학식이 시작되면서 알 수 있었다. 전교 1등으로 입학한 재훈이 상을 받았고, 태주는 교장 선생님 앞에서 선서를 하였다. 꼭 그들이 이 학교의 간판임을 알리듯이 완벽한 포부를 연 것이었다.

* * *

"진주야?"

"어, 재훈아. ……나 너한테 프러포즈 받는데 왜 자꾸 옛날 일들이 떠오르지? 너 처음 봤던 그날도 떠오르고, 네가 나한테 말 걸었을 때도 생각나고. 우리 넷이서 친했던 그때랑 너 모델 일 하면서 바빠서 학교 안 나왔을 때도 생각나고……."

왜 이러지? 죽기 전에 파노라마처럼 과거가 스쳐 지나간다는데. 왜 지금 그와의 일들이 이렇게 머릿속을 헤집고 다니는지. 그가 꼭 제게 온 선물 같아서 진주는 눈가에 그렁그렁 눈물이 맺혔다. 벅찬 감정이 목을 비집고 올라와 진주는 결국 울음을 터뜨렸다.

"진주야?"

재훈은 의자에서 일어나 그녀에게 다가가 안았다. 의자에 앉은 그녀를 포근하게 안은 후 등을 쓰다듬었다.

"재훈아…… 엉엉."

그와 결혼하고 나면 밤에도 그와 함께이고, 잠에서 깼을 때도 그의 얼굴을 볼 수 있을 거다. 슬픈 날 울기도 하고 기쁜 날 같이 웃기도 하면서……. 어떤 날은 그에게 꼭 안겨서 하루 종일 뒹굴거리기만 하기도 할 거다.

"나 네 옆에 있고 싶어. 재훈아. 날 사랑해줘서 고마워. 부족한 것밖에 없는데 행복하게 해줘서 고마워. 정말로.”

“하나도 안 부족한데, 왜 그래.”

“사랑해. 나 지금 너무 행복해.”

“……나도. 고마워.”

재훈은 반지를 꺼내 그녀의 네 번째 손가락에 천천히 끼웠다. 차가운 느낌에 움찔거리다 서서히 반지가 손가락 위로 올라오니 눈물이 다시 나왔다. 재훈이 저를 짝사랑했던 기간 동안 얼마나 피가 말랐을까. 그 생각만 하면 미안함이 솟구쳤다.

자신은 그와 데이트를 할 때 남들처럼 명동 거리를 걷지 못해서, 해외에서도 숨어서 만나야 해서, 힘들 때 그가 옆에 있어주지 못해서……. 고작 그런 것들로 그의 사랑을 속으로 의심하고 속상해하기도 했었다. 괜히 짜증을 내기도 했고, 그의 고백도 이러다 말겠지 하는 생각도 한 적이 있었다. 그러나 그의 진심이 점점 느껴질수록 그에 대한 사랑은 배로 커져 갔다.

“사랑해. 재훈아. 내가 많이 표현 못 해서 미안해. 엉엉. 나 너 엄청 많이 사랑해.”

재훈은 진주가 진정될 동안 안고만 있었다. 그리고 그녀가 잠시 눈물이 멎었을 때 품에서 떼어 내고 이마에 입을 맞췄다.

“사랑해.”

달콤한 그의 목소리를 들으며 그녀가 울먹이자 재훈은 그녀의 눈가에 입을 맞췄다. 짭조름한 맛이 느껴졌다. 부드럽게 퍼지는 그녀의 체온에 그의 얼굴에도 묘한 감정이 스쳤다.

“결혼 허락해줘서 정말 고마워.”

“응.”

"우리가 오래전부터 알고 지내서 더 감사해. 추억 곱씹다 보면 평생 대화 소재가 무궁무진할 거잖아."

"그러네."

"너 입학식 때 스타킹에 구멍 나 있었던 거 알아?"

"……내가 그랬어?"

지금 이 순간에 그걸 왜 말해. 진주는 눈물이 쏙 들어갔다.

"그때 내가 검스였나, 살스였나?"

"검스."

오 마이 갓. 검은색 스타킹에 빵꾸가 났었다니. 진주가 손등으로 눈물을 닦고 가자미눈을 한 채 재훈을 째려보았다.

"눈물 쏙 들어갔네?"

"이 순간에 검스에 빵꾸가 웬 말이냐고!"

"……그것마저도 사랑한다고."

"됐어! 됐어! 이거 물러."

진주가 키득키득 웃으며 반지 케이스 옆에 있는 그릇을 슥 밀었다. 차마 비싸 보이는 반지 케이스는 건드릴 수가 없었다.

"못 물러. 팔 줘 봐."

그녀가 한쪽 손을 턱 내밀었다. 그러자 이번엔 다른 케이스 하나를 꺼내더니 그녀의 손목에 팔찌를 채워주었다.

"브레이슬릿이야. 어때?"

못 모양을 본뜬 팔찌는 고급스러웠다. 청바지에도, 세미 정장에도, 두루두루 차고 다니기에 좋아 보였다.

"이것도 준비했어?"

"응. 이건 발찌에 대한 답례. 목줄 채웠으니 이제 수갑이지. 안 그래?"

"뭐? 김재훈 진짜……."

진주가 고개를 절레절레 저었다. 목걸이는 목줄, 팔찌는 수갑, 그녀가 준 발찌는 발목 잡는 도구이고. 서로 생각해도 웃긴지 두 사람은 키득거리며 웃었다.

"앞으로 사랑한다는 말 자주 할게. 재훈아."

"응."

"표현 더 많이 할게. 나 근데 병원에서 스트레스 받으면 막 전화해서 너한테 하소연할 수도 있고, 어떨 땐 엄청 우울해서 혼자 울기도 할 거고…… 좋은 모습만 있진 않을 거야. 실제 내 모습은 말이야."

"나도 그래."

"또 어떤 날은 네가 너무 보고 싶은데 해외에 있어서 못 보면 서운해서 막 삐져 있을 수도 있어. 일하고 귀국한 너한테 못나게 굴까 봐 무서워."

분명 그런 날들도 있을 것이다. 그런 순간순간의 감정 때문에 재훈이 지칠까 봐, 저와의 결혼이 그의 일에 지장을 줄까 봐 걱정되었다. 좋은 만큼, 결혼을 하면 서로가 버려야 할 것들도 많으니까.

"못나게 굴고, 삐져도 홍장군이잖아. 그조차 행복할 거야. 힘든 날도 있겠지, 정말 너무 화나서 네 얼굴이 보고 싶지 않은 날들도 있을 수도 있지만……. 그래도 네가 있음에 감사할 거야."

"내가 막 못나게 굴면 그냥……."

"그냥?"

"사랑한다고 해줘. 그냥 덮쳐줘도 좋고."

그러면 아마 기분이 풀릴지도 몰라. 사랑한다는 그 말 한마디가 얼마나 힘을 주는지 재훈은 모를 거다. 서운하다가도 얼굴 보면 풀리듯이 그 말도 들으면 무장 해제시켰다.

재훈은 시계를 흘깃 보았다. 오늘은 집에 보내기 싫었지만 그녀의 부모님께서 그녀와 자신의 연애를 알고 있는 이상 외박은 여전히 신경이 쓰이는 일이었다.

"데려다줄게. 집까지."

"……나 너희 집에서 잘래."

"안 돼. 특히 오늘은."

진주의 허락을 받았으니 그녀의 부모님께도 곧 허락을 받아야 하는데. 잘 보여도 모자랄 판에 밉보일 만한 일은 절대 안 된다.

"나 너희 부모님께 잘 보여야 해. 얼른 가자."

"……벌써 한강 데이트 끝이야?"

"어. 끝이야."

진주는 입을 삐죽이면서도 그의 말을 잘 따랐다. 조금 더 한강을 즐기자 선착장에 크루즈가 멈추었다. 손을 잡은 두 사람은 여전히 미소를 띤 채 배에서 내렸다. 주차장으로 가는 도중에도 두 사람은 손을 꼭 잡고 있었다. 사람들의 시선이 쏠리고 그들 주변에서 핸드폰 카메라로 사진을 찍는 소리가 들렸다. 재훈은 코트 안으로 진주를 넣고 제 어깨로 얼굴을 돌리도록 만들었다. 넓은 그의 품이 그녀의 모든 걸 보호해주는 막 같았다. 진주는 너무 따뜻해서 그의 어깨에도 눈물 자국을 묻힐 수밖에 없었다.

* * *

정숙은 남편과 산책을 하러 나갔다. 날은 추웠지만 저녁 식사 후 이렇게 산책 길에 오르는 순간이 그녀가 하루 중 제일 좋아하는 시간이었다.

"올해는 더 추우려나 봐요."

"그러게."

"진주가 며칠 동안 저녁 같이 먹어줘서 좋았는데. 오늘은 재훈이 만나러 갔나 봐요."

"녀석, 지 엄마를 쏙 빼닮았어."

"내가 뭘요?"

그녀는 남편 앞에서 새침한 표정을 지었다. 남편 말대로 그녀 또한 연애를 할 때 불태워서 했다. 부모님께서 삭발을 시킨다고 할 정도로 매번 늦게 들어갔고, 먼저 집에 들어가라고 일찍 보내주는 날에는 남편의 자취하는 서울 집에서 자겠다고 생떼를 부리기도 했었다.

물론 첫 시작은 그였지만 갈수록 제 부모님께 잘 보이겠다며 저를 일찍 집에 들여보낼 때마다 그녀는 그게 싫었다. 그러고 보면 진주는 제 딸이 맞는 모양이었다.

"날이 참 좋아요."

"춥기만 하구만."

"오랜만에 안아드릴까?"

"……음."

정숙은 남편을 안는 대신 손을 잡았다. 여전히 제 손보다 한 뼘 더 큰 손은 따뜻했다. 이 사람을 만나서 후회하는 날보다 이렇게 따뜻한 날이 더 많았다.

"둘째, 셋째 더 낳고 싶었을 텐데……. 내 몸이 이래서 미안해요."

"그런 말 하지 말라니까."

"그래도 우리 진주 잘 키웠으니까."

"그래. 낭신 진주 정말 예쁘게 키워냈으니까 그거면 됐어. 둘째, 셋째 없어도 돼. 진주가 열 사람 몫을 하는데 왜 그래."

"날씨가 추워서 센티했나 봐요."

정숙은 남편에게 내친김에 팔짱을 끼었다. 난임 부부에게 찾아온 소중한 존재. 몇 번의 유산을 통해 겨우 가진 아이였다. 그래서 두 사람에겐 진주가 끔찍이도 소중한 아이였다. 이미 다 컸지만 아직도 아이 같은…….

"그래도 재훈이가 직업이 화려해서 그렇지 애가 참 괜찮아. 잘 자랐어."

"우리 학과 후배가 재훈이를 낳은 엄마라니……. 세상 참 좁아요. 그죠? 그때 그 아이가 태어났다면 재훈이에게 형이든 누나든 되었을 텐데. 아직도 세상 밖으로 나오길 무서워하는 거 보면 트라우마라는 게 그런가 봐요."

"걱정 마. 우리 진주한텐 그런 일 없을 테니까."

정숙은 고개를 끄덕였다. 그때와 지금은 다르니까, 그런 일이 생길 리 없었다.

산책로를 따라 꽤 오랜 시간을 걷자 으스스 몸이 떨렸다. 정숙이 추워서 이를 딱딱 부딪치자 성준은 더 앞으로 가지 않고 돌아가야 할 방향으로 몸을 돌렸다.

"이제 그만 가지."

"그래요. 날이 춥네요."

"이렇게 왔던 길을 되돌아갈 땐 꼭 더 멀게 느껴져. 당신도 그래?"

"동감해요. 갈 때는 신나서 먼지도 몰랐는데, 돌아갈 땐 춥고 길게 느껴져요. 그래도 혼자가 아니어서 외롭지 않아요."

정숙과 성준은 한참 말없이 산책로를 걸었다.

* * *

재훈은 서울 시내를 달렸다. 일부러 한 번에 갈 수 있는 길을 조금 돌아서 간 그는 그녀의 집이 가까워질수록 아쉬움이 커졌다.

그냥 오늘만 호텔에서 재워? 수십 가지 생각이 머릿속을 스쳤지만 진주의 부모님께서 자신의 어머니 사건을 안 이상 다른 거로 밉보이고 싶지 않았다.

"무슨 생각해?"

"네 생각."

"아닌데? 얼굴에 다른 생각 하는 거 쓰여 있어."

"음…… 어떻게 하면 너희 부모님께 결혼 승낙 받을까 그런 생각."

"정식으로 말씀드리면 우리 부모님께서 너 마다할 이유가 없지. 뭘 걱정해."

그녀의 위로에 재훈은 조금 안심이 되었다. 그 또한 진주의 어머니와 같은 이유로 진주에게 고백하지 못했던 순간들이 수도 없이 많았다. 마음이 커져서 고백을 마음먹었다가 혹시라도 그런 일이 생길까 봐 두려워서 물러나고, 사랑하기에 더 함부로 제 마음을 보여줄 수 없었던 순간들……. 그 두려움이 지금도 존재하지만, 진주가 없는 삶이 더 괴롭기에 더는 마음을 숨길 수가 없었다.

"벌써 다 왔어. 아쉬워."

익숙한 골목길을 지나자 진주는 아쉬움에 발을 동동 굴렀다.

"나 그냥 너희 집에서 자면 안 돼? 오늘은 꼭 같이 있고 싶은데."

"안 돼. 며칠 동안 착한 딸이었다며. 나 오자마자 외박하면 내가 뭐가 되겠어."

"……늑대?"

재훈은 차의 시동을 끄는 것과 동시에 벨트를 풀었다. 상체를 그녀에게 기대고 뒤통수를 감싸 제게로 당겼다. 갑작스럽게 닿은 입맞춤에 놀란 그녀가 입을 벌리는 사이, 재훈이 그녀의 입술 전체를 빨았다.

스르르 눈을 감은 그녀는 모든 감각을 제 입술을 헤집고 다니는 그에게 집중했다. 꼭 그의 입술은 김재훈 같았다. 조심스럽게 다가왔다가, 어느 순간 폭발적으로 변해 입 안을 헤집었다. 그녀의 뒤통수에 대고 있는 그의 손이 머리를 쓰다듬으며 목 주변과 등을 쓸고 올라와 두 볼을 감쌌다. 살결이 그의 입술로 당겨지는 느낌이 들고, 분위기는 더욱 야릇해졌다. 온몸이 후끈하게 달아올랐다.

그런데 평소보다도 느린 듯한 그 키스가 너무 달았다. 너무 달콤해서 몸이 배배 꼬이고 꼭 엄청 단 걸 먹고 있는 것 같았다. 그녀 또한 그의 목에 팔을 감고 45도로 고개를 틀어 그에게 더 깊게 입을 맞췄다. 그의 옷을 벗기고 위에 올라타서 덮치고 싶을 정도로 섹시했다. 옷 위로 느껴지는 그의 넓은 가슴팍과 어깨는 키스하는 순간 만지지 않을 수가 없었다. 그녀가 그를 더듬자, 재훈이 그녀의 어깨를 잡고 겨우 떼어 냈다.

"하아…… 그만."

"음. 아쉬워."

"다음에. 다음에 하자."

그는 코끝을 마주 댄 채로 비비며 말했다. 힘겹게 참은 그가 운전석으로 돌아와 핸들을 잡고 잠시 숨을 깊게 몰아쉬었다.

"괜찮아?"

"아니. 안 괜찮아. ……미치겠어."

재훈이 핸들 위로 고개를 내렸다. 수그리고 있던 고개가 들린 그 순간, 진주는 그의 안달 난 표정이 섹시해서 저도 모르게 말문이 막혔다. 짙은 눈썹과 시원하게 긴 눈매가 찡그려지면서 야한 분위기를 자아냈다. 어쩔 줄 모르겠다는 듯 이로 안쪽 입술 살을 살짝 누르고 있는 모습 자체가 그냥 화보 같았다. 꼭 비가 쏟아지는 상황에 젖은 셔츠를 풀어내고 있는 모습이 상상이 되었다. 찡그린 표정이 어쩜 저렇게 뇌쇄적일 수 있는지 신기할 뿐이었다.

"일단 내리자."

재훈은 먼저 운전석에서 내린 후 조수석으로 걸어왔다. 보조석 문을 연 후 진주에게 손을 내밀자, 그녀가 웃으며 그의 손을 잡고 차에서 내렸다.

진주의 집 주변은 이미 새 아파트 브랜드가 여러 개 들어섰다. 그중에서도 진주의 집은 개인 주택으로 슬슬 재개발의 압박을 받는 쪽에 속했다. 몇몇 집들은 이미 돈을 받고 나가기도 했고 밀이다. 언젠간 그녀의 부모님도 이 집을 두고 다른 곳으로 가셔야겠지만, 막상 다른 데로 간다고 생각하면 아쉬웠다. 뭔가 이곳은 그녀에게 고백을 못 해 되돌아가던 길이어서 그런지, 이곳만 오면 그 감정이 솟구쳤다. 그래서 그녀가 더 소중하고 귀하고, 감사했다.

"어? 엄마랑 아빠다."

"정말?"

이 시간에?

재훈은 순간 긴장해서 몸이 뻣뻣하게 굳었다. 해외에서 매일 문자로 어머니께 살갑게 안부 인사를 드렸지만, 제 어머니를 알고 있다고 생각하니 순간 긴장되었다. 로봇처럼 뻣뻣하게 몸을 옆으로 틀자, 저 멀리서 손을 잡고 오고 계신 그녀의 부모님이 보였다.

"엄마– 아빠!"

진주는 손을 위로 들어 흔들었다. 그녀의 목소리를 들은 건지, 어머니께서도 손을 흔들어주셨다. 서서히 점차 눈에 그녀의 부모님의 모습이 더 잘 보일 때쯤, 사각거리는 소리가 들렸다. 그는 주변을 살폈지만 뭐가 보이진 않았다.

왜 등줄기가 오싹한 걸까. 재훈은 진주의 옆에 바싹 붙어 서서 주변을 경계했다. 그때 그의 눈에 여기에 있어선 안 될 사람이 보였다.

유인호. 그는 저 눈빛을 본 적이 있었다. 그의 잘못으로 헤어진 거지만, 그는 차로 진주를 죽이려고 했었다. 여자를 하나의 소품으로 생각하는 그가 자신의 액세서리를 다른 놈이 찼다고 여기게 되니 눈이 돌아버린 것이다.

"진주야! 아아아아!"

진주의 어머니께서 소리를 질렀다. 유인호는 손에 칼을 소지한 채 순식간에 그들을 덮쳐 왔다. 피할 수가 없었다. 그녀의 집 앞에 숨어 있다가 튀어나온 그를 제지할 사람은 없었다.

"……!"

"아아……!"

재훈은 순간적으로 진주를 감싸며 등을 돌렸다. 날카로운 칼날은 그의 허리를 긁고 지나갔다. 한 번이 아니었다. 유인호는 미친 사람처럼 칼을 뽑아 다시 한 번 그의 등에 칼을 꽂았다. 각오했던 것과는 달리 고통이 느껴지지 않았다. 아니, 아무런 감각이 없었다. 살이 베이고 있다는 느낌 다음엔 그저 뜨겁기만 했다. 그 후엔 마치 상처 부위가 타는 것 같았다.

챙그랑. 재훈이 진주에게 쓰러지는 것과 동시에 유인호는 뒷걸음질 쳤다.

"재훈아?"

진주는 인상을 찡그린 그의 얼굴에서 주름이 없어지면서 눈이 스르르 풀리는 모습이 괴기하게 다가왔다. 너무 무서웠다. 다시는 김재훈을 못 볼 것만 같았다. 제게 쏟아지는 피들이 너무 뜨거운데, 그의 체온은 점점 내려가는 것 같았다. 점점 재훈의 몸이 딱딱해지는 것도 같았다. 그가 무릎을 꿇었다. 그녀를 안고 있던 팔에도 힘이 풀렸다.

안 돼, 재훈아, 더는 안 돼. 그녀는 그에게서 나온 피들을 손으로 만졌다. 그녀의 배에 이마를 대고 정신을 잃어 가던 재훈이 둔탁한 소리와 함께 아예 정신을 잃었다.

"아아! 아악!"

진주도 너무 놀라 소리를 지르려 했으나 입에서 아무 말이 나오지 않았다. 그녀의 눈가에서 하염없이 눈물이 흘렀다. 분명, 분명 가장 행복했던 날이었는데. 너무 행복해서 아픔 따위 없을 것만 같았는데……!

"아아!"

왜, 왜 나를 감싼 거야. 너는 왜 나를. 이 순간이 현실처럼 느껴지지 않았다. 콘크리트를 적시는 붉은 빛이 꼭 그의 몸에서 나온 것 같지 않았다. 바닥에 쓰러져 있는 그가 김재훈이 아닌 것만 같았다. 말도 안 돼…….

"……아악, 어억……!"

눈물이 쏟아졌다. 진주는 그 앞에 무릎을 꿇고 앉아 두 손으로 목 주변을 꽉 쥐었다. 가슴으로부터 올라온 통증이 목을 막아버린 것 같았다. 숨이 잘 쉬어지지 않았다. 진주가 가슴을 탕탕 칠 때쯤 부모님께서 그녀에게 달려왔다.

어머니는 진주의 앞을 가로막은 채 그녀를 안았고, 그녀의 아버지는 경찰에 신고했다. 유인호는 자포자기한 표정으로 도망가지도 않고 그 앞에 앉아 간헐적으로 몸을 떨며 웃고 있었다.

……. 어디선가 앰뷸런스의 소리가 들렸지만 그마저도 무언가에 가로막힌 듯 제대로 들리지 않았다. 제가 있는 공간이 아닌 또 다른 세상에서 울리는 것처럼 들려 왔다. 왜, 왜…… 이런 일이 일어난 거야. 제발, 제발 이러지 마. 그 순간, 왜 나를 구한 거야. 차라리 내가 다쳤어야 했는데. 김재훈 네가 죽을 거라고 생각하니 못 살 것 같아. 너무 무서워. 무서워서 정신을 잃을 것만 같아. 그녀는 두 손으로 귀를 막고 고개를 저었다. 아니야, 아닐 거야. 이

건 꿈일 거야.

　진주는 어떤 정신으로 병원에 왔는지 기억하지 못했다. 앰뷸런스는 두 대였다. 재훈을 태운 한 대와 충격으로 쓰러진 진주를 싣고 인근 대학 병원으로 갔다.

* * *

　진주는 꿈을 꿨다. 재훈과 결혼을 하고, 그들을 닮은 아이들과 함께 공원을 걸어 다니는 꿈 말이다. 뛰다가 넘어진 아이를 일으켜 세워 재훈이 목말을 태우고, 다른 아이는 진주의 손을 잡고 있었다.

　화창한 어느 날 재훈은 아이를 목말에서 내린 후 진주의 다른 손을 잡게 하였다. 그가 멀어졌다. 그녀가 그를 따라가려 하자 양 옆에서 그녀의 손을 잡고 있는 아이들이 그녀를 놔주지 않았다. 점점 재훈만······.

* * *

　진주의 얼굴 위로 눈물 자국이 났다. 앰뷸런스 안 베드를 적실 정도로 그 양은 꽤 많았다.

13. 우리, 이제 사랑만 하자

세상은 또 다른 이슈로 들썩였다. 서울 시내 한복판에 있는 전광판에는 재훈의 소식이 가득했다. 바쁘게 거리를 오가는 사람들과 누군가를 만나 대화를 나누고 있는 이들의 입과 눈은 재훈의 목숨이 어떻게 될지에 대한 걱정으로 가득했다. 대한민국의 자랑, 한류 스타인 그의 소식으로 인해 해외 팬들도 들썩였다. 사형 제도를 다시 살려달라는 민원이 청와대로 쏟아지고 있었다.

유인호는 어차피 평생 감옥에서 살 거 무서울 게 없다는 입장이었다. 그의 입에선 쉴 새 없이 법을 돈으로 사서 우습게 아는 자들의 이름이 대거 나왔다. 정치인, 연예인, 기획사 대표까지. 그는 기자에게도 관련 내용을 메일로 뿌렸다. 진주의 집에 오기 전에 이미 아는 기자들에게 모든 진실을 알린 후, 그는 본인도 죽을 작정이었다. 마약 운반책부터 주로 사 가는 계층이 누군지, 귀한 집 자제들이 어떻게 뒤에서 연예인들과 붙어먹는지 등등. 더러운 세계가 전 지역에 까발려졌다. 정재계가 붙어먹으면서 처벌받아야 할 사람들은 무혐의 처리가 됐던 일까지 모두 도마에 올랐다.

국민들은 분노했다. 이번엔 제발 죄를 지은 사람은 죗값을 받기를. 다시 그런 짓을 못 하게 세상으로부터 단절시켜버리기를. 반대로 죄 없이 다친 재훈은 안쓰럽게 여겼다.

그는 바로 대학 병원으로 이송되었다. 수술은 성공적이었으나, 그가 다친 부위가 척추였고 주변 신경을 건드린 게 가장 큰 문제였다. 깨어나도 어쩌면 전과 다른 삶을 살아야 할지도 몰랐다. 진주는 그의 베드 주변을 떠나지 못했다.

딸깍. 그때, 병실 문이 열렸다. 진주는 문 안으로 들어오는 이들을 처음 봤는데도 누군지 알 수 있었다. 재훈의 부모님이셨다. 마음의 병으로 인해 집 밖으로 나서지 못한다던 그의 어머니는 병실에 누워 있는 재훈이 믿기지 않는지 손으로 입을 막은 상태였고, 그의 아버지는 차마 보지 못하고 고개를 돌렸다. 진주는 그저 그들 앞에서 죄인처럼 고개를 숙이고 울 뿐이었다. 그런 그녀의 손을 재훈의 아버지가 잡아주었다.

"재훈이 괜찮을 거예요."

자신이 누군지, 재훈이 왜 저렇게 됐는지 물어보지 않으셨다. 그저 괜찮을 거라고 걱정하지 말라고 위로를 해주셨다.

"죄송합니다. 저, 저 때문에…… 저를 구하려다가 다쳤어요. 저 때문에."

"……."

재훈의 모친은 그대로 주저앉았다. 국민들의 사랑을 먹고 사는 직업은 결국 끝이 좋지 못했다. 많은 부를 누리다가도 이슈몰이가 돼서 쥐도 새도 모르게 살기도 했고, 가끔은 목숨을 잃기도 했었다. 그녀가 아는 연예인과 그 일가족은 행복하지 못했다.

"재훈아. ……우리 재훈이. 엄마가 미안해……."

진주는 병실 앞에서 우는 어머니를 보며 이로 입술을 질끈 물었다. 그럼에도 눈물이 새어 나왔다. 그렇게 두 여인은 한참을 울었다.

* * *

재훈의 병실 층엔 취재진이 진을 치고 있었다. 경찰을 불러 그들을 다 쫓아낸 이후에야 복도가 조용해졌다. 그러나 VIP 병동 입구에는 여전히 환자 행세를 한 기자가 안쪽을 몰래 촬영하고 실시간으로 여기저기 기사를 퍼뜨렸다. 진주는 재훈의 아버지와 병실을 나와 복도 의자에 앉았다.

"인사가 늦어서 죄, 죄송합니다. 저는 재훈이의……!"

"재훈이 여자 친구이지요?"

"네……. 홍진주입니다."

여자 친구라고 할 자격이 있을까. 저를 사랑한다고, 저밖에 없다 말했던 그를 저렇게 만들고도. 유인호가 누군지도 모르고 살았을 그가 그를 알게 된 건 오직 자신 때문이었다. 정말 남자 보는 눈이 없었다. 대학 동기들과 선후배들도 모조리 그에게 속았다. 그의 직장인 동료조차도 그가 그런 사람인 줄 몰랐다는 둥 그녀에게 괜찮냐는 연락을 해 왔었다.

"저번에 집에 와서 한번 얘기한 적 있어요. 왜 제가 다 버리고 재훈 엄마를 선택했는지 알 거 같다고 하더군요."

"……."

"어머니의 일을 알면서도, 모델로서 쇼에 서고 싶은 마음이 컸대요. 분명 두려웠을 텐데 그 녀석 기회를 놓치지 않고 혼자 일어섰어요. 최고가 되기 위해서 정말 많은 노력이 필요한데, 해내더라고요. 그렇게 노력해서 얻은 결실을 한 사람을 얻기 위해선 포기할 수도 있을 거 같다고 했어요."

그의 직업 때문에 자신이 누군가의 표적이 될까 봐, 괜히 이유도 없이 미움을 사서 상처받을까 봐, 다칠까 봐……. 그는 정말 많이 걱정을 했다고 하였다. 이제야 진주는 이해가 갔다. 왜 그가 저를 대신해서 다칠 수밖에 없었는지. 만약 자신이 다쳤다면 재훈은 더는 참을 수 없는 지경이 되었을지도 모른다. 그가 고백을 참지 못해서, 그녀를 지키지 못했다는 죄책감에, 부모님을 보고도 하지 말았어야 할 직업을 택했던 저 자신을 용서하지 못했을 것이다. 그럼에도 저렇게 누워서 앞날이 어떻게 될지 모르는 상황인 그를 떠올리니, 그게 차라리 자신이었으면 하는 생각뿐이었다.

"다음에 볼 땐 우리 아들이랑 같이 봐요. 오늘은 이만 돌아가는 게 좋겠어요. 상황이 좀 그러니까……."

진주는 병실로 들어가는 그의 아버지 뒷모습을 멍하니 보았다. 재훈이 나이가 들면 저런 모습일 것 같았다. 재훈과 똑 닮은 얼굴들을 보니 또 마음이 아팠다. 분명 그제까지만 해도 재훈에게 프러포즈를 받고, 그의 차를 타고, 다정하게 키스까지 했는데. 사랑한다는 말을 들었는데.

머리를 무릎 사이에 넣고 눈물을 떨구며 진주는 재훈이 깨어나기만을 기다렸다. 차마 집에 갈 수 없었다. 적어도 그가 눈을 뜨는 건 봐야 숨을 쉴 것 같았다.

* * *

정숙은 남편이 출근한 후, 병원으로 갔다. 어제 경찰서에 가서 가해자의 면상을 확인한 정숙은 화가 머리끝까지 나서 손이 위로 올라갔다. 그보다 빨랐던 건 제 남편의 주먹이었다.

이번엔 경찰들도 남편을 말리지 않았다. 보통 때라면 폭력을 쓰게 두지 않았겠지만, 사람을 죽이려 했던 이가 법이 약해서, 상대가 죽지 않아서, 정신적 이상으로 약을 먹고 있는 상태라 심신미약으로 형이 줄어들 수도 있는 상황이었다. 쓰레기를 그들이 직접 밟진 못해도 잠시 눈을 감아주는 걸로 면죄부를 사고 싶었을 거다.

그녀는 VIP 병동 앞에 섰다. 비밀번호를 눌러야 입장이 가능한 곳이었다. 주먹을 꽉 쥐었다가 펴며 심호흡을 했다. 산책 길에 그녀가 봤던 장면이 아직도 생생했다. 갑작스럽게 튀어나온 남자…… 재훈이 진주가 보이지 않도록 감쌌고, 바닥으로 쓰러졌다. 그녀가 다가갔을 땐 이미 아스팔트의 색이 변한 뒤였다.

그 순간에서도 그녀는 재훈보다 진주가 먼저 보였다. 충격으로 혼이 나가 있는 제 딸의 눈을 덮고 진정시켰다. 바닥에서 하얗게 질려 가는 재훈보다도 딸이 먼저였다. 제 딸을 살려준 사람에 대한 예의를 차리지 못했다. 그 미안함에 그녀는 VIP 병동을 서성였다. 결국, 이런 일이 일어났다.

"⋯⋯진주야⋯⋯."

정숙은 유리문 너머로 복도 의자에 앉아 괴로워하는 진주를 보았다. 얼마나 괴로워하는지 딸의 감정이 그대로 느껴졌다. 죄책감, 미안함, 대신 아플 수 없는 박탈감. 그 모든 게 혼재된 그 얼굴이 안쓰러워서 차마 문을 열지 못했다.

정숙은 재훈에게 아무 일이 없기를 진심으로 바랐다. 깨어만 난다면, 어떤 상황에서도 두 사람이 좋다면 허락할 거라고 다짐했다. 그녀는 오늘은 병실로 가지 못하고 집으로 되돌아왔다.

* * *

몽롱한 정신 속에서 재훈은 눈을 떴다. 바로 보이는 건 어머니의 얼굴이었다. 이 정도의 각도에서 어머니를 본 건 정말 오랜만이었다. 아마 자신이 한창 어렸던 아기였을 때 아니었을까. 걱정스러운 눈빛, 다정하게 제 손을 잡고 이마 옆으로 머리카락을 정리해주는 손길. 그 다정함에 잠시 몸을 맡겼다.

"⋯⋯아."

서서히 고통이 밀려왔다. 정신이 돌아옴과 동시에 그는 바로 전 기억이 떠올랐다. 진주, 진주는 괜찮나. 우리 진주. 몸이 부서질 것처럼 아팠다. 그런데 또 제 몸이 제 것 같지 않았다. 머리는 깨질 것 같았다. 그 순간에도 진주의 걱정이 혼재돼 혼란스러웠다.

재훈의 숨이 가빠지자, 레지던트와 간호사가 급히 뛰어왔다. 레지던트는 맥박을 체크하고 재훈을 살피더니 추가 약물을 오더했다. 다시 재훈은 잠에 취했다. 귀에서 들리던 웅웅거리는 소리가 섬섬 음소거가 되듯 지워져 갔다.

* * *

[대리님, 우리 오빠 괜찮아요? 병원 일은 걱정 마세요! 제가 24시간 밤을 새워서라도 다 처리할게요.]

[근데, 후니 오빠 정말 괜찮나요? 수술은 잘 끝났다고 하던데…… 소식 알면 꼭 연락 주세요.]

진주는 주리에게서 온 메신저를 보았다. 지금은 김재훈 말고 다른 건 아무것도 생각할 수 없었다. 병원이고, 주리고, 부모님이고 뭐고. 아무것도.

"진주야!"

재훈의 병실을 지키고 있던 진주는 하연과 태주의 방문에 그제야 일어났다. 하연은 입술이 다 부르트고 눈이 탱탱 부어 있는 제 친구를 보곤 울음을 터뜨렸다. 그러다 누워 있는 재훈을 보고 털썩 주저앉았다. 진주는 하연이 울자 그 옆에서 같이 또 울었다. 누가 툭 건드리기만 해도 눈물샘은 마르지 않고 흘러내렸다.

태주는 두 여인을 두고 재훈에게 갔다. 그는 아파서 자는 모습도 참 멋있었다. 그래서 그가 잠만 자고 있는 이 상황이 믿기지 않았다. 그런 태주의 눈에 재훈이 손가락을 움직이고 있는 모습이 보였다.

"김재훈."

"……."

"너 깬 거 같은데."

이렇게 아플 놈이 아니지. 이제 진주랑 행복할 일만 남았는데. 남들보다 조금 더 크게 다친 걸 거야.

조금씩 손가락의 떨림이 강해지더니 재훈이 눈을 떴다. 또 통증이 있는지 재훈이 인상을 찡그렸다. 아파서 다행이다. 네가 괴로울 정도로 아파서 다행이다. 아픔조차 못 느낄까 봐, 정말 신경 어딘가가 크게 다친 걸까 봐 걱정했는데. 태주는 오히려 그가 아파하는 모습을 보며 안도했다.

* * *

재훈이 깨어난 이후, 병실은 손님들로 북적였다. 그를 수술한 전문의는 여기저기 인터뷰 요청이 와서 그가 병원에 실려 왔을 때의 상태와 지금 얼마나 호전되었는지를 밝혔다.

어떻게 딱 태주가 온 날, 아니 우리 넷이 모인 날 재훈이 잠에서 깨어났는지 신기할 지경이었다. 하연은 소리를 지르고, 태주도 놀라서 굳어 있고, 진주는 그의 얼굴을 보고 또다시 펑펑 울었다. 천만다행으로 신경은 손상되지 않았지만 당분간 몸이 불편해서 재활 치료는 해야 한다고 했다. 진주는 그 소식을 듣고 또 한참을 울었다.

오랜만에 출근한 진주는 그녀가 없는 사이 쑥대밭이 된 회사를 정리했다. 주리가 그녀 대신 최대한 커버를 해주고 있었으나, 원무팀 내 만능 해결사인 그녀가 했던 업무가 생각보다 많았기에 내부가 마비될 정도라고 했다. 시말서를 쓰는 건 쓰더라도 일단 제발 업무 좀 가져가달란 소리에 그녀는 하루를 꼬박 새워 일을 했다.

다음 날은 온갖 긴장이 풀려서 그녀도 병원에서 링거를 맞았다. 갑자기 열이 오르고 눈앞이 핑핑 돌았다. 재훈이 다쳤던 그때의 기억이 자꾸 생각날 때마다 누군가 목을 조르듯 숨이 막혀 왔다.

토요일 아침, 그녀는 엄마가 보자기에 싸 준 도가니탕을 들고 재훈이 입원한 병원으로 갔다. 엄마는 집에서 직접 사골 같은 도가니탕을 끓였다고 몸에 좋으니 입맛 없다고 하면 국물이라도 후루룩 먹이라고 신신당부하셨다.

진주는 VIP 병동 데스크에 3교대로 근무하는 간호사분들을 위해 비타민 음료 박스를 드렸다. 우리 재훈이 잘 부탁드린다는 의미이기도 하고, 저가 없는 동안 밤새워서 그의 상태를 체크해준 것에 대한 감사 의미이기도 했다. 그런데 저와 같은 생각을 가진 이가 많았는지 데스크 뒤로 재훈의 팬들이 보낸 마카롱과 케이크, 과자 등이 쌓여 있었다.

"진주 씨, 왔어요?"

"네. 오빠. 재훈이는요?"

"재활 치료실 갔다가 올라오고 있대요."

덕재가 그의 병실을 지키고 있었다.

"다들 집에 가셨어요?"

"아뇨. 재훈이 부모님께선 재활 치료실 같이 갔어요. 호전되고 있으니 진주 씨도 너무 걱정 안 해도 돼요."

"네."

진주가 코트를 벗어서 보호자 의자에 걸어 두고 가져온 도가니 탕이 든 통은 냉장고 위에 올려 두었다. 그때, 병실 문이 열렸다. 진주가 뒤를 돌자, 휠체어를 타고 들어오는 재훈이 보였다.

"재훈아!"

"……어. 진주야."

그는 그녀를 보며 입꼬리를 밀어 올렸다. 근데 그 웃음이 평소 재훈과 달라서 그녀는 다시 미안함이 솟았다.

"안녕하세요!"

진주는 재훈의 부모님께도 고개 숙여 인사했다.

"진주 씨 왔어요?"

"네. 제가 밀게요."

"아니에요."

진주가 재훈의 휠체어를 밀어주려고 하자, 그의 어머니께서 그녀의 손길을 거부하며 휠체어를 밀어서 베드로 갔다.

"우리는 이만 가지."

"벌써요? 저녁도 챙겨주고 가고 싶……."

재훈의 아버지는 어머니의 손을 꼭 잡으며 고개를 저었다. 어머니는 재훈의 곁에 있고 싶은 듯했으나 아버지의 재촉에 마지못해 일어났다. 덕재도 재훈의 부모님께서 가실 때 데려다드린다고 하면서 병실에서 나갔다. 그래서 병실 안엔 두 사람만 남았다.

"몸은 좀 괜찮아?"

"응."

"많이 불편하지?"

"아니. 안 불편해. 진주야. 가까이 좀 와 봐."

그의 말에 진주는 베드에 앉았다. 다행히 그는 척추엔 이상이 없었다. 다만, 아직 봉합된 부위가 회복되지 못했을 뿐이었다. 그러나 휠체어를 타고 있고 다친 부위가 척추다 보니 재훈도 불안한 모양이었다.

"나, 괜찮아. 2주 정도 있다가 퇴원할 거야."

"퇴원해도 된대?"

"응. 그래도 3개월은 꼬박 집에서 쉬라고 하더라."

"3개월?"

"네가 봐도 길지?"

"아니. 6개월은 더 쉬라고 할 줄 알았어. 나는 너 한 1년은 쉬면 좋겠어. 어떤 배역이 들어올지 모르니까……."

회복기에 제대로 관리를 해줘야 나중에도 아프지 않다고 들었다. 다친 부위가 나이가 먹을수록 더 약해져서 조그만 충격에도 재발할 확률이 높으니까 말이다.

"미안해. 네 얼굴을 자꾸 못 보겠어."

진주가 고개를 숙였다. 베드를 조절해 앉은 자세로 있던 재훈이 그녀의 손목을 잡았다. 그녀는 까칠해진 그의 손을 보며 울먹거렸다.

"미안해하지 마. 거기서 네가 다쳤다면, 나는 날 용서 못 했을 거야."

"나 때문에 다친 거잖아. ……네가 그놈이랑 엮일 일이 없는데."

"진주야."

"응?"

"우리 누구 탓하지 말자. 나로 인해 네가 몸 다치지 않았을 뿐이지, 마음 아픈 일도 많았잖아. 사람들 입에 오르내리고, 누군가의 안줏거리가 되고, 조롱거리도 됐을 거야. 그런데 네가 다치기까지 했다면……!"

"……."

"그런 생각하면 나, 너한테 못 가. 나로 인해 벌어질 일들, 다 모른 척하고 네 옆에 섰는데. 나 네 옆에 있고 싶어. 백 번이고, 천 번이고 다쳐도……. 우리 그냥 누구 탓하지 말고 좋은 것만 보고, 사랑만 하자."

"으응."

그는 그녀의 손등을 토닥여주었다. 그게 꼭 그가 자신의 등을 쓸어주며 위로해줄 때와 비슷했다. 제 주변을 따스한 빛이 감싸는 것 같은 느낌이 들었다.

"그런 의미에서 왜 내가 준 팔찌 안 찼어?"

"……아. 그거 기스 날까 봐 못 차겠어."

"여러 개 사서 매일 고르는 재미를 줘야 하나?"

"아냐. 제발 그러지 마. 사실 나 회사 가면 매일 키보드에 손 얹고 있잖아. 불편해서 못 해. 근데 꼈다 뺐다 하다가 잃어버리면 너무 속상하니까……."

"그럼, 시계가 나으려나?"

재훈은 그녀의 휑한 손목을 보며 아쉬워했다.

"우리 벚꽃이 필 때쯤 결혼할까?"

"……."

"프러포즈에 대한 답은 이미 들었으니까 도망 못 가."

그가 그녀의 손에 깍지를 끼었다. 분명 사고 전까지만 해도 그와의 결혼에 대한 생각이 확고했는데, 지금은 혼란스러웠다. 재훈이 좋은 반면 무섭기도 했다.

"왜 대답이 없어?"

"……음. 일단 너 다 나으면 그때 얘기해."

진주의 말에 재훈은 실망한 표정을 지었다. 그녀는 재훈을 보며 씩 웃어주었다.

"나 너 아니면 다른 남자 생각도 안 나. 그러니까 걱정 안 해도 돼."

"응."

그때, 그녀의 핸드폰이 부르르 울렸다. 진주는 재훈의 손을 놓고 등을 돌려 보호자 의자에 둔 핸드백을 열었다. 핸드폰을 꺼내 문자를 확인했다.

[너 때문에 재훈 오빠가 다쳤어. 네가 뭔데! 재훈 오빠한테서 떨어져!]

요새 이런 문자를 심심찮게 받고 있었다. 유인호의 수사 과정에서 여자 친구를 대신해서 재훈이 다쳤다는 게 세상에 공개되었고, 몇몇은 그녀에게 욕설을 보내기도 했다. 기사 밑에 달린 댓글에도 그녀의 척추가 부러져서 다신 걷지 못했으면 좋겠다는 내용도 있었다. 다른 댓글은 다 보겠는데. 자신 때문에 그가 다친 건 사실이기에 그때마다 죄인이 되었다.

'왜 너 때문에 재훈 오빠가 다쳐야 돼?'

네가 뭐길래. 그 말이 비수처럼 꽂혔다. 그녀는 모르는 척하며 핸드폰을 가방 안에 넣었다. 그러곤 심호흡을 하고 재훈에게로 돌아왔다.

"무슨 문자야?"

"아무것도 아니야."

"……말 안 해줄 거야? 분명 널 속상하게 하는 문잔데."

"무슨~"

진주는 고개를 저으며 손사래를 쳤다. 별거 아닌 문자라고 말을 덧붙이자 그가 팔짱을 끼었다.

"진주야. 사람 뒷모습에도 표정이 있는 거 알아?"

"에이. 뒤에 얼굴이 없는데."

"있어. 가만히 있는 뒷모습만 봐도 네 마음이 어떤지 알게 되더라고."

재훈은 사실 연기 연습을 할 때 사람의 뒷모습도 많이 연구했다. 기쁠 때, 슬플 때, 무언가를 기대할 때, 뭔가를 숨기고 있을 때, 상대를 배려할 때 등등. 그래서 그가 연기할 때 어깨를 얼마나 올렸다가 내릴지, 고개를 어떻게 떨굴지 등 미세하게 뒷모습도 연기를 한다.

그런데 정말 신기한 건 진주는 그가 일부러 알기 위해 신경 쓰지 않아도 뒷모습만 보아도 그녀가 어떤 상태인지 알게 된다. 오늘 속상한 일이 있었는지 아닌지. 오랫동안 진주의 곁을 맴돌면서 시선이 가다 보니 절로 터득하게 된 건지, 아니면 원래 진주가 투명한 사람이라서 그런 건지는 확신할 수 없다. 그러나 진주 한정으로 그는 그녀의 감정을 잘 느꼈다.

"말도 안 돼. 뒷모습만으로 어떻게 알아. 너 나 떠보는 거지?"

"아니. 진짜야."

"그냥 광고 문자야."

"……."

항상 따스한 얼굴로 웃고 있던 그가 무감하게 표정을 바꿨다. 고개를 옆으로 돌려 창문을 보는 그가 차갑게 느껴져서 진주가 이로 입술을 물었다. 다정하던 사람이 갑자기 표정을 굳히니 싸늘했다. 병원에 있어서 턱선도 더 날카로워졌다. 그래서 더 그렇게 느껴진 모양이었다.

진주는 후- 한숨을 쉬었다. 어차피 숨겨도 그가 핸드폰으로 검색하면 알 수 있는 거였다. 어쩌면 이미 봤을 수도 있고 말이다.

"내가 널 다치게 해서 사람들이 많이 속상한가 봐."

창문 밖을 보던 재훈이 고개를 돌려 그녀를 보았다.

"그래서 내가 미운가 봐. 다 맞는 말인데, 그럴 수 있다고 생각하는데 문자들이 올 때마다 너한테 너무 미안해. 그래서 네 얼굴을 못 보겠어. 네 옆에 있어도 될지. 나 정말 네가 너무 좋은데, 내가 대신 아프지 못해서 미안하고. 네 부모님께도 고개를 못 들겠어."

"진주야."

"응?"

"나도 그랬어. 근데도 나 네 옆에 있고 싶어서 뻔뻔하게 너희 부모님께 찾아가고, 어머니께 문자도 보냈어. 우리 연애하면 걱정하실 거 알면서 모른 척했어. 그러니까 그냥 나만 사랑해줘. 다른 건 생각하지 말고."

"재, 재훈아."

"내가 정말 좋다며. 그럼 내 옆에 있어."

"……."

"나도 그럴 테니까. 남들이 하는 말에 흔들리지 말자, 우리. 그 사람들이 몰라서 그래. 내가 힘들 때마다 의지하는 사람이 누군데. 진주 네가 아니었으면 연예계 생활 이미 그만뒀을 거야."

옆에서 응원해주는 사람이 있어서, 힘들 때 옆에만 가도 힘이 나게 하는 사람이 있어서 그래서 버틸 수 있었다. 다른 누구의 말 한마디보다 진주가 '재밌다, 멋있다, 연기 늘었다.' 등 칭찬을 해주면 더 잘하고 싶은 욕구가 치밀었다. 다른 배우들이 여자 만나고 놀 시간에 그는 조금 더 나은 모델이 되기 위해, 때로는 멋진 배우가 되기 위해 노력할 수 있었다. 그런 과정들은 모르고 단순히 이 일만 갖고 진주에게 하는 말들은 무시해도 되는 거였다.

"응. 그래도 네 옆에 있을 거야. 속은 상하지만, 견딜 수 있어."

진주는 앉아 있는 재훈을 폭 안았다. 누가 뭐라고 해도 그녀는 그의 곁에 있을 생각이었다. 구설수에 오르는 게, 불특정 다수에게 미움을 받는 게 속상하고 괴롭긴 하지만 그래도 그런 이유로 재훈을 버리기엔 그가 너무 좋았다.

"고마워, 홍장군. ……사랑해."

재훈은 진주의 가슴팍에 안겨 사랑한다고 속삭였다. 마른 그녀의 허리를 팔로 감싸 안았다.

"너 퇴원하면 너희 부모님께도 인사드릴게. 어머니, 정말 고우시더라. 너무 미인이셔서 놀랐어."

"그랬어?"

"아버님께서도. 젊으셨을 때 너만큼이나 인기 많으셨겠더라."

재훈이 나중에 나이가 들면 그의 아버지와 비슷하지 않을까. 보통 그녀의 아버지 세대를 생각하면 등산복 브랜드로 풀세팅 무장을 하고, 턱에 적당히 까칠한 수염이 나 있고, 선글라스를 낀 모습이 상상된다.

그런데 재훈의 아버지는 전혀 달랐다. 베이지색 면바지에 셔츠를 코디하여 댄디한 룩을 유지했다. 정말 이상한 건, 그런 코디가 어색하지 않았다는 거다. 피지컬이 좋아서 옷을 잘 소화하신 것 같았다.

"아버님께선 복귀 생각 없으셔?"

"요샌 좀 있으신 거 같아."

기자가 두 부자를 새로 조명하기 시작하면서 동반 CF 제의도 오고, 그의 아버지껜 안방극장의 몇몇 배역 제안이 들어갔다고 들었다.

"난 사실 이번 일 몸은 다쳤지만, 좋았어."

"왜? 뭐가 좋아?"

"어머니께서 내 머리맡에서 계속 보고 계시더라고. 아니, 무엇보다 전에는 집 밖으로 나오지 않으셨잖아. 밥도 먹고, 청소도 하고, 씻기도 하고 집에선 보통 사람 같았는데 밖에선 아니었어. 아예 세상과 단절돼서 사셨는데 요새는 나오시잖아. 오랫동안 상담사분이 집으로 오셔서 상담해주셨는데 그래도 안 됐던 게, 기적처럼 됐어."

"그거야 네가 아프니까……."

아들이 그냥 아픈 것도 아니고, 칼을 맞았는데. 부모는 본인이 아픈 것보다 자식의 아픔이 더 눈에 보이는 법이었다. 다쳤다는 이야길 들은 순간, 마음이 아프고 집 밖을 나가는 게 무서웠던 그 모든 걸 이길 힘이 생겼을 것이다.

"밖에 네 팬클럽에서 선물 많이 보냈더라. 우리 오빠 제발 안 아프게 해달라고 커피부터 갖가지 과자들이 가득해. 하나하나 포장해서."

"응. 감사 인사해야겠네."

"내가 널 사랑하는 마음보단 작겠지만, 진짜 널 좋아하는 게 느껴져. 우리 병원 주리 씨도 네 옆에서 간호하라고 본인이 야근 다 자처하더라고. 신기해."

그의 팬들은 10대만 있는 건 아니었다. 20대, 30대면 남자 친구나 남편, 또는 아이가 있을 수도 있는 나이였다. 그런데도 그들은 재훈을 우상처럼 따르고 그를 진심으로 걱정하고, 그를 위해서라면 한두 푼 아끼지 않고 거침없이 돈을 썼다. 진주에겐 생소한 일들이었다.

"퇴원하면 팬 미팅 한 번 해야겠다. 다들 걱정하셨을 테니까. 주리 씨껜 그날 따로 인사할게."

"응. 상황 봐 가면서. 우리 주리 씨, 심장 마비 오면 안 되니까."

재훈은 그녀의 말에 키득키득 웃었다. 똑똑. 그때, 누가 문을 두드렸다. 진주는 침대에서 내려와 보호자 의자에 앉았다.

"들어오세요."

"부모님 모셔다드리고 다시 왔어. 밥 먹었어?"

"오빠, 오셨어요?"

덕재가 병실에 들어오자마자 재훈을 살폈다. 그의 눈엔 걱정하는 기색이 가득했다.

"네. 진주 씨. 식사해야죠."

"아~ 맞다! 재훈아, 엄마가 너 먹으라고 도가니탕을 끓이셨는데. 먹어도 되나? 뼈에 좋대."

진주는 그제야 냉장고 위에 올려 둔 보자기를 끌렀다. 국그릇에 담아 전자레인지에 돌린 다음 재훈에게 가져갔다.

"덕재 오빠도 드세요."

진주가 다른 국그릇도 전자레인지에 돌렸다. 그걸 덕재에게 주자, 국 온도를 확인하더니 후루룩 물 마시듯 국을 마셨다.

"와- 이거 국 제대로네. 재훈아 얼른 마셔라. 이거 제대로야."

"한 그릇 더 드릴까요?"

"그래도 돼요? 진주 씨 어머니 솜씨가 좋으시네요. 와, 이거 파는 거보다 더 맛있는데요?"

"다행이네요."

덕재는 한 그릇을 더 물처럼 마신 후에야 국그릇을 내려놨다. 남은 도가니는 오독오독 이로 씹으며 다시 한 번 더 감탄했다.

"진주야. 거기 보면 즉석 밥 있는데. 나 그것 좀. ……밥 말아 먹어야겠다. 진짜 맛있어."

재훈의 도가니탕 위에 마늘 다진 것과 파를 넣어서 저어 줬다. 더 맛있는지 그는 밥을 말아 먹어야겠다며 즉석 밥 한 그릇을 뚝딱 먹었다. 잘 먹는 모습을 보니까 엄청 뿌듯했다.

진주는 핸드폰으로 재훈이 잘 먹는 모습을 사진으로 남겼다. 찰칵, 찰칵 소리가 나자 재훈이 손바닥을 앞으로 내밀어 그녀의 핸드폰을 가렸다.

"이런 모습은 세상에 공개되면 안 돼."

"멋있는데?"

"수염도 까칠하고. 안 돼."

그가 핸드폰을 달라고 손을 내밀었지만 진주는 고개를 저었다.

"나만 간직할게."

"어머님께는 보내지 말아줘."

"너 잘 먹는 모습 보면 좋아하실 거 같은데."

"아냐. 퇴원하면 깨끗한 모습으로 찾아뵐게."

진주는 재훈이 좀 더 멋진 모습, 깨끗하게 차려입고 인사드리겠다는 마음을 알 것 같았다. 잘 보이고 싶은 마음이 큰 것 같았다.

"오늘 몇 시까지 있다 갈 거야?"

"음……."

"근데 저기요, 저는 투명인간입니까? 김재훈, 나 섭섭하다?"

덕재가 뒤에서 팔짱을 낀 채로 투덜거렸다.

"아, 형. 진짜. 섭섭할 것도 많다."

"나는 몇 시까지 있는지 안 물어봐? 내일 몇 시에 오는지 그런 거."

"제발 가족과 보내세요, 형. 급하면 막내 부를게."

"이제 막내랑 친해졌다고 난 필요 없다 이거지?"

"……형, 갱년기야?"

형 나이가 어떻게 됐더라. 재훈의 말에 덕재는 아니라고 답하지 못했다. 세 사람은 꽤 늦은 시간까지 함께했다.

* * *

2달이라는 시간은 생각보다 빠르게 지나갔다. 재훈은 워낙 건강한 탓에 회복하는 속도가 남들보다 배로 빨랐다. 퇴원하고 나서도 집에서 휴식기를 가져야겠지만 말이다. 진주는 하연과 함께 재훈의 집에 가는 길이었다.

"우리 지금 문병 가는 거야, 집들이 가는 거야?"

"둘 다."

퇴원하는 사이 재훈은 이촌동 아파트로 이사를 갔다. 그들은 재훈을 위해 디퓨저와 두루마리 휴지를 샀다.

"집은 누가 봤대? 재훈이 병원에 있었잖아."

"덕재 오빠. 항상 재훈이 이사 갈 때마다 집 대신 봐주고 이삿짐도 날라주고 그러잖아."

"아하."

진주가 거의 다 도착했다고 하자, 재훈이 1층으로 내려왔다. 건물에 들어올 때 지인 인증을 하고, 아파트 1층 엘리베이터로 가기 위해 카드를 찍고, 엘리베이터 안에서도 카드를 찍어야 버튼이 눌렸다.

"위에서 문 열어주면 되지 않아? 뭐 하러 내려왔어?"

"아직 익숙하지 않아서. 또 보고 싶기도 하고."

"닭살 돋아~ 나도 있다, 김재훈?"

"하연이 왔어?"

"……진주만 있으면 주변이 아주 안 보이지?"

"당연한 거 아니냐."

재훈의 집은 어떻게 매번 바뀔 때마다 사람을 감탄하게 하는지. 하연도 같은 생각인지 입을 턱 벌렸다. 넓은 건 둘째 치고 인테리어가 누가 와도 탐이 날 정도로 깔끔하면서 세련됐다.

"재훈아. 저기 작은 방 하나 비워주면 안 되냐?"

"왜?"

"나 좀 들어가자."

하연의 농담에 재훈이 고개를 절레절레 저었다.

"태주네로 들어가라. 거기 방 더 많다."

"……태주?"

"태주한테 연락받았어. 두 사람 만난다며."

"어우. 걔는 내가 말한다니까."

"뭐어어? 너 태주랑? 언제? 언제부터? 왜 나한테 말 안 했어!"

"……말할 분위기가 아니었잖아."

아니, 그래도! 미리 메신저로라도……!

"그리고 조금 부끄럽기도 했어. 우리 막 다 친구였는데 사귄다고 말하려니까 왜 이렇게 부끄럽니. 너도 그랬어?"

"어. 말할 타이밍 잡느라 힘들었지."

진주 또한 과거에 하연에게 말할 타이밍을 잡지 못해서 고심했었다. 진주가 연애로 행복했던 그때, 하연은 태주로 인해 힘들었었다. 그래서 너무 좋아하는 티를 내지 않으려고 노력했다.

"왠지 얼굴이 피었더라."

"애는."

"……그럼, 태주도 불러. 이 자식! 나한테 말도 안 해주고."

"태주 바빠. 출장 갔어."

태주의 개인 비서처럼, 하연이 그가 언제 서울에 오는지, 언제 시간이 되는지 브리핑을 했다. 그게 웃기면서도 보기 좋았다.

"그럼 우리 이제 더블데이트도 할 수 있는 거야?"

"그렇지."

"……태주 지금 어디라고?"

"하노이."

"베트남 가자. 주말에."

재훈이 아무렇지 않게 옆 동네 가는 것처럼 말을 하자 하연과 진주는 서로 눈빛을 교환하며 황당해했다.

"보통 해외여행 갈 때는 몇 달 전부터 계획을 세우고, 그러지 않냐?"

"그니까. 그리고 재훈이 너 아직 집에서 쉬어야 한다고."

진주의 걱정에도 불구하고 재훈이 핸드폰으로 빠른 속도로 메시지를 보냈다.

"가자. 태주가 오래."

"정말?"

하연이 재훈의 핸드폰을 뺏었다. 거기엔 아직 상대가 톡을 보지 않은 모양인지 1이 지워지지 않고 있었다.

[주말에 하연이랑 진주 데리고 갈게. 호텔 예약 부탁해.]

"태주 아직 톡 확인도 안 했는데?"

하연이 재훈에게 핸드폰을 돌려주며 말했다. 그는 머쓱하게 웃으며 핸드폰을 받아 뒷주머니에 넣었다.

"너 아직 환자거든?"

"날아갈 것처럼 가벼워."

재훈의 말에 하연이 그의 다친 부위 앞까지 발차기를 하려고 했다. 재훈이 몸을 움찔하자 그녀가 발을 내려놓았다. 다친 곳에 몸을 사리는 모습을 보며 하연이 눈을 흘겼다.

"그래, 재훈아. 너 아직 비행기 타는 건 위험해. 그러다 실밥 터지면 어떡하려고."

"······진짜 괜찮은데."

재훈의 의사와 상관없이 하연과 진주는 그를 환자 취급했다. 그러던 중, 하연의 핸드폰에 문자 하나가 왔다. 하연은 그걸 보고는 씩 웃으며 재훈에게 화면을 보여주었다.

[재훈이한테 발 닦고 잠이나 자라고 전해줘.]

재훈이 눈으로 문자를 다 읽을 때쯤 하연의 손안에 있던 핸드폰이 부르르 울렸다. 하연이 태주의 문자인 거 같아서 빠르게 핸드폰을 아래로 내렸지만 이미 재훈이 본 뒤였다.

[연아, 시간 되면 와라. 예약할게.]

"······연아? 푸흡."

"왜, 왜 웃어?"

"이런 기분이구나. 진짜 이상해."

태주가 자신과 진주가 사귄다는 사실을 알고 나서 계속 볼 때마다 이상하다고 그랬다. 두 사람이 잘돼서 좋은데, 분명 누구보다 축하하는데 문제는 이상한 감정이 불쑥 솟아난다는 거다.

"태주도 우리 볼 때마다 매번 이상하다고. 가족끼리 왜 이래? 이런 느낌이었대."

"우린 아니지."

진주의 말에 재훈은 그녀의 어깨에 팔을 두르며 아니라고 반박했다.

"너희도 맞거든."

하연이 대답하면서 먼저 웃음을 터뜨렸고, 재훈과 진주도 따라서 웃었다.

"그럼 퇴원 축하파티 겸, 집들이 파티할까?"

"좋아!"

진주는 여기 오기 위해 미리 장을 봐 왔다. 넓은 주방으로 가서 테이블에 마카롱 세트와 케이크를 올리고, 화이트 와인을 꺼냈다.

"와인 따개 있어?"

"어, 잠시만."

재훈이 부엌으로 와서 와인 따개를 찾기 위해 선반을 다 열어 보았다. 아직 자기 집처럼 익숙하지 않기에 그도 한참 찾아야 살림 도구를 찾을 수 있었다.

"내가 딸게."

재훈이 와인 따개로 와인을 따는 동안, 하연은 와인 잔을 물로 헹구고 수건 하나를 가져와 물기를 닦았다. 고급스러운 마카롱을 두고 진주는 마트에서 사 온 과자 봉지를 뜯었다. 마카롱은 데코이고, 그녀의 입맛은 왕갈치, 왕카칩, 홈런왕 쪽이었다.

"이거 다 뜯었어?"

"응. 다 하나씩 맛보고 싶어서 그냥 다 뜯었어."

"재훈이 먹지도 않을 텐데."

"나도 먹을 거야."

재훈이 의자를 빼서 앉았다. 그러더니 과자를 집어 오물오물 씹어 먹었다. 그의 눈이 촉촉하게 빛나더니 손이 보이지 않을 정도로 빠른 속도로 과자를 집어 입으로 가져갔다. 진주와 하연은 입을 턱 벌리고 그가 먹는 모습을 지켜봤다.

"하연아. 나 왜 재훈이가 맛있게 먹는데 짠하냐."

"그러게. 한 몇십 년 굶은 애 같아."

"……."

진주는 자신의 몫으로 남겨 둔 왕카칩을 그에게로 밀어주었다.

"다음 주부터 운동 시작하면 또 못 먹거든."

"벌써 운동 시작해?"

"간단한 거부터 해야지. 물리치료 겸 운동."

"그래, 오늘까지 먹자. 먹고 죽자!"

진주가 와인 잔을 앞으로 내밀었다. 그러자 재훈과 하연이 피식 웃으며 와인 잔을 부딪쳤다. 세 사람은 화이트 와인을 한 모금 마셨다.

"두 사람, 결혼해?"

"으응?"

"진짜 해? 나 찔러본 건데. 벌써 프러포즈 받았어?"

질문을 한 하연이 오히려 놀라서 눈을 크게 떴다. 진주의 볼이 붉어지는 걸 보며 하연은 그게 사실임을 확신했다.

"다음 주에 진주 부모님 찾아뵙고 먼저 말씀드리려고."

재훈은 하연이 보는 앞에서 진주의 손을 잡았다.

"와우. 너 결혼 기사 나면 또 세상 들썩이겠다."

"응. 아예 내 옆에 둬야 아무도 해코지 못 하지."

"진짜 지극정성이야."

"……."

그가 진주를 보며 머리를 쓰다듬었다. 하연은 두 사람을 보며 턱

을 괐다. 재훈의 눈에서 사랑이 넘쳐흐르고 있었다. 사랑스러워
서 어쩔 줄 모르겠다는 표정, 그에게 사랑을 받는 진주 또한 꾸밈
하나 없이도 화려하게 보였다. 잘 어울리는 한 쌍이라 보고 있으
면 그런 사랑을 하고 싶게끔 만들었다.

"나는 이제 가볼게."

"벌써?"

"재훈이가 가라고 눈치 줘."

"진짜? 너 그랬어?"

"장난이지."

"딱 보면 모르냐. 태주 있는 베트남으로 가려고 하는 거잖아."

재훈의 말에 하연은 어깨를 으쓱 올렸다가 내렸다. 태주가 오
라고 하는데, 일거리 싸 들고 배낭 메고 갈까 생각을 하긴 했다.

"우리 몫까지 놀고 와라. 아 맞다. 잠시만."

재훈은 방으로 들어가더니 여권 케이스 두 개를 갖고 나왔다. 그
는 하연에게 팬들이 만들어준 굿즈 아이템인 여권 케이스 두 개
와 예전에 여행 갔다가 남아서 둔 베트남 돈과 달러를 챙겨서 편
지 봉투에 넣어주었다.

"나 일 얼마나 남았나 보고, 안 갈 수도 있어!"

"갈 수도 있잖아. 태주한테 안부 전해주고."

"네가 문자해."

재훈은 하연을 데려다주러 1층까지 내려갔다. 밖에 나가는데도
함부로 나갈 수 없고 카드를 찍거나 방문자 등록, 확인을 해야 나
갈 수 있는 곳이라고 했다.

진주는 그들이 먹었던 흔적을 치웠다. 와인 잔을 설거지하고 있

는데 어느새 집에 들어온 재훈이 다가와 뒤에서 그녀를 안았다.

"내가 할게. 놔 둬."

그녀의 손에 들려 있던 와인 잔을 뺏어서 설거지통에 넣고, 손에 묻은 거품을 씻겼다. 그러곤 수도꼭지를 올려 잠근 후, 수건으로 손에 묻은 물기를 닦아 냈다.

"이것만 씻으면 되는데."

"다음에. 얼굴 좀 보자."

그는 그녀의 허리에 팔을 감고 거실로 왔다. 고급스러운 가죽으로 된 소파에 앉아 허벅지를 손으로 쳤다. 진주가 가만히 있자 그가 다시 한 번 더 허벅지를 탁탁 쳤다.

"얼른."

"……아, 나 무거운데."

진주는 무겁다고 하면서 그의 허벅지 위에 앉아서 그의 목을 팔로 감쌌다.

"병원에서 이러고 싶어서 혼났네."

"그래도 손도 잡았잖아."

"……그마저도 덕재 형하고 부모님 계속 왔다 갔다 하셔서 금방 손 놨잖아."

재훈은 진주를 사랑스럽게 바라보았다.

눈 한 번 깜빡였다가 뜨는 것도 왜 이렇게 예쁜지. 보고만 있어도 더 좋아졌다. 이런 사람을 대체할 수 있는 누군가가 생길까. 그는 이미 예전부터 답을 내렸다. 진주를 대신할 사람은 없다고.

"다음 주에 부모님 시간 되시면 얘기해줘."

"응."

"인사드릴게."

"알겠어. 그럼 너희 부모님께도 찾아봬야 하는데."

"우리 부모님께도 말씀드릴게."

진주는 재훈의 허벅지에서 내려왔다. 대신 소파 위에 앉아 있는 그의 허벅지에 머리를 대고 누웠다. 그러자 그가 나른하게 그녀를 보며 머리카락을 손으로 만지작거리고 장난을 쳤다.

"나 너 그렇게 된 날."

"응."

"꿈을 꿨는데. 우리 애가 둘이더라고. 네가 그 애들 손을 다 나한테 넘겨주고 가는데, 애들이 날 잡는 거야. 너한테 가지 못하게. 아직도 그 느낌이 생생해."

"그런 꿈을 꿨어?"

진주가 고개를 끄덕였다. 얼굴까지 기억이 나진 않지만 그때 그 느낌, 감정은 아직도 생생했다. 꿈속에서도 울었고, 꿈에서 깼을 때도 울었다.

"그래서 혹시 임신했나 싶어서 임신 테스트기 해 봤는데 아니더라고."

"……그건 아쉽네."

찰싹.

"야!"

"아파. 살살 때려."

진주가 그의 가슴을 찰싹 때리며 눈을 흘겼다. 우리 아직 결혼도 안 했거든! 임신부터 하는 게 요새 혼수라고 하지만, 나는 그러고 싶지 않다고! 신혼 생활을 오래오래 즐기고 싶단 말이야.

"진주야 내 생각에 내가 나중에 너보다 먼저 가게 되면, 그때는 네가 외롭지 않게 옆에 우리 닮은 아이들이 지켜줄 거니까, 그런 뜻 같아."

"왜 네가 먼저 가?"

"원래 남자가 수명이 더 짧아."

"……연하 만날걸 그랬어."

그녀가 이로 입술을 질끈 물었다. 막상 그가 먼저 간다고 생각하니 왜 심장이 아파 오는 건지. 한 번 크게 다쳤던 게 엊그제 같아서 더 심장이 철렁 내려앉는 듯했다.

"내가 인삼 홍삼 먹어서 연하보다 더 잘할게."

"진짜?"

"그럼."

"먼저 간다고 하지 마. 심장 아파."

진주가 가슴 위 부근에 손바닥을 대고 둥그렇게 문댔다.

"연하보다 얼마나 잘하나 보여줄까?"

그가 자신의 허벅지에 누워 있는 진주의 머리를 소파에 내려두고 그 위로 올라왔다. 널찍한 소파가 두 사람의 움직임으로 끼이익 소리가 났다.

"제발, 허리 아껴."

"……."

"지금 아껴야 오래오래 쓰지."

진주의 말에 재훈은 키득거리며 그녀의 턱과 볼에 입을 맞췄다. 얼굴의 여기저기에 입을 맞추며 목선으로 내려온 그는 그녀의 말에도 허리를 오늘 꼭 쓰고 말겠다는 의지로 불타올랐다.

"재활 치료 도와준다고 생각해."

"……이게 무슨 재활 치료야."

"생각해 봐. 너 보면 사랑스러워 죽겠는데 거의 두 달이나 참았 잖아."

"……."

시간이 그렇게 지났나. 갑작스럽게 닥친 일이라 시간이 가는 것 도 몰랐다. 그저 재훈에게 아무 일도 없기를 바라고 또 바라며 빌 었을 뿐이다.

재훈은 그녀에게 몸을 비볐다. 그녀 또한 그가 어떤 상태인지 단박에 알아채고 더는 그를 막지 못했다. 그는 그대로 그녀의 입 술을 막았다. 부드럽게 입술을 빨며 그간 사랑해주지 못했던 구 석구석까지 혀로 어루만졌다. 탐스러운 그녀의 입술을 빨아 당기 며 참았던 감각을 터뜨렸다. 그는 그녀의 옷 속으로 손을 넣었다. 내친김에 옷까지 벗겨버렸다. 그녀의 아름다운 모습에 넋을 잃고 보던 그가 뜨겁게 달아오른 몸을 어쩌지 못하고 손을 다리 사이 로 가져갔다.

"……재훈아!"

손이 닿는 것과 동시에 진주가 몸을 팔딱거렸다. 이마를 찌푸리 며 고개를 젓는 그녀는 쾌락으로 인해 정신이 몽롱해졌다. 그때, 귓불을 빨던 그가 서서히 입술을 더 아래로 내렸다.

뜨겁게 달아오른 두 사람은 서로를 만졌다. 손이 닿는 곳은 입술 이 가고, 더 가까이 닿지 못해 안타까워하며 다시 입술을 부딪쳤 다. 재훈은 진주의 두 볼을 감싸 올려 거친 입심으로 입술을 빨았 다. 통통하게 부푼 그녀의 입술이 귀여워서 이로 질끈 물고 혀로 어르길 반복하던 그가 그녀를 제 위에 앉혔다. 입술을 빨아대고 사이를 밀고 들어와 입 안을 마구 휘저었다.

"……앗."

갑작스러운 감각에 놀란 진주가 그의 어깨를 잡았다. 그곳으로 얼굴을 내린 그녀가 자신의 손등을 이로 물었다.

"재훈아. ……괜찮아?"

"응. 그럼. 하아, 진주야."

진주가 고개를 들어 그에게 이마를 댔다. 그러자 그가 턱을 위로 들어 그녀에게 입을 맞추며 싱긋 웃었다.

'사랑해.'

속삭이는 그 말에 진주의 귓불이 달아올랐다. 재훈은 그녀의 목언저리에 입 맞추었고, 진주는 팔을 앞으로 뻗어 소파를 잡았다.

그가 이로 콘돔 포일을 뜯었다. 오랜만에 진주에게 취한 그는 언제 다쳤는지 모를 정도로 그녀를 격하게 몰아갔다. 진주는 소파 가죽을 잡고 손톱으로 긁었다. 손바닥에 땀이 차니 자꾸 미끄러졌다. 재훈은 그녀를 제 위에서 내린 후 소파를 짚게 했다. 엎드린 그녀의 위로 올라간 그의 두 손이 소파를 짚은 그녀의 손등에 겹쳐졌다.

"……으응."

재훈은 진주의 다리와 몸 선을 쓸며 그녀를 다시 안았다. 이래도 되는 걸까. 재훈이 아직 환자인데. ……근데 왜 이렇게 좋은 거야. 진주는 두 눈을 딱 감고 재훈이 주는 감각을 오롯이 느꼈다. 오직 김재훈 한 사람만 줄 수 있는 이 감각이 그리웠다. 다시는 그를 못 안을까 봐 무서웠고, 그가 전과 다를까 봐 두려웠다.

그런데 자신을 뜨겁게 해주는 그는 재훈이 맞았다. 안는 순간
마다 어디 한구석도 남기지 않고 예쁘다고 하고, 하염없이 귓가
에 사랑한다고 속삭여 왔다. 달콤한 그의 목소리에 넘어가면, 어
느새 뜨겁게 그가 다가왔다. 그의 뜨거움에 취할 때면 귓가를 빨
며 사랑한다고 속삭였다. 그 반복된 행위에 중독되어 가는 것 같
았다. 두 사람은 한참 서로를 안은 후, 욕실에 가서 서로를 씻겨
주고 침대에 누웠다.

* * *

낮잠은 달콤했다.

느지막한 저녁에 잠에서 깬 그가 진주를 품에 안았다. 몸을 움
직일 때마다 닿는 살결과 폭신하게 감긴 이불의 감촉이 좋아서 그
는 일부러 그대로 누워 있었다.

한 팔에 진주를 안고, 다른 팔로 이불을 들어 올려 핸드폰을 찾
았다. 자기 전에 침대 어딘가에 둔 거 같은데…… 손을 움직이던
그가 드디어 그의 핸드폰을 찾았다. 무음으로 놔 둔 그의 핸드폰
은 메시지와 부재중 통화로 가득했다. 덕재 형과 막내가 번갈아
가면서 문자를 보냈다.

[형, 죽었어요?]

[연락 좀! 제발!]

그는 확인해야 할 메시지가 300+인 것을 보고 그대로 메신저를
종료했다. 그러곤 덕재에게 전화를 걸었다.

"어, 형."

-어디야?

"집이지."

-내가 집 앞에서 몇 번을 전화했는데.

"우리 집? 무슨 일 있어?"

-……집들이. 깜짝 파티.

난 또 진짜 무슨 일이 있다고…….

-복귀 차기작도 같이 고르고, 인터뷰 들어온 것도 확인해 보고. 촬영 콘셉트 보고 할 수 있는 건 잡아주려고 했지. 참, 넬샤 피날레 모델로 제의 왔는데 아무래도 워킹은 불가능하겠지?

"넬샤?"

세계를 놀라게 한 이번 넬샤의 수석 디자이너의 초이스였다. 모델로 데뷔했지만 지금은 배우로서 자리를 잡은 그에게 넬샤의 초대는 더없이 반가운 도전이었다. 하고 싶다는 생각이 굴뚝같았지만 워킹은 허리에 무리가 가는 작업임을 부정할 수가 없었다. 방금 전까지 허리 생각 안 하고 진주를 안을 땐 언제고.

무대를 누비며 걸어 나가며 박수갈채를 받고 싶었다. 열 명 이상의 모델이 같이 걸어도 꼭 잘 보이는 사람이 있다. 그게 김재훈이었다. 어디서, 어느 쇼에 가도 그는 독보적으로 잘 보였다.

"하고 싶은데. 언젠데?"

-4월 셋째 주였나 그럴 거야.

"하고 싶다."

-네가 이건 욕심낼 줄 알았지. 재활 치료 잘 받고 하면 쇼에 설 수 있을 거야. 연습은 이번 달까진 쉬고, 다음 달부터 하면 될 거 같아.

"그렇지, 형?"

-그럼, 나 차 돌릴까? 가서 설명할까?

"아니. 진주랑 있어."

-……너 내가 쉬라고 했다. 허리 나가면 진짜 평생 고생이야.

"안 써. 허리 안 쓴다고."

재훈의 대답에 상대는 만족스러운지 알았다며 전화를 끊었다. 허리를 써도 형에게 말할 순 없지. 우리 진주 이미지가 있는데. 그는 아직 새근새근 자는 진주의 머리를 쓰다듬고는 핸드폰을 뒤집어 침대 옆 협탁에 두었다. 액정을 보지 않겠다는 뜻이었다.

진주도 머지않아 잠에서 깼다. 그녀는 저를 빤히 보고 있는 재훈에게 입술을 쪽 맞추고 잠시 그의 품에 안겨 아이처럼 비비다가 번쩍 눈을 떴다.

"자고 일어나니까 배고파. 먹고 자고, 먹고 자고, 배고프고. 나 진짜 동물이 된 거 같아."

"인간은 원래 동물이잖아."

"그렇긴 한데, 뭔가 되게 게으른 느낌이야."

"평일에 열심히 일했으니까 주말엔 푹 쉬어도 돼. 주말이 직장인들이 누릴 수 있는 최고의 특권이잖아."

"그 특권 반납할래. 직장인 안 할래."

진주는 키득거리며 다시 그의 품에 안겼다. 그녀가 콧김을 뿜으며 웃을 때마다 그의 근육이 생동감 넘치게 움직였다.

"살쪘다고 하더니 전혀 아니야. 김재훈, 넌 먹어도 안 찌는 체질이야."

"아니야. 너 잔근육 모양 만들기가 얼마나 힘든 줄 아냐. 부담스

럽지 않으면서도 모양 갖추게 노력 엄청 했는데, 병원에 있는 동
안 다 망가졌어."

그의 말에 진주는 손으로 그의 복근을 쓸었다. 움찔거리던 그가
탄탄한 허벅지로 그녀의 허리를 감쌌다.

"그만 만져."

"왜?"

"나 참을성이 없는 상태야."

"……이 좋은 근육 눈앞에 두고 만지지도 못하게 하다니. 나빴
어."

"책임질 수 있으면 만져."

재훈이 허벅지에 힘을 풀었다. 그러자 진주는 그의 가슴 근육부
터 복근, 그리고 장골까지 손으로 쓸었다. 이렇게 구석구석 그를
만질 수 있는 여자가 오직 저뿐이어서 너무 좋았다.

"사랑해. 재훈아."

"나도, 나도 사랑해, 홍장군."

"빨리 봄이 오면 좋겠다."

그녀는 그를 만지다 말고 덥석 안았다. 얼른 봄이 와서, 자고
일어나도 집에 가야 하는 시간을 체크하지 않아도 됐으면 좋겠
다. 매일 붙어 있고 싶었다. 하루도 헤어지지 않고 함께이면 좋겠
다. 그와 만나는 날마다 같이 있고 싶은데 집에 갈 때의 심정이
란……

"우리 신혼여행은 어디로 갈까?"

"베트남."

"……베트남?"

"응. 아까 베트남 가자고 했을 때 좀 설렜거든."

"그래. 좋아. 여행은 자주 다닐 거니까 가고 싶은 곳 있으면 항상 얘기해줘."

"……예전엔 시간은 많은데 돈이 없어서 못 갔어. 이제 결혼하면 네 덕에 돈은 있는데 내가 시간이 없어서 못 가네."

"퇴사하고 아예 전 세계 한 번 돌아도 되고. 너랑 국내도 좋고 해외도 좋고, 1년 내내 여행하는 게 내 버킷리스트거든."

재훈에게는 진주와 연애를 하게 되면, 이런 걸 하고 싶다며 상상을 했던 것들이 있었다. 내친김에 진주에게 보여줄 생각으로 그가 침대에서 일어나 서재로 갔다. 오래된 노트를 꺼내 와 침대에 누워 있는 그녀 옆에 누웠다.

"이 노트 뭐야? 고대 유물 같아."

"내 버킷리스트."

"봐도 돼?"

"응. 보라고 가져온 거야."

재훈은 진주에게 노트를 주었고, 그녀는 엎드려 누운 채로 노트를 폈다.

「버킷 리스트」

1. 진주랑 세계 일주하기.
2. 맛집 다니면서 진주 보면서 대리 만족하기.
3. 머드 축제 가서 머드로 범벅한 채 놀기.
4. 진주와 결혼하기.

.

．

．

10. 연애만이라도…….

11. 그냥 옆에만 있을 수 있길.

12. 아니, 딱 한 번이라도 고백해볼 수 있기를.

"무슨 버킷리스트가 다 나야?"

"다른 건 다 가졌으니까. 해볼 수 있으니까."

재훈도 본인이 써 둔 버킷리스트를 보며 키득 웃었다.

"왜 숫자가 늘수록 소원이 소박해져?"

"그러게."

처음엔 세계 일주에 머드 축제, 일본 노천탕에 가기 등 하고 싶은 것투성이더니 숫자가 늘어날수록 그가 얼마나 저를 간절하게 원했는지 알 수 있었다. 연애만, 옆에만 있길, 한 번이라도 고백할 수 있길. 옆에서 얼마나 속이 탔을까. 타들어 간 그의 속이 안쓰러워 진주는 노트를 침대에 내려놓고 재훈을 안았다.

"진작 고백하지."

"홍장군이 별명만 장군이지, 여리니까. 다치게 하고 싶지 않았어."

"사랑으로 극복하면 되지."

"그러게."

근데, 사랑으로도 극복하지 못하는 것들이 있었다. 더 어렸다면 자신도 감정적으로 모든 걸 대했을 것이다. 지금처럼 내면으로 감내하기까지, 감정을 죽이고, 화가 나도 표출하지 않고, 포커페이스가 되기까지 오랜 시간이 걸렸다. 원하는 것을 얻기 위해 간절히 기다려야 하는 순간도 있다는 걸, 사회생활을 하면서 배웠다.

"태주랑 하연인 언제 그렇게 됐대? 나 정말 몰랐어."

"……너랑 태주는 어째 매번 한 박자 느려."

"나랑 박태가리는 다르다고!"

"나 병문안 왔을 때 이미 사귀고 있더만."

"진짜? 그때 그런 얘기 했었나?"

"보면 알잖아."

"……봐도 모르겠는걸."

사귀면 사귄다, 좋아하면 좋아한다, 사랑하면 사랑한다! 말을 해줘야 알 거 아니냐고! 말없이 상대가 알아주길 바라는 건 그건 바보 같은 짓이야! 진주는 열변을 토하고 싶었지만 그의 말대로 본인이 둔한 면도 있다는 것을 인정하기로 했다.

"그래서 귀여워."

"놀리는 거지?"

"아니. 사랑하는 건데."

재훈은 큰 손으로 그녀의 얼굴을 감싸고 콧잔등을 마주 댔다. 코를 건드리고 제 이마로 그녀의 이마를 누르고 입술을 겹쳤다. 그는 사랑스러운 그녀에게 달콤한 키스를 선사했다. 계속 먹고 싶은 달콤한 맛이었다.

* * *

재훈은 따로 밖에서 식사 대접을 하기 위해 진주의 부모님과 약속을 잡았다.

정숙과 성준은 떨리는 마음으로 약속 장소로 갔다. 두 사람은 식사 자리의 이유를 대충 짐작하고 있었다. 재훈을 다치게 한 사람이 진주의 전 남자 친구였다는 걸 그들도 알고 있었다. 그럼에도 재훈은 진주와 연애를 하고 싶어 했고, 진주 또한 미안한 감정보다 그의 옆에 있고 싶다는 마음이 더 크다고 털어놓았다. 그렇다면 아마도 두 사람은 연애 이상을 생각하고 있을 것이다.

"이쪽으로 오시죠."

"예약자 성함 말씀 안 드려도 됩니까?"

"네."

두 사람은 직원의 안내를 받으며 예약된 자리로 갔다. 성준은 걸어가는 내내 인테리어에 얼마나 돈을 발랐을까 하는 생각이 들었다. 정숙은 호화로운 곳에 눈을 떼지 못하며 두리번거렸다.

"어머님, 아버님. 오시는 데 힘들지 않으셨어요?"

재훈이 그들에게 다가가 살갑게 인사를 건넸다. 오랜만에 슈트를 입은 그는 잠시 상대가 말을 잃을 정도로 오라를 풍겨댔다. 긴 다리를 감싼 슈트가 얼마나 고급스러운지 말로 설명할 수 없었다. 꼭 그를 위해 만들어진 옷처럼 어디 브랜드인지 궁금증까지 생겼다. 슈트 안에 입은 화이트 셔츠조차 주름 하나 없이 말끔했다.

"어. 어. 재훈아. 못 알아보겠다."

"일부러 오늘 조금 더 신경 썼습니다."

"더 신경 썼다간 심장 마비 오겠다."

정숙은 정신을 차리고 의자에 앉았다. 그러곤 고개를 돌려 평생 함께 산 남편을 보았다.

"왜 그렇게 봐?"

"아닙니다."

진주와의 2세는 걱정하지 않아도 될 것 같았다. 워낙 피지컬이 훌륭한 사람이 앞에 있으니 절로 경외심마저 들었다.

"식사는 제가 주문했습니다. 랍스터 코스랑 양식 코스 둘 다 주문했어요."

"서울에 이런 곳이 있는 줄 몰랐네. 꼭대기 층에서 밥도 먹어 보고. 진주 덕에 우리 호강하네요."

"그러게."

성준은 물을 마시면서도 재훈의 허리와 다친 곳을 살폈다. 움직임에 불편함은 없어 보이는데. 이미 TV와 인터넷 기사로 그가 회복한 것을 알았지만 걱정되긴 했다.

"몸은 좀 어떤가?"

"아주 좋습니다. 이렇게나 좋을 수가 없습니다."

"다행이네."

"어머님께서 주신 도가니탕 먹고 튼튼해졌어요. 종종 해주세요. 국물만 마셔도 좋더라고요."

"정말? 말도 어쩜. ……백 번이고 해줘야지."

식전 애피타이저가 도착했다. 아직 진주가 오기 전인데. 성준은 시계를 흘깃 보았다.

"진주는 20분 후쯤에 도착한다고 합니다. 먼저 식사하세요."

"기다렸다가 먹을까?"

"진주 오면 새로 세팅해서 나올 거니 걱정 마세요. 배고프실 텐데 얼른 드세요. 바로 먹어야 더 맛있어요."

재훈은 각각 접시에 샐러드를 덜어서 자리에 놓아드렸다. 퀴노아 연어 샐러드부터 평소에 볼 수 없는 식재료를 이용한 샐러드가 연이어 나왔다. 맛도 좋지만, 데커레이션이 예뻐서 젓가락을 대기 아까웠다.

"우리 진주 살려줘서, 고맙고 또 미안해. 재훈이 부모님께도 죄송하다고 말씀드렸어. 정말 내가 우리 재훈이 볼 면목이 없구나."

"어머님, 진주 아니면 제가 안 돼서 그래요. 만약 그때 제가 아니라 진주가 다쳤다면, 생각만 해도 끔찍해요."

"그렇게 말해주니 더 고맙지. 우리 진주, 나랑 이 사람만큼이나 재훈이 네가 아껴줘서 정말 고마워. 두 사람 연애 잠시 반대했던 건 잊어줘."

"이미 잊었습니다."

재훈의 말에 정숙은 마음을 놓고 식사를 이어갈 수 있었다. 성준도 제 아내에게 싹싹하게 굴고, 제 딸을 사랑하는 재훈이 마음에 들었다. 그 상황에서 자신이었다면 딸을 안았을까. 정숙은 분명 대신해서 뛰어들었겠지만, 그는 확신할 수 없었다. 그 상대가 제 아내였다면 분명 몸을 날렸을 것이다.

그런데 딸이라면……. 사랑하는 딸이라 결국 딸을 안았겠지만, 분명 몇 초간의 고민은 했을 것 같았다. 그런데 그가 본 재훈은 고민의 흔적 따위 없었다. 그냥 몸을 날린 것이다. 제 몸이 어떻게 될지 그 순간엔 생각도 못 하고. 그런 그가 제 딸의 반려 자리를 원한다는데 반대할 이유는 없었다.

"저 진주랑 결혼하고 싶습니다."

"……."

"……."

"데이트하고 각자 집으로 갈 때마다 아쉬워요. 더 같이 있고 싶고, 더 많이 사랑하고 싶은데 그러지 못해서요. 허락해주신다면 좋은 모습 많이 보여드릴게요."

재훈은 담담한 어조로 제 마음을 고백했다. 그녀의 부모님께도 진주가 소중한 딸이겠지만, 그에겐 소중해서 보기만 해도 아까운 사람이라고. 사랑을 줘도 매번 부족하게 느껴진다고, 그녀가 주는 사랑조차 감사해서 하루하루 시간이 가는 게 아쉬울 지경이라고. 그 모든 생각을 삼키며, 그녀를 제 아내로 허락해달라는 말만 건넸다.

"서른 전에 하긴 좀 이르지 않나?"

"이른 나이긴 하죠. 그렇지만 흘러가는 시간이 더 가는 게 아깝습니다. 같이 살고 싶습니다."

그때, 멀리서 손을 흔들며 테이블로 오고 있는 진주가 보였다.

"잠시만요. 진주 왔어요."

재훈은 부모님께 인사한 후 일어나서 진주에게 갔다. 테이블로 오는 그녀를 맞이하며 코트와 가방을 들어주었다. 코트는 직원에게 주었고, 가방은 그의 자리 옆쪽에 고이 두었다.

"갑자기 부장님께서 일을 시키셔서, 그거 마무리하느라 늦었어."

"거긴 우리 진주밖에 사람이 없다니? 매번 일 부려먹고."

"헤헤. 엄마 딸이 능력 있다고 생각하면 맘 편해."

"……그래도 맘 안 편해."

정숙은 그러면서도 방금 온 딸의 접시에 미리 챙겨 뒀던 연어 샐러드를 옮겨주었다. 몸에 좋은 재료로 만든 샐러드는 족족 조금씩 남겨 두었다.

때마침 랍스터 요리가 나왔다. 먹기 좋게 다 잘려 나온지라 포크로 떠서 소스에 찍어 먹으면 되는 거였다. 스테이크가 담긴 접시도 나왔다. 테이블 위는 육해공의 향연이었다.

"와우. 나 타이밍 대박이야. 어떻게 바로 메인이 나오지?"

진주는 애피타이저는 생략하고 바로 메인 요리를 접시에 덜었다.

"무슨 얘기 하고 있었어요?"

"진주 너랑 결혼하고 싶다고 말씀드렸어."

"푸흡-"

진주가 먹던 스테이크가 목에 걸렸는지 켁켁거렸다. 재훈이 물컵을 그녀에게 주었지만, 그녀는 사레가 걸려 물을 마시지 못했다. 그는 그녀의 등을 두드리며 진정되기를 기다렸다. 눈가와 코가 빨개진 진주가 여전히 목을 만지며 잠시 식사를 중단했다.

"밥 먹고 이따가 커피 마실 때 얘기하려고 했는데. 재훈이가 선수 쳤네. 엄마, 아빠…… 나도 재훈이랑 같은 마음이야. 결혼하고 싶어."

"……"

"아빠만큼 좋은 사람이야. 나 예뻐해주고, 사랑해주는 건 말할 것도 없고. 처음으로 결혼하고 싶다는 생각이 들게 한 사람이고."

진주의 고백에 정숙은 코끝이 빨개졌다. 어느새 이렇게 커서 본인이 사랑받는 것도 알고, 사랑할 줄도 알고 뿌듯했다.

뒤집기를 못해서, 걷기를 못해서. 기저귀를 늦게 떼서. 학창 시절에 자주 열이 나고 아파서. 체해서. 다쳐서. 제 속을 까맣게 타들

어 가게 하던 그 아이가 어느새 다 커서 좋은 사람을 데려와 결혼
하겠다고 말하고 있었다. 정숙은 신기하면서도 코가 시큰거릴 정
도로 울컥했다. 옆을 보니 성준도 마찬가지인 것 같았다. 하나뿐
인 딸이라 더 데리고 살고 싶었지만, 두 사람이 이렇게 사랑한다
는데 이제는 놓아줘야 할 때였다.

"재훈이 부모님껜 허락받았고?"

"네. 허락받았습니다. 조만간 인사드려야죠."

"그럼 식은 언제 하고 싶은데?"

"……봄에요."

"너무 빠르지 않나?"

이때까지 잘 듣고 있던 성준이 입을 열었다.

"비교적 출퇴근 시간이 자유로운 제가 준비하겠습니다."

"그건 그런데. 올해 아홉수인데 괜찮나?"

성준은 딸을 아직 다른 남자에게 보낼 준비를 하지 못했다. 그
래서 말도 안 되는 걸로 트집을 잡았다. 올해가 둘 다 아홉수니,
내년이 낫지 않을까.

"내가 우리 진주 유학 보내고 싶었는데. 우리 진주, 외국 생활 한
번 하게 해주고 싶은데. 아직 못 해준 게 많아서 이대로 보내기
가 아쉬워."

"아버님. 진주에게 다 해주셨어요."

"그래, 아빠. 이제 다 컸는데 해외를 가도 내가 벌어서 가야지."

"그냥…… 다 못 해준 거 같아서 그래. 올봄이면 몇 달 안 남았
는데, 해주고 싶은 게 아직도 너무 많아서."

결혼한다고 영영 생이별은 아닌데. 성준은 꼭 생이별하는 것 같

은 기분이 들었다. 제 딸이 남의 여자가 되기 전에 해주고 싶은 건 모두 해주고, 데이트도 많이 하고, 백화점 가서 코트 한 벌도 더 사 주고 싶었다.

"상견례 날짜 잡히면 알려줘. 우리는 주말이면 다 괜찮아."

"네. 감사합니다. 어머님, 아버님!"

재훈은 자리에서 일어나 고개를 꾸벅 숙이며 인사했다. 허락해 주셔서 감사하다고.

식사를 마친 후, 진주의 부모님은 다음에 또 보자며 먼저 가셨다. 음식점 테이블을 정리한 후 셔벗과 커피가 나왔다. 두 사람은 후식도 먹고 가기로 했다. 재훈은 진주의 아버님 차가 건물을 벗어난 걸 보고 진주를 와락 껴안았다.

"허락해주셔서 다행이야."

"응. 당연하지."

"많이 아껴줄게. 사랑해, 진주야. ……진짜 고마워."

"우리 부모님도 너 마음에 들어 하셔. 근데 아홉수 핑계는 좀 그랬어. 아빠도 참."

"내가 너 같은 딸이 있다면, 나라도 그랬을 거야. 어떻게 보내."

치이, 못 보낼 건 또 뭐야. 진주가 속삭이자 그가 그녀의 이마에 입을 맞췄다. 사랑스러운 그녀의 이마에도 한 번 더 쪽 입을 맞춘 후 그는 마주 보는 자리의 의자를 빼서 앉았다.

"여기서 보니까 우리 진주 더 예쁘네."

"너, 너도 멋져."

"사랑스러워 죽겠어."

"……어우, 야."

"마음껏 표현할 거야. 내 거라고 써 붙여 놓고 싶어."

재훈은 그녀를 주머니에 넣어서 항상 함께 다니고 싶고, 얼굴에 제 아내라고 써 붙이고 싶고, 매일 이렇게 그녀를 보고 싶었다. 얼른 꽃이 활짝 피었으면 좋겠다.

* * *

일주일은 고작 7일인데, 체감은 눈을 감았다 뜨면 돌아오는 것 같았다. 오늘은 진주가 재훈의 본가에 방문하여 부모님께 정식으로 인사드리는 날이었다. 그녀는 꽃다발과 과일 바구니를 양손에 들고 택시에 탔다.

잘 보이기 위해 수수하게 화장을 하고, 블라우스에 치마와 단조로운 구두를 신었다. 꼭 어디 면접 보러 가는 기분이 들었다. 택시 기사님에게 재훈이 알려준 주소를 말씀드렸다.

차가 달릴 때마다 가슴이 빠른 속도로 두근거렸다. 먹다가 체한 것 같기도 했고, 숨이 막혀서 잘 쉬어지지 않는 것 같은 느낌도 들었다. 불규칙적으로 심장이 뛰다가 박자를 놓쳐 잠시 숨이 막혀 왔다. 진주는 심호흡을 했다. 주리가 재훈을 볼 때마다 이런 느낌인 걸까. 매번 넘어지고 숨이 안 쉬어진다고 할 때 그 느낌 말이다.

"어디 면접 보러 가시나 봐요?"

"그래 보여요?"

"네. 긴장하고 있어서. 아가씨 다 잘될 거예요. 힘내요~"

택시 기사님의 응원을 받으며 진주는 재훈의 본가 앞에서 내렸다. 넓고 육중한 대문 앞에서 재훈이 그녀를 기다리고 있었다.

"왔어? 뭘 이렇게 많이 사 왔어?"

재훈은 진주의 손에 들린 무거운 짐들을 대신 들었다. 그의 인사에도 진주는 긴장감을 놓지 못했다.

"병원에서 뵀잖아. 긴장하지 않아도 돼."

"근데 긴장이 돼. 너 저번 주에 어떻게 버텼어?"

"어떻게긴, 그냥 오직 너랑 결혼 승낙 받아야겠단 생각만 했지."

"후우, 후우."

"떨지 마. 이미 허락 다 받았으니까 점심 같이 먹고, 우린 데이트하러 가자."

진주는 대문을 열고 들어가자 심장 소리가 바로 귓가에서 들려서 재훈의 말이 들리지 않았다. 재훈은 그녀의 어깨를 두드려주곤 먼저 정원을 가로질렀다.

"이쪽으로."

"아, 아……."

집이 하나의 섬 같았다. 없는 게 없었다. 정원엔 연못이 있고, 수많은 나무가 심어져 있었다. 겨울이라 가지가 앙상했지만 정원사의 손길이 닿아 있다는 건 나무에 대해 모르는 사람도 알 수 있을 정도로 정리가 잘 되어 있었다.

정중앙엔 조각이 전시되어 있었다. 비보이들이 모두 모여서 몸을 웅크리고 있는 모양 같기도 했고, 다 같이 힘내자고 서로 부둥켜안고 으쌰으쌰 하는 모습 같기도 했다. 진주가 넋을 놓고 보자 재훈이 다가와 조각품에 대해 설명해주었다.

아버님의 취미는 참 고급스러운 것 같았다. 자신의 부모님은 그저 저녁에 손잡고 산책하는 게 취미 생활인데. 돈을 많이 벌어서 부모님께서도 하고 싶은 취미를 마음껏 할 수 있도록 지원해드리고 싶은 마음이 들었다. 왜 결혼할 때가 되니 부모님 생각이 자꾸 문득 나는지 모를 일이었다.

"어서 와요."

진주는 재훈의 부모님께 깍듯이 인사했다. 어느새 새훈이 들고 있던 꽃다발은 진주의 손에 있었다. 그녀는 어머님께 꽃다발을 건넸다.

"어머니 닮은 꽃을 사 오려고 했는데, 역시 꽃이 어머님을 못 따라가는 거 같아요. 그래도 향기는 좋으니 받아주세요!"

엄마에게 절대 할 수 없는 말. 꽃보다 엄마가 더 예쁘다는 것. 그 말을 시어머니가 될 사람 앞에서 하고 있는 자신이 생소하게 느껴졌다. 너 홍진주 맞니? 혼자 속으로 자문자답을 해 보았지만, 재훈을 얻기 위해서라면 뭘 못 할까 싶었다.

"고마워요. 꽃이 예쁘네요."

"네. 봄에 벚꽃 예쁘게 피면 같이 꽃구경도 가요, 어머니."

"그래요."

실제로 그때 어머니께서 집 밖을 나오실진 확신할 수 없었다. 재훈의 말로는 요새 집 앞 마트 정도는 아버지와 나가신다고 들었다. 그런데 아직 차를 타고 멀리 이동하는 건 여전히 꺼리신다고 했다. 사람 많은 곳도 좋아하지 않아서 일부러 마트도 사람 없는 시간대를 이용한다고 하셨다. 그래도 예전에 비하면 큰 발전이라며 재훈은 좋아했다.

"식사 준비해주세요."

윤정은 집 안으로 진주를 안내하며 아주머니께 식사를 주문했다. 재훈은 과일 바구니를 들고 택수는 재훈의 옆에 섰다.

"조창석 대표님 왔다 가셨다."

"창석이 형요?"

"덕재? 라는 사람도 같이 왔어."

"왜요? 따로 얘기 못 들었는데."

"……복귀할 거면 같이 일하자네."

재훈은 혀를 찼다. 창석이 형이 먹잇감을 물면 절대 안 놔주는데. 타깃이 자신의 아버지였던 모양이었다. 연기 천재에 외모도 말할 것 없던 아버지가 다시 세상에 얼굴을 비추기 시작하면서 여기저기 예능에서도 그를 섭외하고 싶어 했다. 연속극에서도 마찬가지이고.

"그래서 계약하시기로 하셨어요?"

"아니."

"하고 싶으면 하세요. 어머니께도 연기하고 싶다고 말씀드리면 응원해주실 거예요. 전처럼 아버지 촬영장에 찾아가서 응원하는 건 힘들겠지만……."

"그래. 고맙다."

"아니면 차라리 공인중개사 시험을 봐서 부동산 차리는 건 어떠세요?"

"이미 자격증 있는데?"

아. 역시. 재훈은 아버지와 공인중개사가 참 잘 어울린다고 생각했다. 말끔한 인상과 조곤조곤 할 말 다 하는 성격, 거기다 집 보는 눈도 정확했다.

그들의 집안이 부유하게 살 수 있었던 건 아버지의 선견지명이 있었기 때문이다. 분당, 판교, 강남, 광명 등 돈이 생길 때마다 땅을 샀던 아버지께선 엄청난 이득을 보셨다. 걸어 다니는 기업이라고 해도 부족하지 않을 정도였다.

그들은 모두 다이닝룸 의자에 앉았다. 테이블 위에는 갖가지 반찬과 메인 요리가 가득 채우고 있었다. 따끈따끈한 국과 밥이 놓이자 긴장이 조금 녹는 것 같았다.

"차린 건 없지만 많이 먹어요. 우리 문어 삶은 건 어디 있어요?"

"아. 잠시만요, 사모님."

문어 삶은 것까지 살뜰히 가져와 진주의 앞에 내려놓았다.

"재훈이 학창 시절에 어땠어요?"

윤정은 진주에게 첫 질문을 하였다. 그녀가 모르는 아들의 모습이 궁금했다. 단 한 번도 친구를 집에 데려온 적 없었던 제 아들이 데려온 여자이자, 오래된 친구였다. 그래서 윤정은 진주가 무척 궁금했다.

"공부 잘하고, 선생님께 예쁨 받고, 돈도 잘 버는 아이였죠. 애들한텐 우상이었어요. 재훈이랑 재훈이 친한 태주라고 있는데, 둘만 다른 세상 사람 같았어요. 태주는 사고 쳐서 저희 중학교로 전학 온 건데 나중엔 친구 좋아서 고등학교도 외고 안 가더라고요. 재훈인 어차피 그때부터 일했으니까 딱히 학업에 관심 없었던 거 같아요."

"그랬구나."

"근데 억울한 건, 학업에 관심 많은 저보다 공부를 잘했단 거예요! 지금도 마찬가지고."

심지어 졸업 후에 진주는 과거에 공부했던 과목을 지우개로 머릿속에서 빡빡 지웠는데, 아직도 재훈은 어떤 과목이든 물어보면 답을 척척 내놓았다. 예전에 TV 예능 프로그램에서 고3 수리영역을 푸는 걸 보고 정말 깜짝 놀랐다. 토익, 토익 스피킹 학원에서 살았던 그녀보다 재훈은 더 유창하게 영어를 했다.

"똑똑한 재훈이가 못 하는 것도 있더라고요. 밥도 못 하구요, 즉석식품 돌려서 먹을 줄도 모르고. 아! 정리는 잘해요."

"나보다 우리 재훈이에 대해 아는 게 많네요."

"아닐걸요. 저는 겉핥기죠. 어머니께서 더 재훈이에 대해 잘 아실 거예요. 학교에서 생활하는 건 제가 같이 있어서 알지만, 그 외엔 저도 알아가야 해요."

"……내 얘기 자꾸 하니까 너무 부담스러운데. 저 식사 좀 해도 될까요."

재훈이 그들의 대화를 멈췄다. 눈앞에 두고 자신의 자랑을 듣고 있으니 민망했다. 잘생겼다는 소리는 매번 들어서 면역이 있었는데, 진주랑 어머니가 동시에 저를 찬양하는 건 어쩐지 다른 느낌이었다.

"저희 결혼하고 싶습니다."

식사를 다 마쳐 갈 때쯤 재훈이 말문을 열었다. 떨고 있는 진주의 손을 잡은 채로 다음 일은 제게 맡기라는 듯 잡은 손에 힘을 주었다.

"말은 편하게 해도 될까요?"

"네, 네. 어머님, 아버님. 말 편하게 하세요."

"그래. 내가 일찍 시집을 갔잖아. 좋은 점도 있지만…… 너무 이른 거 아닌가 싶은 생각이 드네."

"······."

"사랑하는 마음이야 잘 알지. 매일 같이 있고 싶고 오늘 봐도 내일 보고 싶고. 안 된다는 건 아니고 둘 다 충분히 생각했는지를 묻는 거야. 살다 보면 마음이 다칠 수도 있고, 몸이 불구가 될 수도 있고······. 어떤 상황이 올지 모르잖아. 그런데 한 사람에게 문제가 생기면, 그 옆에 있는 사람은 떠나지 못하고 지키고 있어야 하는 거야."

윤정은 제 남편인 택수를 보았다. 치료를 오래 받으면서 그녀는 점점 나아지고 있는 상태였다. 아직 사람이 무섭고, 익숙한 공간 외의 곳이 두렵지만 말이다. 그런 자신의 곁에서 한시도 떠나지 않고 걱정해주는 택수를 보면 미안했다.

우리 둘이 서로밖에 모를 때는 이런 일이 일어날 줄 몰랐다. 첫째를 유산하게 될 줄은. 둘째를 낳고 나서도 극심한 스트레스를 견디지 못해 자신이 우울증에 시달리게 될지 상상도 못 했다. 그 우울증은 가족을 모두 좀먹고, 저 자신의 몸조차 견디기 힘들 정도로 저를 몰아갔다. 약을 먹고, 상담 치료를 받아도 쉽게 나아지지 않았다. 그걸 지켜보는 가족을 위해 낫고 싶어도 안 됐다. 사람 마음이 크게 다치면 몸보다 회복하기가 어려운 법이었다.

"어떤 상황이 와도 재훈이 옆에 있고 싶어요."

"······."

"떠나지 못하고 지키는 게 아니라, 자발적으로 재훈이 옆에 있을 거 같아요. 사랑하니까. 제 사람을 다른 사람 손에 맡기고 싶지 않고, 재훈이를 위해서라면 뭐든 다 할 거 같아요. 그런 일 없도록 둘 다 건강하게 살아야겠지만요."

혹시라도 재훈이 연예계 생활을 하다가 구설수에 휘말리고 정말 마음에 큰 상처를 받는다고 하면, 그녀는 그를 묵묵히 안아줄 자신이 있었다. 그의 상처가 더 곪지 않도록 약을 발라주고 새살이 돋을 때까지 호호 입김을 불어줄 것이다.

"저도 재훈이랑 결혼하고 싶어요. 어머님, 아버님. 저희 허락해주세요."

진주는 그런 제 마음을 자신 있게 그의 부모님께 말씀드릴 수 있었다.

"두 사람이 좋다면 해야죠. 우리 재훈이 잘 부탁해요."

"감사합니다, 아버님."

택수는 윤정의 눈빛을 보고 대신하여 말을 전했다.

"상견례는 정말 미안하지만, 우리 집에서 해도 될지……."

"네! 부모님께 잘 말씀드리겠습니다."

"고마워요."

진주는 그제야 환하게 웃었다. 긴장이 스르르 풀리자 다리에 힘이 빠졌다. 발끝에 찌르르한 감각이 들었다. 쥐가 난 모양이었다. 굳었던 몸에 갑작스럽게 피가 전속력으로 돌아다니는 기분이었다.

"커피는 다음에 마시고, 재훈인 진주랑 밖에서 데이트 좀 하고."

"네."

"우리는 이만 들어가 볼게요."

택수는 윤정의 어깨를 감싸고 먼저 인사를 건넸다.

아들의 부인 될, 장차 며느리로 들어올 사람을 위해 윤정은 꽤 많이 침착하게 대화를 나누었다. 그러나 점점 불편해하는 모습이 그에게 포착되었고 그는 적당한 시점에서 자리를 마무리했다. 이제는 아내의 표정만 보아도 얼마나 힘든지, 얼마나 참고 있는지, 어떤 상태인지 알 수 있었다.

"다음에 또 놀러 오겠습니다."

"그래요. 꼭 꽃구경 같이 가요."

"네. 쉬세요. 참참, 꽃은 꽃병에 꽂아 두시면 따로 물 안 주셔도 된대요."

"고마워요."

재훈의 부모님께서 나가신 후, 두 사람은 눈을 마주치다가 기쁨의 웃음을 터뜨렸다. 입을 앙다물고 웃음소리가 새어 나가지 않도록 했더니 코가 매워졌다.

"드라이브하자."

"응. 나가자."

두 사람은 그의 차가 주차된 차고로 갔다. 재훈의 차에 타자 그는 바로 차를 출발했다.

* * *

두 사람이 도착한 곳은 그들이 졸업한 중학교였다. 예전엔 학교가 주말에 개방했는데 요새는 시험지 유출 건도 있고 해서 특별히 축제를 허가받지 않는 이상 닫혀 있는 편이었다. 그들이 간 주말도 교문이 닫혀 있었다.

"못 들어갈 거 같은데?"

"넘어가면 되지. 내 어깨에 올라타."

"……나 무거워."

"알아."

찰싹. 진주가 그의 어깨를 때렸다. 바로 긍정하는 건 또 뭐야.

"교복도 입고 올걸. 이왕 놀러 왔는데."

"다음에 교복 데이트도 하자. 내가 준비할게."

"여자 것도? 나 교복 다 버려서 없어."

"……음, 다른 학교 교복도 괜찮다면. 디자인 예쁜 거로 찾아볼게."

"사이즈 44 아니다. 44 가져오면 못 입어."

네 주변에 있는 배우들과 같은 사이즈 가져오면 지퍼도 못 올려, 재훈아.

진주는 재훈의 도움으로 담을 넘었다. 성인이 되고 나서 담을 넘는 일이 생길 줄 몰랐다. 그런데 이런 스릴이 짜릿하게 다가왔다. 재훈은 몸을 가볍게 뛰어 담을 넘었다.

"여기 운동장 오니까 그냥 막 달리고 싶어."

"그래?"

"응. 신나는데?"

꼭 예전으로 돌아간 것만 같았다. 카페로 갈 줄 알았던 재훈이 학교 가고 싶다고 툭 말을 던졌고, 진주도 한번 가 보고 싶단 말에 바로 차를 돌렸다.

"왜 나이가 들수록 학교가 그리운지 모르겠어. 예전엔 아침마다 가기 싫었는데. 맨날 똑같은 교복 입고, 왜 수학하고 영어는 하루도 거르지 않고 매일 시간표에 있는 건지. 어우, 성인 되면 꼴도 보지 말아야지 했는데 그때가 참 좋아."

"그러게. 나는 착실히 학교를 못 다녀서 더 아쉬운 거 같아."

"그렇겠네."

재훈인 일찍 데뷔를 해서 학교에 나오는 날보다 안 오는 날이 많았고, 오는 날도 조퇴를 하곤 했었다. 그런데도 개근상을 탄 아이들보다도 재훈이 선생님께 더 예쁨을 받았다.

"넌 사랑받고 살 상인가 봐."

"왜?"

"그냥 똥을 싸도 사랑받을 거 같아. 그래서 연예인하나?"

"질문의 의도가 뭐야?"

"부러워서."

재훈이 미움받을 짓을 하진 않지만, 그냥 가만히 있어도 사랑받는 건 부러웠다. 물론 가만히 있어도 사랑받기 위해 고민을 하고 제 딴에 노력을 하겠지만 말이다.

"다음 주에 결혼 소식은 팬클럽 카페에 먼저 공개하려고."

"아, 떨려. 나 또 얼마나 욕먹을지 무섭네."

"욕하지 말아 달라고 내가 먼저 용서 구할게."

그럼에도 재훈을 차지한 여자인 자신의 존재 자체가 여기저기 구설수에 오를 것이다. 전에도 그랬다. 그녀의 기억 속엔 없지만 자신한테 맞았다는 사람들도 있었고, 학창 시절 인성에 대해 논하는 몇몇도 있었다.

처음엔 그런 일로 스트레스를 받는데, 생각을 바꾸고 나니 조금 편해졌다. 어떻게 사람이 모든 이에게 좋은 사람일 수 있는가. 한쪽에 좋은 사람이면, 그 반대쪽에겐 나쁜 사람이 되는 것이다. 아예 세상과 단절돼서 혼자 살 게 아니라면, 모두에게 좋은 사람이 되겠다는 마음가짐을 버려야 살 수 있는 것 같았다. 욕하는 사람보다 저를 좋은 사람이라고 평가하는 분들이 많다면, 그거로 된 것이다. 다만 재훈의 팬들에겐 자신이 불청객이나 다름없겠지만 말이다.

"언제 봄이 오냐. 봄 오면 여기 벚꽃 피잖아."

"응. 맞네. 우리 학교 벚꽃 길로 유명했잖아."

두 사람은 앙상한 가지만 남은 나무가 좌우로 진열된 거리를 걸었다.

공부를 하다가 창문 너머로 보면 벚꽃이 보이고, 학교가 끝나서 집에 가는 길에 머리 위로 떨어진 적도 있었다. 참 예쁜 곳이었는데, 그때는 왜 소중함을 몰랐을까.

두 사람은 손을 잡고 걷다가 중간에 섰다. 운동장을 지나서 계단을 올라가면 건물 입구였다. 거기엔 교훈이 쓰여 있었다. 정직하고 성실하고 정의롭게 살라고. 3년 내내 저걸 보며 등교했지만 저 단어들만 보면 부끄럽게 느껴졌다. 매사에 정직하지 않았고, 성실하지 못해서 그러려고 노력했으며, 정의롭고 싶었지만 나라가 정의를 인정하지 않았다.

진주는 잠시 계단에 멈춰 섰다.

"여기 계단 왜 이렇게 많아? 나 전에 서너 개씩 점프해서 지각하지 않으려고 뛰었는데. 아 중간도 못 가겠다."

이미 정문 앞까지 올라간 재훈이 이해할 수 없다는 표정을 지으며 그녀를 부축하려 계단을 내려왔다.

"안 힘들어?"

"응."

"역시 학교는 학생들이 다니는 게 맞아. 죽을 거 같아. 숨차서."

진주가 그의 팔을 잡고 숨을 헥헥 쉬었다. 병원에서 워크숍으로 지리산, 설악산 가자고 할 때도 그녀는 정말 기겁을 했었다. 차라리 씨름을 하자고 하면 잘할 수 있는데, 오래 걷기, 산 타기 이런 건 쥐약이었다. 운동이란 짧고 굵게 하는 게 매력인데.

"업어줄까?"

"아냐. 손만 잡아줘."

진주는 재훈의 손을 잡고 계단을 올라갔다. 겨우 끝까지 올라갔다. 발목에서부터 허벅지까지 아주 찐하게 근육이 당겼다.

"재훈아 넌 그래도 학교 몇 번 가지 않았어? 왜, 강의한다고 갔잖아."

"응."

학교에서 직접 그의 기획사로 연락해서 축제 때 학교에 와달라고 부탁하였다고 들었다. 재훈은 촬영 중간이 아니라면 흔쾌히 수락했고, 몇 번 다녀왔던 것으로 알고 있었다.

이제 숨을 돌릴 때쯤이었다.

"거기! 누구야!"

학교 안을 순찰하던 경비 아저씨가 갑자기 소리를 지르며 이쪽으로 달렸다. 진주는 깜짝 놀라 움찔 떨었다.

"도망가자."

진주는 재훈의 손목을 잡고 힘들게 올라왔던 계단을 두세 개씩 점프해서 내려가기 시작했다. 재훈은 그런 진주가 귀엽다는 듯 보며 빠른 걸음으로 내려갔다.

계단을 다 내려가자 위에 작은 점처럼 경비 아저씨가 보였다. 경비 아저씨는 항상 점퍼를 어두운 색을 입으셔서 그런지 정말 점 처럼 보였다.

"이리 안 와?"

경비 아저씨가 다시 소리를 지르자 진주는 그의 손을 잡고 운동 장으로 뛰었다. 얼마나 뛰었을까 진주가 운동장 중간에서 두 무 릎을 잡고 앞으로 고개를 숙였다.

"나 토할 거 같아."

"괜찮아?"

"하아, 하아. 경비 아저씨는?"

"안 오셔. 근데 너 왜 도망가?"

"응?"

"우리 학생 아니잖아. 그냥 추억을 밟다 보니 왔다고 하면 되지."

"……그러게."

진주는 허탈하게 웃었다. 학생도 아닌데. 왜 도망갔지?

그녀는 재훈의 손을 잡고 교문 밖으로 나갔다. 이번에도 그의 도 움으로 담을 넘었다. 두 사람은 문 앞에 주차한 재훈의 차에 탔다.

"어? 김재훈이다!"

"어디? 어디?"

그사이에 재훈을 알아본 사람들이 하나둘씩 그의 차량 주변으 로 슬금슬금 왔다.

재훈은 앉기 무섭게 시동을 걸어 출발했다. 동네에서 타기에 초고가의 그의 차는 대로변으로 나가기 전까지 시선을 받았다.

"이제 진짜 결혼만 남았다."

"응."

"태주랑 하연이도 결혼할까?"

"……아마도?"

"합동결혼식 할까?"

"아니. 걔넨 오래 걸릴 거 같아."

재훈은 그들의 합동결혼식을 기다리기엔 일른 진주와 같이 살고 싶었다. 꽃이 피는 봄을 생각하고 있는데, 태주와 하연인 아마도 올해는 어렵지 않을까 싶었다. 연애는 해도, 결혼을 설득하는데 있어서 오래 걸릴 테니까.

"우리 팀이 어쨌든 다시 뭉쳐서 너무 좋아."

"나도."

"못된 놈들은 벌 받고! 근데 벌금이 너무 약해. 벌금 말고 어디 광화문에 눕혀 놓고 곤장을 때리던가, 다신 나쁜 짓 못 하게 고문을 해야 하는데. 법이 약해서 문제야."

"동감. 그래도 잘못된 걸 두 번, 세 번, 계속해서 짚어 가다 보면 언젠간 걸리겠지. 빽 써서 미꾸라지처럼 도망가도 같은 걸로 또 잡히잖아. 모닝썬크림도 그렇고. 또 풀려나도 결국 같은 이유로 걸려들 거야. 그때도 국민들이 사건이 무마되지 않도록 한다면……. 운 좋게 또 빠져나가면 다음번에 다른 사건에 엮일 때 다시 수면 위로 올리고. 빅토리랑 죄를 지은 사람들이 군대로 도망가지만 않으면 좋을 텐데……."

그들은 조용한 곳에 차를 세웠다. 재훈은 콘솔 박스 위에 있는 진주의 손을 잡았다. 둘 다 의자를 젖혀 거의 눕다시피 했다. 해가 지는 모습을 보며, 파란 하늘이 붉게 변하고 어둡게 바뀌는 것까지 보았다. 손을 잡은 채로 오순도순 얘기를 하며 말이다.

이제 매일 이런 하늘을 둘이서 볼 수 있을 거란 생각에 신나는 밤이었다. 자고 일어났더니, 네가 있어서 참 다행이야. 매일 자고 일어나면 네가 있었으면 좋겠다. 두 사람은 같은 생각을 하며 서로를 보았다. 입가엔 부드러운 미소가 걸려 있었다.

〈完〉

에필로그

1. 그날 밤에

드라마 쫑파티에서 재훈은 PD와 작가님과 함께 술잔을 기울이고, 동료 배우들과 스태프들의 잔도 피하지 않고 다 마셨다.

달밤에 혼자 다녀왔기 때문에 제집에서 자고 있는 진주가 걱정되었다. 얼른 가고 싶은데, 첫 시작만큼 마무리도 중요한 문제여서 주인공인 그가 빠질 순 없었다.

"오빠, 연기 편하게 하게 해줘서 고마워요."

"당연하지."

"저 그래도 연기 많이 늘었죠?"

연기력 논란으로 초반에 말도 많고 탈도 많았지만, 끝까지 중심이 흐트러지지 않고 완주를 한 배우였다. 1화와 마지막 화를 비교했을 때, 많이 늘은 건 맞기에 그는 고개를 끄덕였다.

"오빠한테 꼭 칭찬받고 싶었어요."

"그랬어? 잘했어."

그가 칭찬을 하며 웃자, 상대 배우는 볼을 붉혔다. 옆에 있던 다른 배우들이 휘파람을 불었다.

"아이, 다들 왜 그래요~"

"두 사람 잘 어울려요!"

"재훈 오빠한테 실례잖아요. 아유, 그러지 마요!"

재훈은 말소리를 들으며 핸드폰을 보았다. 시간이 너무 지체됐는데……. 홍진주 깼으면 어떡하지.

[혀ㅇ, 에디ㅇ?]

그는 매니저에게 문자를 보냈다.

"재훈 오빠 취했나 봐요~ 볼이 빨개요."

"안 취했어."

"아닌데- 취했는데?"

그러면서 제 옆에 와서 앉은 여자 배우가 그에게 팔짱을 끼었다. 재훈은 불편한지 팔을 뺐다.

[나 갈래. 지주하테.]

그는 본인이 오타를 내고 있다는 사실도 모른 채 덕재에게 문자를 보냈다.

"그럼 저는 먼저 가볼게요. 좋은 시간 보내요."

"형!"

"오빠, 같이 가요!"

그는 감독님께 먼저 간다고 인사를 하였다. 감독은 주인공인데 빠진다며, 대신 폭탄주를 마시고 가라고 강요했다. 그는 양주와 이것저것 섞인 술을 깔끔하게 비워 내고 밖으로 나왔다. 정문으로 가는 길이 빙글빙글 돌고 몸속에서 정신이 분리되고 있는 듯한 느낌을 받았다. 그렇지만 그는 오늘 꼭 집에 가야 했다. 진주가 기다리고 있었다.

술집 정문으로 나오자 덕재가 담배를 태우며 그를 기다리고 있었다.

"혀엉~"

"많이 마셨네?"

"주는 술 다 받아 마셨지."

"미련하긴. 얼른 타. 집으로 갈 거지?"

"응."

"알겠어."

재훈은 밴에 올라타자마자 창문에 이마를 기댔다. 차가운 느낌에 절로 기분이 좋아지고 미소가 번졌다.

"홍진주~ 홍~ 홍~ 홍진주가 랩을 하네. 홍. 홍."

"……넌 진짜 취하기 전에 꼭 사라져야 해. 저 화상."

덕재는 고개를 절레절레 흔들었다. 재훈은 취하면 꼭 진주를 찾았다. 정말 신기한 것이 저렇게 홍홍 홍진주를 부르는데, 절대 문자와 전화를 하지 않는다는 거였다.

언젠가 한번은 그냥 연락하라고 덕재가 직접 통화 버튼을 눌러주었다. 그런데 술에 잔뜩 취해 있던 그가 갑자기 멀쩡한 사람처럼 눈이 또렷해져서는 종료 버튼을 눌렀던 적도 있었다. 그러고선 다시 눈에 힘이 풀려 홍, 홍, 홍 노래를 불렀다.

"머리부터 손끝까지 다 사랑스러워. 네가 나의 친구라는 게 슬퍼."

드라마를 찍으면 OST에 꼭 참여하는데, 그때마다 중저음의 목소리로 음악 차트 1위를 꼭 찍는 김재훈이 개사까지 해 가며 노래를 바꿔 불렀다. 술 먹으면 그의 입에서 나오는 모든 노래의 주제가 홍진주이기 때문에, 덕재는 두 사람을 보고 있으면 답답했다.

"저거 오늘 일내는 거 아니야?"

빨간불에 차를 멈춘 덕재가 뒤를 돌아 재훈을 보았다. 창문에 이마를 댄 재훈이 눈을 감고 잠들어 있었다.

저렇게 좋을까. 중학교 동창이랬나? 한 사람을 그렇게 오랫동안 좋아하면서 고백하지 않는다는 게 그로서는 참 신기했다.

언젠가 재훈이 무섭다고 했던 거 같다. 세상 무서울 거 없어 보이는데 말이다. 모든 이에게 부러움을 사는 김재훈이 유일하게 무서워하는 사람이 진주였고, 그럼에도 가장 간절히 바라는 사람이 또 그녀였다.

'형. 모르는 사람이 되는 것보단 친구가 나아서 옆에서 맴도는데, 그것만 해도 좋았는데…… 왜 자꾸 힘들어지지.'

나이가 먹을수록, 점점 서른에 가까워질수록 진주가 어느 순간 청첩장을 보낼까 봐 무섭다고 했다. 저놈이 저렇게 순정남인 건 정말 아무도 모를 것이다.

덕재는 재훈의 집 주차장에 차를 세웠다.

"김재훈, 집에 도착했어."

"……."

"너 진주 씨 기다린다며."

"……으음. 진주?"

푸우우, 입으로 긴 숨을 뱉으며 재훈이 기지개를 켜고 잠을 쫓았다. 덕재는 차에서 같이 내려 재훈의 집 앞까지 부축을 해주었다. 잘 걷는 것 같으면서도 한 번씩 휘청거렸다.

"괜찮겠어? 너희 집에서 같이 자고, 내일 북엇국이라도 끓여

쥐?"

"아니. 형 가."

"매정하다?"

"가."

평소라면 자고 가라고 했을 텐데. 진주 씨가 있어서 그런가.

"김재훈."

"응?"

"내가 진짜 걱정돼서 그런데, 오늘 같이 있으면 안 될까?"

덕재는 재훈의 팔을 잡았다. 오늘 유독 이 집에 애를 들여보내
려 하니 왠지 느낌이 좋지 않았다. 두 사람 다 취해 있는 상태이
고, 성인인데……

"가."

재훈은 다른 말은 하지 않고 엘리베이터 버튼을 눌렀다. 덕재는
하는 수 없이 한숨을 쉬며 가방에서 주섬주섬 무언가를 꺼내 그
의 손에 꼭 쥐어 주었다.

"이거 해외 직구다. 그런 일은 없겠지만 갖고 있어."

"이게 뭔데?"

재훈은 손바닥에 든 콘돔 박스를 보고 인상을 구겼다.

"필요 없어."

"넣어 둬 넣어 둬. 혹시 모르니까."

덕재는 필요 없다는 재훈에게 얼른 갖고 들어가라며 밀었다. 그
때 엘리베이터가 도착하였고 그는 콘돔을 돌려받지 않은 채로 손
인사를 하며 닫힘 버튼을 눌렀다.

임신은 사전에 방지해야 하는 것이다. 일어나지 않더라도 남자

가 항상 준비를 철저하게 해야 하는……. 그러지 못해 아빠가 된 자신도 있으니. 좋은 점도 많지만, 그래도 재훈은 톱스타이기 때문에 더더욱 조심하는 게 좋을 것이다. 덕재는 주차장으로 내려가면서도 괜히 위를 올려다보았다. 오늘 뭔가 느낌이 좋지 않았다.

* * *

집 안에 들어온 재훈은 침실부터 확인했다. 진주가 새근새근 잠들어 있었다. 그는 취한 상태에서 비틀거리며 욕실로 향했다. 입고 있던 옷을 다 벗는데 손에 까끌한 무언가가 느껴졌다. 그건 덕재가 준 콘돔이었다. 그는 욕실 옆 선반에 콘돔을 두고 안으로 들어갔다. 군더더기 없는 몸. 오늘 술을 마셨으니 당분간 운동을 엄청 해야 할 것 같았다.

머리끝에서부터 발끝까지 물줄기가 흘러내렸다. 근육의 선을 따라 흘러내리는 물방울이 욕조에 가득 차올랐다. 그는 바디 워시로 몸 전체에 비누칠을 한 후 샤워기의 물을 맞으며 세수를 하였다. 몸에 있는 거품기를 제거하기 위해 두 손바닥으로 탄탄한 가슴과 복근, 그리고 그 아래까지 쓰다듬자 이상한 기분이 들었다.

조금 전 보았던 콘돔과 자고 있는 진주. 그는 고개를 좌우로 번갈아 흔들었다. 그러곤 물의 온도를 차게 바꿨다. 지금 무슨 생각을 하는 거야. 너 지금까지 잘 참았잖아. 진주 얼굴 못 보면 어떡하려고.

그는 찬물로 몸을 식힌 후 가운을 두르고 욕실 밖으로 나왔다. 침실을 지나 다른 방으로 가려던 찰나, 방 안에서 흐느끼는 소리가 났다. 재훈은 다른 거 생각할 겨를도 없이 침실 문을 두드렸다. 그러곤 문을 열고 안으로 들어갔다.

"진주야, 무슨 일이야?"

이불을 덮고 옆으로 누운 그녀가 흐느껴 울고 있었다.

"왜 울어? 무슨 일이야? 응?"

"……흐윽. 차였어."

아직 술에서 깨지 않은 듯 그녀는 눈도 제대로 뜨지 못하고 있었다.

"나 봐. 홍진주."

"……"

그녀는 고개를 좌우로 저으며 이불을 뒤집어썼다. 유인호랑 드디어 헤어졌구나. 다행이야. 그는 그녀가 우는 모습을 보며 다행이란 생각을 했다. 아직 널 보내지 않아도 돼서, 다행이야. 내가 널 보낼 수 있을까. 진주야, 그냥…… 나를 좀 봐주면 좋겠어. 내가 다가가면 네가 멀어질까? 재훈은 침대 밖으로 떨어진 그녀의 손을 두 손으로 꼭 잡아주었다.

"아픔은 금방 가실 거야."

"……"

"괜찮아, 홍진주. 다 괜찮아."

그는 아주 조심스럽게 그녀의 손등에 쪽- 입을 맞추었다. 잠시 뒤척이던 그녀가 이불을 내렸다. 어둠 속에서도 그녀의 실루엣은 참 잘도 보였다. 퉁퉁 부은 눈도 귀엽고, 발그레한 뺨도 사랑스러웠다.

"안……아줘."

"……뭐?"

재훈은 놀라서 다시 물었다. 그녀는 다시 한 번 안아달라고 말을
해 왔다. 그는 어정쩡하게 몸을 구부려서 누워 있는 진주를 안아
주었다. 그런데 진주의 두 팔이 그의 목을 감았다. 순간적으로 진
주가 몸을 당기자 재훈은 그녀의 위로 쓰러졌다. 이러려는 건 아
니었는데. 그는 혹시라도 진주에게 무게가 실릴까 싶어 양손을 그
녀의 머리 양옆에 대고 몸을 지탱했다.

"진주야?"

술기운이 확 깨는 기분이었다. 촉촉하게 젖은 눈망울로 자신을
보는 진주를 바라보는데, 이성이 날아갈 것 같았다.

"그런 거 말고, ……안아줘."

"응?"

"아무 생각도 못 하게. 제발……."

그녀의 말에 재훈은 차마 뭐라 답해야 할지 몰라 입을 꾹 다물
었다.

"진주야. 나 봐."

"……."

"홍진주, 눈 떠 봐."

그의 말에 그녀는 자꾸 감기려는 눈을 슬며시 떴다.

"나 김재훈이야. 네 오랜 친구인 김재훈."

"……응."

"이렇게 안고 싶지 않아. 술 깨고 나서 다시 말해줘. 안아달라
고. 응?"

그는 그녀의 머리카락을 넘기며 이마에 초옥 부드럽게 뽀뽀를

하였다. 그러나 그 순간 그녀가 그를 잡아당겨 입을 맞춰 왔다. 부드러운 혀가 제 입 속을 가르고 들어오는 순간, 재훈의 이성이 뚝 끊어졌다.

술에 취해 나와의 밤을 기억 못 한다고 하지 않겠지. 나를 알아본 거겠지? 모르겠다. 술에 취한 상태여도 안아달라는 그녀를 거부할 힘 따위는 존재하지 않았다. 재훈은 양손에 힘을 주고 몸을 지탱한 채로 그녀의 위에서 고개만 살며시 옆으로 틀었다. 각도를 틀어 더 깊숙이 입을 맞추며 그는 점점 그녀에게 취해 갔다. 진주의 입술은 말로 설명할 수 없을 정도로 달았다. 세상에서 먹었던 어떤 다디단 음식보다도 달고 부드럽고 사랑스러웠다. 입을 맞추는 것만으로도 허리 아래가 뻐근하고 피가 쏠렸다. 재훈의 온몸은 벌써 달아올라서 터질 것 같았다.

재훈은 그녀의 아랫입술을 빨며 몸을 그녀에게 비볐다. 서툰 손길로 그녀의 옷깃을 들추고 손을 안으로 넣었다. 누가 가르쳐주지 않아도 행위는 본능에 따라 자연스럽게 진행되었다. 그가 그녀의 둔덕을 움켜쥐자 진주가 입술을 꾹 다물었다. 그는 그녀에게서 입술을 떼고 볼과 이마에 자잘한 키스를 뿌렸다.

"진주야, 더 벌려."

그의 명령에 그녀는 작게 입술을 벌렸다. 그는 그 틈을 놓치지 않고 혀를 밀어 넣었다. 요리조리 피하는 그녀의 혀를 뿌리까지 뽑힐 정도로 센 입심으로 빨아들였다. 하아- 거칠게 숨을 쉬는 그녀가 그의 가슴을 주먹으로 때렸다.

"……으읏!"

그는 그녀의 양 손목을 잡아 침대에 붙여 눌렀다.

"예뻐, 네 입술 따뜻해."

그래서 미칠 거 같아. 이렇게 입술만 닿고 있어도 내 몸이 터질 거 같아. 홍진주, 너 오늘 진짜…….

그는 다시 한 번 그녀에게 입을 맞추며 두 입술을 다 빨아들였다. 통통하게 부푼 그녀의 입술, 번들거리는 그 모습이 달빛에 비쳐 아름답게 빛났다.

손을 놓아준 후 그는 그녀를 불렀다.

"진주야. ……하아."

"응."

"나 진짜 못 참겠어. ……홍진주. 진주야."

그의 간절한 외침을 그녀는 묵살해버렸다. 그녀가 손으로 그의 목과 그 언저리를 훑으며 내려왔다. 가운 하나만 걸친 그의 가슴까지 손길이 내려왔다.

"아무 생각도 안 나게 해줘."

"……."

"제발. 부탁해."

2년간의 연애의 종지부를 찍은 날. 그간 다른 남자와 헤어졌어도 이렇게 흐트러진 적은 없었는데. 너에게 유인호는 조금 더 특별한 존재였던 건지. 질투심에 그는 눈까지 멀어버렸다.

재훈은 그녀를 안는 데 방해되는 이불을 바닥으로 떨어뜨렸다. 안경을 끼지 못한 그녀인지라 위에 있는 제 얼굴이 알아보지 못할 정도로 흐릿하게 보일 것이다.

"홍진주. ……좋아해."

"으응?"

"나는 네가 너무 좋아서 돌아버릴 거 같아. 진주야. 나 재훈이야. 내일 잊으면 안 돼."

술에 취해서, 이 순간 마음을 전하지 않고 너를 안으면 안 될 거 같아서, 그래서 그는 그녀에게 제 마음을 고백했다. 술에 취했어도 그녀가 누군지 알고 안은 거라는 걸 그는 그녀에게 똑똑히 말했다.

재훈은 그녀의 턱선을 혀로 쓸며 목으로 내려왔다. 입술을 빨 때처럼 그녀의 목을 빨아들이자 진주가 눈을 감은 채로 힘겹게 숨을 토해냈다. 그는 그녀에게 키스를 하며 가운을 벗었다.

"진주야. 홍진주."

"응?"

"눈 떠서 날 봐줘."

그녀가 눈을 뜨자 가운데서 눈이 마주쳤다.

"네 옷을 벗길 거야, 지금."

"응."

그는 차근차근 그녀의 옷을 벗겼다. 어느 정도 정신이 붙어 있는 건지 그녀는 대답은 꼭 해주었다. 술 취한 여자를 안는 느낌은 들지 않았다.

말로 선포한 뒤, 그는 거침없었다. 그녀의 곡선을 본 그는 입 안이 바싹 말랐다. 그는 부드러운 둔덕을 손으로 쥐고 입술을 내렸다.

"아아……."

흠칫 놀란 그녀가 이불을 꼭 쥐었다. 그의 머리가 서서히 아래로 내려가고 있었다. 그럴수록 진주의 온몸에선 열꽃이 피어났다. 진주는 배에 힘을 줬다. 자꾸 발끝이 말렸다. 온몸이 간지러워서 펑

터질 거 같은데, 아래는 화끈거렸다. 술기운에 정신이 몽롱한 그녀는 꼭 어딘가에 둥둥 떠 있는 거 같았다. 여기가 꿈속인지, 현실인지, 아니면 저세상인지 구분하기가 어려웠다.

그런 그녀의 정신을 깨운 건 허벅지를 쥔 남자의 손이었다. 오므려 있던 곳이 서서히 드러난 순간, 또 다른 쾌락이 찾아왔다. 촉, 촉, 초옥. 부드럽게 빨리는 소리가 야해서 그녀는 눈을 감았다. 처음 하는 행위임에도 상대가 얼마나 공을 들이는지 알 수 있었다. 손가락을 겹쳐 잡은 그가 아래에서 위로 올라와 손등에도 입을 맞췄다.

"진주야."

".....으응."

누군데 날 이렇게 다정하게 부르는 걸까? 모르겠다. 그냥, 이게 꿈이라면, 네가 누구라도 나를 사랑해줬으면 좋겠어. 오랜 연애의 끝이 이렇게 더러운 거였다면, 연애를 하지 않았을 텐데. 마음을 준 것도 아니고, 사랑한 건 아니었는데. 해가 두 번 바뀔 동안 난 뭘 했던 건지. 내 아까운 시간이 순삭되는 기분은 유쾌하지 않았다. 나도 언제든지 남자를 만날 수 있다고.

"네가 이렇게 뜨거운 여잔 줄 왜 몰랐을까. 이것 봐."

그는 그녀에게 손을 보여주었다. 흐릿흐릿한 시야 속에서 제 얼굴을 다 덮을 듯이 큰 남자의 손바닥이 보였다. 그녀가 인상을 쓰자, 그가 배에 손을 비볐다. 축축한 느낌에 그녀가 움찔거리며 배에 힘을 주자 그다음엔 입술이 내려왔다.

"으음......!"

노골적인 그의 입술에 그녀의 몸은 점점 민망한 자세가 되었다.

"너 너무 예뻐. 하…… 맛있어."

어디서도 들어보지 못한 말이었다. 내가 예쁘다고? 맛있다고? 남자는 내가 예뻐서 어쩔 줄 모르겠다는 듯 온몸에 입술을 맞췄다.

왜 이질감이 들지 않을까. 부끄럽고 불편해야 하는데 왜 막고 싶지 않을까. 왜……. 유인호에겐 허락하지 못했던 이 몸이 왜 지금은 불쾌함을 느끼지 않는 걸까.

"……좋아해. 진주야."

"읏!"

"네가 좋아."

둔덕을 움켜쥔 그가 다시 한 번 고백을 해 왔다. 그 음성이 너무 듣기 좋았다. 그는 그대로 그녀의 위로 올라와 몸을 겹쳤다. 그러곤 손을 아래로 내려서 다리를 매만졌다.

"으음."

맨살을 쓰는 손길에 진주가 움찔 떨자 그는 괜찮다는 듯 입술을 맞춰 왔다. 부드러웠던 느낌이 거칠게 변하자 아래를 탐닉하는 손길도 그만큼 진해졌다.

"아파?"

"……음."

"천천히 할까?"

끄덕끄덕. 그녀의 말에 그의 손길이 다시 부드러워졌다. 소중한 악기를 다루듯 구석구석 만져 보던 그의 손이 위로 올라왔다.

"잠시만. 진주야."

그가 밖으로 나갔다 오더니 부스럭거리는 소리가 났다. 그러더니 그가 그녀의 위로 몸을 겹쳐 안았다.

"진주야."

"응?"

"한 번만 참아."

"……으응."

"아플 거야."

그의 위로에 그녀는 고개를 격하게 끄덕였다. 긴장을 한 몸이 굳자 그가 다시 그녀의 다리를 쓸며 만져주었다.

"네 다리를 감아."

"……."

그가 그녀의 다리 하나를 올려 허리에 감게 하였다. 스르르 다리의 힘이 풀리자 그가 상체를 숙인 후 그녀의 귓가에 입술을 대고 다시 한 번 속삭였다.

"어서."

꼭 악마의 속삭임 같았다. 그건 거부할 수 없는 유혹이었다.

"이상해. ……하아."

그녀의 몸에는 점점 힘이 들어갔다. 목소리가 잔뜩 떨려서 나왔다.

"안 이상해. 잘하고 있어."

그의 확신에 진주는 몸에 힘을 뺐다. 어느 순간 정신을 잃을 정도로 큰 고통이 찾아왔다. 아픔에 떠는 신음은 그의 입 속으로 막혀버렸다. 파들파들 떠는 몸을 손으로 만지며 그가 다른 손으론 그녀의 머리를 쓰다듬어주었다. 이마에 툭, 툭 떨어지는 땀방울이 느껴졌다. 진주가 살며시 눈을 떴다. 이마에 손등을 대고 짚자 손바닥으로 남자의 이마가 툭 떨어졌다.

"하아, 못 참겠어. 네 위에서 날뛰고 싶어."

"……."

"안 참고 싶어."

그 말에 온몸이 달아올랐다.

"윽…… 진주야."

몸에 바싹 힘이 들어가자 그가 더욱 힘들어했다. 그녀의 손가락을 입에 물고 빨며 숨을 몰아쉬었다.

"안 되겠어."

"……."

"미안해. ……사랑해."

그의 고백을 마지막으로 진주는 그에게 한참을 시달려야 했다. 뻐근하던 감각이 쾌락으로 바뀌었다. 흐느적거리며 자꾸 침대 밖으로 벗어나려는 몸을 잡아당겨 침대에 눕히고, 다시 손과 입술로 그녀를 쫓았다. 이번에도 포일이 뜯기는 소리가 들렸다.

"하아……."

그를 피해 몸을 바싹 만 그녀의 등 뒤로 그가 올라왔다. 그녀의 손등을 쥔 그가 손가락을 겹쳤다.

"진주야. ……진주야."

그는 그녀의 이름을 불렀다.

"좋아해. ……많이. 네가 정말 좋아."

그 고백만 들으면 몸에 힘이 풀렸다. 왜 그런 건지.

그는 그녀의 둥근 어깨와 등 뒤로 입술을 내리며 허리를 바싹 잡았다. 다리에 힘이 풀려 주저앉을 때마다 그가 그녀를 다시 안아 왔다.

"힘들어. 하아…… 그만."

진주는 발을 동동 구르며 침대를 찼다. 그럴수록 남자는 흥분되는 모양인지 그녀의 발목을 붙잡았다. 움직이지 못하니까 더욱 흥분했는지, 그녀는 그가 주는 쾌락에 취했다. 온몸이 땀에 절어 침대 이불이 젖어 갔다.

"으응."

정신이 몽롱해서 기절해버릴 거 같았다. 왜 눈물이 나는지. 진주의 눈가에선 눈물이 흘렀다. 남자는 그녀의 눈물을 혀로 핥으며 귓불에 키스했다.

"사랑해."

그 달콤한 목소리에 온몸이 녹아내렸다. 극한의 쾌락이 지나간 자리엔 지독한 잠이 찾아왔다. 갑작스럽게 몰려드는 수면욕과 따뜻한 남자의 품.

그녀는 잠에 취해 갔다. 잠든 상태에서도 다정한 손길은 계속 느껴졌다. 머리를 쓰다듬고, 품 안에 오롯이 안긴 느낌, 몸을 압박하는 다리. 그러나 어느 것 하나도 불편하지 않고 좋았다.

진주는 자신을 안은 남자가 김재훈일 거라곤 상상하지도 못했다. 술에 취한 그녀는 이게 꿈인지 현실인지 아직도 분간을 할 수 없었다. 그저 술을 마실 때와 다르게, 잠들기 전보다 지금이 더 기분이 좋고 편안했다는 것만 확실하게 알 수 있었다.

2. 커플 데이트

재훈은 몸이 완쾌하자마자 운동을 시작하였다. 얼마 전 고가의 화장품 브랜드의 광고 모델이 되었다. 그리고 해외에서 그 브랜드 런칭과 함께 팬 미팅 행사가 잡혔다.

베트남에서의 팬 미팅 일정이 정해졌을 때, 그는 '우리 팀' 톡방에 다 같이 결혼 전에 여행을 가자고 제안을 해 왔다. 저번에 가지 못했던 베트남이 계속 마음에 남았던 모양이었다. 재훈의 주도로 태주와 하연, 그리고 진주까지 시간을 맞췄다. 네 사람이 갈 여행지는 베트남의 나트랑이라는 곳이었다.

"진주야!"

"하연아!"

인천 공항에서 만난 두 사람은 반가움에 팔딱팔딱 뛰며 좋아했다. 이렇게 다 같이 여행 가는 게 얼마 만인지, 해외로 가는 건 처음이었다.

"태주는?"

"주차하고 온대."

"응. 우리 안에 들어가서 뭐라도 마시자. 목말라."

진주는 하연과 함께 공항 안으로 들어왔다. 공항 내 커피숍으로 가서 간단한 쿠키와 커피를 주문한 후 두 사람은 수다를 떨기 시작했다.

"재훈이 더 멋있어졌더라. 스캔들 터져도 인기 유지하는 거 보면 신기해."

"태주도 멋있더라. 저 봐, 공항 들어오니까 시선 강탈이네."

진주가 이쪽으로 오고 있는 태주를 손으로 가리켰다. 가벼운 옷차림에 캐리어를 끌고 오는 그는 주위의 시선을 사로잡고 있었다. 그러다 눈썰미 좋은 몇몇, 그를 알아보는 사람들이 나타나고, 어느새 핸드폰으로 사진을 찍기 시작했다.

"연예인이 따로 없네."

경제 신문을 보는 사람이라면, 태주를 알 확률이 높았다.

"어떻게 우리 이렇게 쌍쌍 커플이 되지? 진짜 신기해."

"나도! 어쨌든 우리 팀이 이렇게 건재해서 너무 좋아. 난 너랑 태주가 아직도 적응이 안 돼."

"우리도 너희 적응 안 되거든."

금세 다가온 태주가 뒤에서 하연을 백 허그로 안은 후, 그녀의 커피 잔을 가져가 꿀꺽꿀꺽 아이스커피를 마셨다.

"재훈이는 먼저 나트랑에 도착할 거 같다고 연락 왔어. 시간 맞춰서 공항으로 온대."

"됐어. 그냥 호텔에서 기다리라고 해. 알아서 잘 찾아간다고."

태주의 말을 진주는 고대로 재훈에게 전달했다.

[싫어. 마중 나갈래.]

그에 대한 답변은 그녀가 예상한 대로였다. 진주가 태주에게 톡을 보여주자 그가 피식 웃었다.

"왜 웃어?"

"그냥. 들어가자, 곧 타야 돼."

태주가 손목시계를 보더니 서둘러 들어가자고 했다.

"아직 시간 남았는데?"

"……그냥 좀 들어가자. 너희 둘 면세점에서 뭐라도 좀 고르라고."

"우리 둘? 나도?"

진주의 말에 태주가 고개를 끄덕였다. 아직 시간이 남았지만, 쇼핑을 하기엔 촉박한 시간이었다.

"나는 됐어. 하연이나 사 줘."

"그래, 그럼."

미안해서 하는 거절도 진담으로 듣는 게 이 녀석 성격이란 걸 까맣게 잊었다. 준다고 할 때 잘 받아야 하는데…… 꼭 바란 건 아니었는데 이런 상황이 오니 괜히 촉박해져서 진주가 태주의 티셔츠를 살짝 잡았다.

"한 번만 더 물어봐줘."

"뭐를?"

"아까 그거. 면세점."

하연은 진주의 행동에 키득거리며 웃었다. 그러면서 태주에게 팔짱을 끼었다. 태주는 오른손에 본인과 하연의 캐리어 두 개를 마주 보게 겹쳐서 끌고 갔다. 진주는 배낭을 메고 그들의 뒤를 따라갔다. 팔짱을 끼고 같이 출국 수속을 밟는 두 사람을 보니 뿌듯하기도 하고, 제 옆에 없는 재훈이 보고 싶었다.

　캐리어를 화물로 다 붙인 후, 세 사람은 면세점으로 갔다. 하연은 태주를 버리고 진주에게 왔다. 두 사람은 화장품 브랜드를 돌아다니며 주변 선물을 샀다. 립스틱, 팩트, 미스트, 선크림 등등. 화장품 쇼핑이 끝나자 태주는 하연의 어깨를 안은 채 페리가모 브랜드로 데려갔다.

　"슬리퍼 안 챙겨왔으면 하나씩 골라."

　"여기서?"

　"왜? 프라다 갈까?"

　"아니…… 거기 바다랑 수영장만 있어서 여행 때 신으면 너덜너덜해질 거 같아서. 그냥 현지에서 막 신을 슬리퍼 구매하려고 했거든."

　진주의 말에 하연도 고개를 끄덕거렸다.

　"하루라도 발 편한 거 신어야지. 저거 예쁘네."

　태주는 두 여자의 의견에 별 신경 쓰지 않고 턱으로 마음에 드는 슬리퍼를 가리켰다.

　"하연인 235고, 진주 넌 발 몇이야?"

　"나…… 240."

　"두 켤레 사이즈 맞춰서 주세요."

　얼떨결에 슬리퍼를 신어 보면서도 진주는 면세점에서 몇 불까지 허용이 되었는지 머릿속으로 계산을 했다. 하연과 자신은 이미 화장품을 꽤 사서 이것까지 사면 안 될 텐데. 태주의 여권으로 두 켤레를 다 사면, 나중에 귀국할 때 태주가 세금을 내야 할 거 같았다.

"나는 괜찮아, 하연이 사 줘."

"줄 때 받아라."

"……야, 이거 면세점에서 사도 귀국할 때 세금 맞으면 백화점하고 금액 똑같을 수도 있어."

"괜찮아. 세금은 재훈이가 낼 거야."

"……그럼 나는 여기서 패스."

태주가 세금은 재훈이 낼 거라며 농담을 하였고, 진주는 그럼 괜찮다며 슬리퍼를 벗었다.

"슬리퍼 마음에 들어?"

"으응. 근데 나도 베트남 가서 사도 될 거 같아."

"……이거 사. 사 주고 싶어."

태주는 하연을 품으로 안으며 귓가에 속삭였다. 그걸 보고 있는 진주는 닭살이 돋아서 슬금슬금 그들에게서 멀어졌다. 몇 발자국 떨어져서 보니 서로 키득거리면서 웃는 게 가관도 아니었다. 나도 재훈과 있으면 저러고 있나?

"진주야, 네 것도 산다?"

"아냐. 진짜 괜찮아."

진주가 양손을 좌우로 흔들었다. 그러나 태주는 슬리퍼를 두 켤레 모두 구매했다. 그는 그녀들이 그에게 무언가를 사 달라고 하지 못할 것을 이미 알고 있었다.

예전부터 두 사람은 경제력이 있는 재훈과 태주에게 비싼 선물을 사 달라거나 고가의 음식점에 데려가 달라고 해본 적이 없었다. 부자인 친구를 두고 떡볶이를 먹자 하는 게 두 사람이었다. 왜냐하면 그런 고가의 음식점에 가면 태주, 혹은 재훈이 계산을 하게 될 테니까.

"나 잠깐 전화 좀 하고 올게. 먼저 들어가."

태주가 핸드폰을 들고 사람들 틈을 지나 구석진 곳으로 갔다. 쇼핑을 끝낸 진주와 하연은 양손 가득 봉지를 들고 이코노미석 줄에서 기다렸다. 통화를 끝낸 태주가 그들의 옆에 덩덩 비어 있는 줄로 와서 섰다.

"너희 왜 거기 있어?"

"응? 줄 서 있는데?"

"이쪽으로 와."

진주와 하연은 태주를 따라 옆줄로 갔다. 거기에선 기다리지 않고 바로 들어갈 수 있었다. 세 사람의 자리는 바로 앞인 비즈니스석이었다. 진주가 앞자리, 뒤에 두 자리는 하연과 태주가 앉았다. 승객들이 하나둘씩 자리를 채워 가고 있었다.

"홍장군."

태주가 진주를 불렀다.

"왜?"

"네 옆자리에 가방 좀 놔줘. 위에 올리기 귀찮아서."

"내 옆자리? 누구 앉을 텐데?"

"재훈이한테 못 들었어? 거기 공석이야."

얼떨결에 태주가 주는 하연의 가방을 받아서 옆자리에 놓았다. 승객이 모두 타서 이륙한다는 방송이 나올 때까지도 그녀의 옆자리는 비어 있었다.

"여기 왜 공석이지? 태주야, 재훈이가 뭐라고 했어?"

"너 편하게 가라고 매니저 여권으로 하나 더 샀대."

"……뭐라고?"

결혼을 하게 되면 돈 관리는 무조건 내가 해야겠구나. 정말 이건 돈 지랄이라고 해도 과언이 아닌 씀씀이었다.

"근데 비행기 표 끊었는데 사람이 안 타도 돼? 이럴 경우엔 어떻게 돼?"

하연이 태주에게 질문하였고, 태주는 어깨를 으쓱하며 무감한 표정으로 답을 해주었다.

"벌금 좀 내고 말걸?"

그 말에 진주의 미간은 잔뜩 구겨졌다. 타지도 않는 자리의 금액을 다 내고, 벌금까지 낸다고? 도착해서 만나면 따끔하게 혼내줘야지. 그의 이런 배려에 기분이 좋은 것보다 앞으로 매번 이런 식이면 어쩌지 하는 걱정이 먼저 들었다.

"도착하면 김재훈 엄청 혼나겠네."

"왜? 홍장군 향한 마음 씀씀이가 멋있지 않나?"

"박태주, 그게 멋있다고?"

하연이 정색을 하자 표정 변화가 없던 태주가 슬슬 눈치를 보며 고개를 좌우로 저었다.

"안 멋있어."

"방금 전엔 멋있다며."

"실언했어."

태도로 짐작해 봤을 때, 분명 태주는 재훈의 행동을 멋있다고 생각하는 모양이었다. 하연도 갈 길이 멀어 보였다. 여자 친구를 향한 마음은 고맙지만, 같이 평생을 함께할 반려자라면 이런 불필요한 지출은 없애는 게 맞았다.

그때, 활주로를 달리던 비행기가 공중으로 붕 뜨기 시작했다. 그 느낌과 동시에 진주의 심장도 평소보다 빠르게 뛰었다.

* * *

나트랑 국제공항에 내린 세 사람은 캐리어를 찾으러 갔다. 후텁지근한 열기가 온몸에 덮쳐 왔다. 습한 날씨 덕에 잠시 서 있기만 해도 숨이 차는 느낌이었다.

태주는 로밍을 한다고 했고, 하연은 한국에서 올 전화가 없기 때문에 로밍은 하지 않았다. 그저 유심칩을 사서 끼워 데이터만 쓴다고 하였다.

두 사람을 두고 진주는 재훈을 찾기 위해 밖으로 나와 주위를 둘러보았다. 거기서도 한참 키가 큰 재훈인지라 조금 돌아보자마자 한눈에 발견할 수 있었다.

"진주야."

재훈도 그녀를 발견한 모양인지 이쪽으로 오는 게 보였다. 진주가 두 손으로 허리를 짚고 인상을 쓰자 그가 살살 웃으면서 와서 와락 그녀를 안았다.

"보고 싶었어."

"……그 전에."

우리 해야 할 대화가 있잖아. 진주가 다음 말을 하기도 전에 재훈이 그녀를 품에서 놓고 두 볼을 잡고 입을 맞춰 왔다. 밤 비행기로 날아와서 하나둘씩 한국인이 밖으로 나오고 있는 상황이었다. 대놓고 하는 뽀뽀에 진주는 부끄러움이 밀려와 손으로 얼굴을 가렸다.

"여기 한국인 많거든."

"뭐 어때? 이러려고 공개 연애 하는 건데."

"……."

"그리고 우린 평생 살 건데."

그는 그녀의 어깨에 손을 올려 품 안에 안고 볼에도 입을 맞췄다. 그러더니 그녀의 어깨에 메고 있던 배낭을 벗겨 본인의 어깨에 올렸다.

"어깨는 안 아팠어? 배낭이 무겁네."

어깨를 주무르며 걱정해주는 그의 음성에 진주는 웃음이 터졌다.

"너는 날 뭐로 아는 거야. 도대체."

"뭐로 알긴. 홍공주로 알지."

"……."

"공주로 대해주는 건데, 왜."

재훈의 말에 기가 막힌 진주가 두 손바닥으로 제 얼굴을 가리고 발을 동동 굴렀다.

'다른 애칭 없어?'

'뭘 원해?'

'홍이공주, 내 사랑, 뭐 그런 거…….'

'홍이공주?'

'……안 되겠지?'

'네가 원한다면.'

진주는 본인이 해달라고 했던 애칭을 떠올리며 망연해지는 느낌이었다. 과거의 부끄러운 기억에 허공에 주먹을 휘둘렀다.

"너 나 놀리는 거지?"

"아닌데. 나한테 너 공주 맞아."

"……내가 잘못했어."

"왜? 평생 공주처럼 모실 건데. 진심이야."

재훈이 진지한 표정으로 말하니 이거 콩깍지가 너무 심각한 것 같았다. 옆에 누구 타면 불편하니까 좌석까지 미리 구매해서 공주처럼 모시는 건 너무 과한 것 같았다.

"우리 아빠한테도 내가 공, 공 그거인데, 너는 좀 과하거든!"

"뭐 어때? 내가 내 여자한테 과한 건데. 다른 여자한텐 과하게 안 해."

"그랬다간 넌 나한테 죽지."

두 사람이 티격태격거리는 사이 태주와 하연이 밖으로 나왔다.

"박태주. 여기."

재훈이 손을 흔들자 두 사람이 이쪽으로 걸어왔다. 친구들 앞에서 재훈을 타박할 순 없었다. 진주는 잔소리는 이따 호텔에 도착해서 하기로 했다.

"팬 미팅은 잘했어?"

"그럼. 잘했지."

"고생했다. 호텔로 가는 거지?"

"응. 차 저기 있어."

그들은 봉고차를 타고 호텔로 갔다. 공항 픽업 서비스를 미리 신청해 둔 터라 그들은 택시를 타지 않고 바로 호텔로 갈 수 있었다.

차가 호텔 주차장에 서자, 네 사람은 차에서 내렸다. 태주가 짐을 내리는 사이 진주와 하연은 호텔 주변을 둘러보았다. 외국이 맞긴 맞는 모양인지 한국인보다 외국인이 더 많았다.

"여기 서양 사람이 되게 많네."

"태주가 예약한 호텔 이용객 80%가 러시아인이래. 나도 와서 알았어."

"정말?"

"응. 시내 쪽이 아니라서 그런가 봐."

공항에서 10분 정도 왔나? 분명 내릴 땐 한국인이 많았는데, 호텔에 도착하니 거의 보이지 않았다.

미리 재훈이 체크인을 해 둬서 따로 카드키를 받지 않아도 되었다. 호텔 로비 옆쪽엔 미니 bar가 있었다. 그곳엔 삼삼오오 외국인들이 모여 맥주와 칵테일을 마시며 오순도순 수다를 떨고 있었다. 셔츠를 다 푼 외국인이 벌겋게 탄 몸을 드러내며 왔다 갔다 하고, 꼭 인형같이 예쁘게 생긴 아이들이 뛰어다녔다.

"이쪽으로 와. 수영장은 지금 시간이 늦어서 이용 못 한대."

"그래?"

진주는 재훈과 함께 먼저 앞장을 섰고, 뒤에선 태주랑 하연이 따라왔다.

"그럼 시내라도 나갈까?"

"오늘은 피곤하니까 그냥 쉬자. 아까 보니까 bar 있던데. 맥주나 마실까?"

"그러자. 여기 클럽도 있어."

태주가 예약한 호텔은 아침, 점심, 저녁 식사를 이곳에서 해결할 수 있는 곳이었다. 수영장도 두 곳이나 있고, 호텔 바로 앞에 바다도 있었다. 수영장과 바다 쪽엔 스낵바가 마련되어 있어서 수영을 하는 와중에도 음료는 계속 무료로 마실 수 있었다. 새벽 시간에도 로비 bar와 클럽은 상시 운영하였고, 레스토랑 역시 가벼운 식사를 할 수 있도록 개방되어 있었다. 연예인인 재훈을 위해 태주는 호텔 안에서 웬만하면 다 할 수 있는 올인클루시브 리조트로 예약한 것이다.

"우리 1층이야. 태주랑 하연이가 바로 옆방."

"잘됐다. 1층!"

"태주가 예약을 잘했더라고. 수영장하고 바다가 바로 이 앞이더라. 식사하는 곳도 나와서 좀만 걸으면 바로 나와."

재훈이 덧붙인 설명에 진주가 태주를 보며 엄지를 위로 들며 고개를 끄덕였다.

잘했다는 칭찬이었다.

"짐 풀고 30분 후에 만나."

"좋아."

"그러자."

재훈의 말에 진주와 하연은 고개를 끄덕였다.

방 앞에 도착해서 진주와 하연이 같은 방으로 들어가려고 하자, 재훈과 태주가 당황해서 각자 자신의 여자 친구 손을 잡았다.

"왜 둘이 들어가?"

"우리 원래 매번 이랬잖아."

"……그때는!"

"그때는 친구였잖아."

그때는 모두 친구였으니까 남남, 여여로 나눠서 방을 나눴지. 지금은 커플인데 굳이 그럴 필요 있나.

재훈은 진주의 손을, 태주는 하연의 손을 당겨 각자 예약한 방 앞에 서도록 했다. 태주가 하연과 그의 캐리어를 들고 호텔 방 안으로 들어갔고 진주는 재훈을 따라 안으로 들어갔다.

"아까 하연이랑 도착해서 잠깐 얘기했거든. 우리 같이 방 쓰자고."

"나랑 써야지."

"……그게 좀 이상한 거야. 하연이네 할머니네 가도 너랑 태주가 방 썼잖아. 우리 커플인 거 아시는 데도."

"하연이네 할머니 계셔서 그랬지. 거기서도 할머니 안 계셨으면 태주랑 하연이가 같은 방 썼을 거야."

"안 부끄러워?"

"그게 왜 부끄러워?"

이게 아예 모르는 사이에 친구 커플과 같이 놀러 온 거면 괜찮은데, 어려서부터 넷이서 함께였는데 갑자기 커플로 놀라고 하니까 이상하게 느껴졌다. 그런데 자신과 하연만 그런 모양이었다. 태주와 재훈은 커플끼리 각자 방을 쓰는 게 당연한 것처럼 행동했다.

딸깍, 딸깍. 그때, 문고리를 잡아 돌리는 소리가 났다. 그러더니 TV 옆쪽에 있는 곳에서 태주의 얼굴이 나왔다.

"뭐야. 커넥팅 룸이야?"

"어. 네가 커넥팅 룸으로 예약했더라."

"아닌데."

"너희 비서가 그렇게 예약했나 보더라."

당황한 태주가 문을 닫고 본인의 방으로 들어갔다. 커넥팅 룸이면 저 문을 열면 언제든지 태주와 하연의 방으로 갈 수 있다는 건가?

"김재훈, 내 목소리 들리냐?"

"너무 잘 들린다. 박태주."

분명 문을 닫았는데도 방음이 되지 않아 태주의 소리가 또렷하게 들렸다.

"제기랄."

태주의 욕설까지도 들렸다. 이 정도면 소음이 없는 새벽에는 다른 방 소음이 다 들릴지도 몰랐다.

"헉. 김재훈. 여기 방음 안 되나 봐."

"그러게. 나도 이 정도인 줄 몰랐어."

재훈도 당황해서 옆방과 이어진 문 쪽으로 가 문을 열었다. 그러자 문 하나가 더 나왔다. 분명 문 두 개를 통과해야 옆방인데, 문을 닫아도 소리는 왜 이렇게 잘 들리지? 다시 확인해 보니 문틈으로 옆방이 보였다. 이렇게 공간이 있으니 잘 들리지.

"우리 밤에 어떡하지."

"밤에? 왜?"

"……우리 진주 입 잘 막아야겠다."

재훈의 말에 진주가 눈을 크게 뜨며 그의 입을 손바닥으로 막았다. 재훈은 키득거리며 웃고 있었다.

"방음 안 되니까 안 할 거야."

"그럼 나는 어떡해?"

"참아. 그냥 안고만 자면 되지."

"……네가 옆에서 자는데 어떻게 가만히 있냐."

재훈이 그녀의 볼을 손으로 잡아당기며 말했다. 다른 사람도 아니고 네가 옆에서 자는데 어떻게 가만히 있냐고.

"그럼 어떡해. 소리 다 들릴 텐데."

"신음만 참으면 돼."

"……네가 나 만지면 그게 안 된단 말이야."

"방을 바꿔야 하나?"

재훈의 말에 진주가 고개를 좌우로 세게 저었다. 지금 방을 바꾼다고 하는 건 우리 격렬하게 그거 하겠소라고 광고하는 느낌이었다.

그러나 진주는 바로 옆방에서도 태주와 하연이 그 문제로 소곤소곤 얘기하고 있다는 걸 알지 못했다.

옷을 갈아입고 미니 bar에서 만난 네 사람은 맥주를 주문했다.

"오느라 고생했다. 치얼스!"

"치얼스!"

네 사람의 맥주잔이 가운데로 모여 부딪쳤다. 시원한 맥주가 목을 타고 내려왔다. 캬아- 절로 감탄사가 나왔다.

"다음에 다 같이 여행 갈 땐 애도 데려가면 좋겠다."

"생기지도 않은 애를?"

"그 안에 만들어서……."

태주가 하연의 머리카락을 손끝으로 만지면서 말했다. 하연이 입술을 쭉 내밀고 시선을 피했다.

"결혼은 재훈이가 먼저 할 거고, 그다음엔 우리."

연애는 더 늦게 시작한 두 사람인데, 태주는 하연에게 벌써 프러포즈를 했다고 들었다. 성격이 어찌나 급하신지 벌써 아이까지 생각하고 있는 모양이었다.

"그 얘긴 나중에 각자 하시고, 우리 내일은 뭐 할까?"

"내일 바다 위에서 타는 패러글라이딩 예약했어."

"패러글라이딩? 그거 자격증 없어도 탈 수 있어?"

"그럼. 안전해."

먼저 하루 전에 도착한 재훈이 여기 머무는 3일 동안의 코스를 짜 두었다. 내일은 바다에 나가서 놀고 패러글라이딩을 하고 마사지를 받고, 다음 날은 호텔 수영장과 바다를 이용하고 밤에 호텔 클럽을 가고, 마지막 날은 시내 구경으로 되어 있었다.

진주의 잔이 비어 가자 재훈이 일어났다.

"한 잔 더?"

"응. 좋아."

"태주랑 하연인?"

"우리도 한 잔 더. 맥주 시원하네."

재훈이 bar로 걸어가서 맥주를 주문했다. 그가 bar 테이블에 팔을 대고 서서 맥주를 기다리자 그를 보며 눈치를 보고 있던 외국인이 그에게 가서 말을 걸었다. 그러자 재훈이 싱긋 웃으며 진주가 있는 쪽을 가리켰다. 그 이후에도 한국인과 외국인이 번갈아 가며 그에게 가서 사진을 찍어달라고 요청하는 모양이었다.

맥주 네 잔을 쟁반에 담아 가져온 재훈이 테이블에 내려놓았다.

"술 사서 방에서 마실까?"

"나 때문인 거면 괜찮아."

"진주는 안 괜찮은 모양인데?"

태주의 말에 진주는 두 손을 휘휘 저었다.

"나도 괜찮은데?"

사실 안 괜찮긴 해. 놀러 와서도 재훈은 편히 쉬지 못했다. 이미지 관리를 위해 팬들에게 상황을 설명해야 하고 사진을 찍어줘야 한다는 사실이 속상했다.

"그래도 한국인이 별로 없어서 괜찮은 거 같아."

"러시아인이 널 알아볼 줄 몰랐다. 내 불찰이야. 아주 산골짜기 호텔로 잡을걸."

"아니야. 못 알아보는 사람이 더 많을 거야."

그때, 진주의 핸드폰에서 진동이 울렸다. 와이파이를 연결한 그녀의 핸드폰에 톡 하나가 떠 있었다.

[대리님! 후니 오빠 사진이에요~ 공항에서 누가 찍었대요!]

주리는 두 사람의 연애 소식을 알고 나서 재훈의 잘 나온 사진을 진주에게도 공유해주었다. 팬 카페에 올라온 사진이라며 보낸 그 사진은 오늘 방금 전 나트랑 공항에서 찍힌 것 같았다. 옷차림이 같았다.

[지금 같이 있어요.]

[……? 베트남이에요? 이런…… 행복한 밤 보내십쇼!]

그 말과 함께 같이 날아온 부끄럽다는 이모티콘과 엉덩이를 좌우로 흔드는 이모티콘에 진주는 웃음이 빵 터졌다. 진주가 키득거리는 걸 본 재훈이 뭔지 궁금하다는 듯 그녀를 보았고, 진주는 재훈에게 핸드폰을 보여주었다.

"후니 베이비는 천천히 보고 싶어요. 아직 마음의 준비가……."

재훈이 톡을 읽자 진주는 눈썹을 찌푸리며 액정을 보았다. 어느새 이모티콘 밑으로 주리가 말을 덧붙여 놓았다.

[후니 베이비는 천천히 보고 싶어요. 아직 마음의 준비가 되지 않았거든요. 우리 팬클럽단이 후니 오빠 연애는 응원해도 아직 베이비는……ㅠ_ㅠ. 그런 일이 생기면 제게 꼭 먼저 알려주세요. 마음의 준비 하고 있을게요!]

주리는 바로 다음 톡으로 너무 커플에게 관심이 많았다며 사과를 해 왔다.

후니 베이비라니. 재훈은 그 단어를 듣고부터 꽂혔는지 생각에 잠긴 듯했다.

"누군데?"

"회사 동료. 왜, 재훈이 팬클럽 임원이라고 했던 주리 씨."

"아…… 그분? 이 시간에 문자는 왜 한 거래?"

"재훈이 공항에서 도촬당했나 봐. 팬 카페에 올라왔다고 보내줬어. 종종 사진 잘 나오면 공유해줘."

"좋은 동료네."

그 덕에 그녀의 핸드폰 앨범은 재훈의 사진으로 채워지기 시작했다.

네 사람은 맥주를 다 마신 후 커플끼리 손을 잡고 호텔 방으로 왔다. 커플끼리 방에 들어가면서 진주는 하연과 눈이 마주쳤는데 어색해서 서로 웃었다. 왜 이 상황이 자꾸 부끄러운지 모르겠다.

"먼저 씻을래?"

"응. 넌 와서 씻었지?"

"응."

진주는 배낭에서 속옷과 롱 반팔 티셔츠를 챙겼다. 그걸 보고 있던 재훈이 그녀에게 다가왔다.

"속옷이랑 옷은 왜?"

"갈아입어야지."

"어차피 다 벗을 건데, 수건 두르고 나옴 되지."

"……."

"그냥 같이 씻자."

재훈의 자연스러운 제안에 진주는 그를 밀치고 욕실로 갔다. 욕실은 투명한 막으로 되어 있어서 방 안에서도 욕실 안을 볼 수 있는 구조로 되어 있었다.

그녀는 블라인드를 내려 재훈이 볼 수 없도록 만들었다. 이미 서로의 몸을 다 봤다고 해도 적나라한 건 부끄러웠다.

깨끗하게 씻고 나가니 에어컨 바람 때문에 추웠다. 그녀는 재훈의 말대로 속옷과 롱 티셔츠는 그대로 손에 들고, 큰 타월로만 온몸을 두른 상태로 나왔다. 나오면서 부끄러움이 밀려와 볼을 붉혔다.

재훈은 푸른색 린넨 셔츠에 베이지색 반바지를 입고 침대에 걸터앉아 있었다. 진주가 침대로 다가가자 그가 손을 뻗어 그녀의 허리를 낚아챘다. 그는 그대로 진주를 제 아래에 눕힌 후 위에서 사랑스럽다는 표정으로 보았다.

"홍진주."

"응?"

"진짜 이렇게 나오면 어떡해."

"……너무 야해?"

타월 위로 가슴선이 언뜻 보여서 신경이 쓰였다. 차라리 둘 다 벗고 있으면 좋은데. 방 안도 너무 환했다.

“아니. 예뻐. 눈을 못 떼겠어.”

“나 머리 말려야 돼. 침대 다 젖잖아.”

“어차피 다 젖을 거야. 신경 쓰지 마.”

그는 그녀의 볼에 입을 맞추고 귓불, 목선을 넘나들었다. 이미 흥분한 그의 몸이 타월 위로도 여실히 느껴졌다.

“재, 재훈아…….”

“미치겠네.”

그는 셔츠 단추를 풀며 진주의 목 아래로 입술을 내렸다. 촉촉한 그녀의 몸에서 나는 산뜻한 향에 이성을 잃을 것만 같았다.

그는 린넨 셔츠를 벗은 후 그대로 입을 맞췄다. 그녀의 입술을 빨며 손은 타월 위로 움직여 몸을 만졌다. 무릎을 그녀의 무릎 사이에 대고 서서히 위로 올라왔다. 타월 안으로 쏙 들어온 그의 무릎이 허벅지를 건들자 진주는 침을 꼴깍 삼켰다.

“……하아, 재훈아.”

“아래도 안 입었어?”

“으응.”

그녀의 말에 재훈은 그녀에게 폭풍 키스를 퍼부었다. 그녀의 혀를 뿌리째 뽑을 것처럼 빨아들이고 부드럽게 어르고, 입술을 떼었다가 더욱 깊숙이 입을 맞추기 위해 고개를 틀었다. 그 움직임에 무릎이 아래를 건드렸다.

“……읍!”

진주가 놀라서 눈을 뜨자 재훈이 손바닥으로 그녀의 눈을 감겨주었다.

“재, 재훈아.”

"그냥 느껴. 괜찮아."

"방음이, 방음이 안 되잖아."

그녀가 재훈의 귓가에 속삭였다. 재훈은 잠시 뒤를 돌아 문 쪽을 보고 고민하다가 몸을 일으켰다.

오늘은 안 하는 건가? 진주는 가슴을 덮고 있는 긴 타월을 손으로 누르며 상체를 일으켰다.

"돌아누워 봐."

"지금?"

"응. 얼른."

재훈의 재촉에 진주는 엎드려 누웠다. 재훈은 옆에 아무렇게나 놓여 있는 이불을 끌어당겨 베개를 치우고 그 앞에 놓았다. 폭신폭신하게 이불을 뭉쳐 놓은 후 진주의 머리를 눌러 눕혔다. 그러곤 그녀의 양 손목으로 이불을 잡게 만들었다.

"이거 물어."

진주는 이불을 앙 물었다. 재훈은 제 말을 잘 듣는 진주가 귀여워서 귓불을 입으로 훑어주었다. 그 간지러움에 그녀가 움찔거렸다.

"진주야."

"응?"

"그거 물고 버텨."

진주는 제 몸을 옥죄던 타월이 헐거워짐을 느꼈다. 재훈의 입술이 목에서 어깨로 내려왔다. 그의 손가락이 지나가자 척추가 찌릿해졌다. 그는 앞으로 손을 넣어 그녀의 둔덕을 매만졌다. 손으로 양껏 주무르며 그녀를 흥분하게 만들었다.

"······우웁!"

이불을 문 그녀의 미간이 좁혀졌다. 몸 안이 터질 것처럼 부푸는 기분이었다. 재훈의 입술이 자신을 빨 때마다 발끝이 본능적으로 세워졌다. 이불을 쥔 손등에 파란 핏줄이 불거졌다. 소리를 내면 안 된다는 강박 때문인지 평소보다 더 찌릿하게 느껴졌다.

"아앗······."

흥분에 겨운 그녀가 이로 물고 있던 이불을 놓자 바로 신음이 나왔다. 재훈은 그녀를 뒤에서 안은 채로 손가락 하나를 그녀의 입 속으로 넣었다.

"쉿."

그러곤 그는 그녀의 귓가로 다가와 속삭였다.

"태주랑 하연이 들어."

"······!"

발갛게 달아오른 그녀의 몸이 사랑스러워서 재훈은 손으로 쓸어내렸다.

"다리 벌려."

재훈의 달콤한 속삭임에 진주의 딱 붙은 다리가 열렸다. 그는 그 틈으로 자리를 잡았다.

"······재훈아."

"응?"

"아······ 아니야."

진주는 그의 손가락을 혀로 밀어내고 다시 이불을 꽉 물었다. 잇새로 신음이 나가지 않도록 버티는 그녀의 온몸에 바싹 힘이 들어갔다.

"사랑해, 진주야."

몸을 겹쳐 안은 그가 그녀의 귓가에 사랑을 속삭였다. 그대로 그는 상체만 든 채로 팔로 자신의 무게를 지탱하였다.

"으읍!"

턱 근육이 아릴 정도로 이불을 세게 문 그녀는 밀려오는 쾌락에 도리질을 치며 볼을 침대에 붙였다.

파도가 덮치듯 재훈이 밀려왔다. 쉬지 않고 계속 저를 몰아붙이는 재훈 때문에 진주는 점점 침대 헤드 쪽으로 몸이 밀려났다. 머리를 쿵쿵 헤드에 박자, 재훈이 그녀의 어깨를 잡고 밑으로 쭉 내렸다.

"하……!"

입에서 이불이 빠지자 신음이 새어 나왔다. 다시 이불을 입에 물 생각도 못 하고 그녀는 그의 위로 올라갔다.

"진주야. ……사랑해."

위에서 그를 내려다보고 있자, 그가 그녀의 두 볼을 감싸며 고백했다.

입술을 다시 맞춘 두 사람은 서로의 몸을 만졌다. 재훈은 입술을 떼자마자 뒤로 꺾인 그녀의 목선에 입을 맞췄다. 서서히 아래로 내려온 그의 입술이 둔덕 위를 덮었을 때, 진주는 그의 위에서 팔딱 뛰며 옆에 있는 이불을 끌어다 이로 물었다.

재훈은 그녀를 다시 눕혔다. 두 팔을 붙잡아 침대에 붙이곤 몸을 타고 입술을 내렸다. 땀이 밴 그녀의 몸은 향기로웠다. 달콤했다. 마르지 않는 그녀의 몸은 계속해서 탐험하고 싶게 했다. 그녀의 허벅지엔 그의 손자국이 났다. 꽉 잡은 그가 다리를 내리지 못

하도록 하였다.

진주는 이불로 얼굴을 덮어버렸다. 아예 신음이 막히도록 한 그녀는 이불 속에서 이불을 씹기도 하고, 마음대로 소리를 냈다.

"귀여워, 홍진주. 예뻐."

"……."

"안 예쁜 구석이 없어. 하아……."

재훈은 그녀의 몸을 만지면서 칭찬을 했다. 자신도 잘 안 보는 곳을 그가 볼 때면 부끄러워서 온몸이 달아올랐다. 그러나 그는 부끄러움도 사치라는 듯 그녀의 몸에 키스를 퍼부었고 진주는 그럴 때마다 정신이 몽롱해졌다. 다시 한 번 그가 덮쳐 왔을 땐 진주의 입에서 타액이 흘러내렸다. 얼마나 그가 키스를 했는지 입술이 통통하게 부어올랐다.

"재훈아……!"

"응. 예뻐. 홍진주. 아……."

그만하라고 하려던 진주는 눈을 지그시 감고 인상을 찌푸린 그의 표성을 보고 말을 삼켰다. 살짝 젖은 머리카락과 거친 운동으로 인해 촉촉한 피부. 탁하게 젖은 눈동자와 잇새로 새어 나오는 신음이 섹시해서 더 몸이 달았다.

"사랑해. 홍진주."

그가 그녀의 어깨에 얼굴을 묻으며 귓가에 고백을 하고, 탁한 숨을 뱉었다. 진주는 그의 목에 두 팔을 두르며 그를 더욱 끌어안았다.

"다리로 감아줘."

"……."

"얼른."

그의 요구에 진주는 다리를 올려 그의 허리에 감았다. 그러자 재훈의 입에서 거친 숨이 터졌다. 그는 그녀의 몸에 쓰러진 채로 허리를 잡아 눌렀다. 천장이 흔들리는 것 같았다. 꼭 지진이 난 것처럼. 지금은 김재훈 단 한 사람 외엔 모든 게 뿌옇게 보였다. 힘이 빠진 그녀의 다리가 풀릴 때마다 재훈은 그녀의 귓가를 빨며 몸에 힘이 들어가도록 했다. 그는 몇 번이나 지쳐 쓰러지는 그녀를 흥분하도록 만들었다.

* * *

다음 날, 재훈은 졸려서 깨지 못하는 진주를 흔들었다.

"일어나. 진주야."

"……으음, 졸려."

"우리 15분 후에 나가야 돼."

"졸려, 으응……."

"진주야?"

"못 일어나겠어."

띄엄띄엄 대답을 하는 그녀를 보던 재훈이 하는 수 없이 이불째로 그녀를 번쩍 두 팔로 안아 올렸다. 그러곤 욕실로 친히 걸어가 내려주었다.

이불로 온몸을 돌돌 말은 그녀가 세면대 앞에 서자 그는 레버를 올려 물을 튼 후, 직접 손으로 세수를 해주었다. 얼굴에 물이 묻자 그제야 진주가 서서히 눈을 떴다.

"푸후으."

"코에 물 들어갔어?"

"으응. 숨 쉬다가."

진주가 검지로 코를 비비며 눈가를 찌푸렸다. 갑작스런 물세례에 코가 매웠다.

"지금 나가야 아침 먹을 수 있어."

"으응."

"얼른 잠 깨고 수영복 챙겨. 나머진 내가 다 챙길게."

"으으응."

"선크림도 발라줘?"

도리도리. 진주는 고개를 저었다. 그제야 15분밖에 남지 않았다는 걸 깨닫고 눈을 번쩍 떴다. 추억을 남기려면 사진을 찍어야 하는데.

그녀는 빛의 속도로 옷을 갈아입고 화장을 하였다. 워터프루프로 한 땀 한 땀 정성을 다해 화장을 하는 그녀를 보는 재훈의 눈엔 제 여자를 향한 사랑으로 가득 차 있었다.

* * *

네 사람은 아침 식사를 한 후, 어제 공항에서 호텔로 올 때 탔던 봉고차에 탔다. 크루즈 선착장까지 30분은 차를 타고 가야 했다. 앞좌석에 태주와 하연이 타고, 뒷좌석에 재훈과 진주가 앉았다. 차가 5분 정도 달리자 태주와 하연은 서로 머리를 맞대고 잠들었다. 진주는 그런 두 사람을 보며 키득 웃었다.

"태주랑 하연이도 못 잤나 봐."

"그러게. 정신을 못 차리고 자네."

아침에 어떻게 일어났나 싶네.

하연이 머리를 쿵 떨어뜨리며 잠에서 깨자 태주가 손으로 하연의 머리를 어깨에 기대게 하였다. 하연은 금세 다시 잠들었고, 태주는 잠에서 깼는지 창문 밖 풍경을 보고 있었다.

"태주야. 수영복 챙겼어?"

"응."

"혹시 환전했어?"

"아니?"

"어…… 재훈아 너도 환전 안 했다고 하지 않았어?"

"응. 안 했어."

환전도 안 했는데 그럼 돈은 어떻게 내? 진주가 황당한 표정을 지었다. 혹시 몰라서 베트남 돈을 환전하긴 했는데, 급하게 나오느라 깜빡 잊고 호텔에 두고 왔다.

"나 환전했는데 호텔에 두고 왔어. 차 돌리자."

재훈과 태주는 걱정 하나 없이 평온해 보였다. 괜히 걱정으로 안달 난 진주가 재훈의 허벅지를 손바닥으로 탁탁 때리며 얼른 차 돌려달라고 하였다.

"진주야. 크루즈 투어 물어보니까 달러도 받는대."

"진짜? 그럼 기사님께도 달러 드려도 돼?"

"미리 말해 놔서 돼."

"다행이다. 걱정했네. 시내 갈 땐 내가 환전했으니까 그거 쓰자."

태주도 달러로 사용할 수 있다는 걸 알고 있었는지 별로 놀라워하지 않았다.

　선착장에 도착하자 태주는 하연의 어깨를 흔들어 깨웠고, 네 사람은 배에 올랐다. 크루즈라고 해서 엄청 큰 배를 생각했는데, 수용할 수 있는 인원이 그렇게 많지 않은 배였다. 관광객이 오늘은 별로 없는 모양인지 크루즈를 타는 인원은 네 사람이 나였다.

　"이거 통째로 빌린 거야?"

　"아니. 이건 정말 우리밖에 관광객이 없는 거 같아."

　"진짜지?"

　"그럼."

　하연과 태주가 하는 말을 들은 진주가 신난 표정으로 재훈에게 왔다.

　"아싸! 우리끼리 배 탄다!"

　"그렇게 좋아?"

　"응. 여러 명이서 탈 줄 알았는데 넷만 타니까 좋지."

　"그럼 앞으로도 여행할 때 소수로 하게 할까?"

　"아니…… 남의 것까지 돈 써서 우리끼리 여행 가는 거랑 우연히 우리 것만 냈는데 우리끼리 가는 거랑 느낌이 다르거든! 후자가 더 기분이 좋아."

　"결과는 같지 않나. 네 사람만 가는 거."

　결과는 같지만, 과정이 다르지. 그러니까 결국 두 가지는 다른 것이다. 우연이 가져온 결과는 두 배의 행복을 주지만, 억지로 그 결과를 만드는 건 재훈과 태주에게 미안함이 들 뿐이었다. 굳이 그렇게까지 하지 않아도 잘 놀고, 잘 즐길 것이기 때문에.

　"배 출발한다!"

직원의 안내와 함께 배가 출발했다. 차에 탔을 땐 괜찮았는데, 배에 타고 있으니 바람이 불어도 습해서 덥게 느껴졌다. 벌써부터 땀이 나는 것 같았다. 직원은 에어컨의 온도를 낮추고 바람 세기를 세게 조절했다.

크루즈는 바다를 가로질러 미끄러지듯 나아가더니 섬 주변에 멈췄다. 그들은 요트로 바꿔 타고 섬으로 들어왔다. 그 섬에는 열 명도 안 되는 관광객이 바다에서 수영을 하고, 의자에 누워 몸을 태우고 있었다.

한가로운 느낌. 아무 고민도 없이 쉬러 온 사람들. 웅성거리는 말소리 대신 바닷바람과 파도가 부딪치는 소리만 들렸다. 그리고 알아들을 수 없는 베트남 직원들의 말소리가 배경음처럼 섞였다. 호텔에서는 관광객이 많아서 이런 느낌이 아니었는데, 이곳에 오니 마음의 근심이 사라지는 것 같았다.

"저기서 수영복 갈아입으면 돼."

"응. 나랑 하연이 먼저 갈아입고 올게."

진주는 하연과 수영복을 챙겨서 탈의실로 갔다. 한 사람만 들어갈 수 있는 탈의실은 딱 보기에도 간이용으로 설치된 것 같았다. 진주랑 하연, 두 사람이 들어가기에 비좁았다.

하연이 먼저 들어가서 비키니를 입고 나왔다. 진주는 재훈과 둘이었으면 비키니를 입었을 테지만, 태주랑 하연이도 함께이기 때문에 모노키니를 골랐다. 위아래가 붙어 있지만, 가슴골이 언뜻 비치는 수영복이었다. 포인트는 옆구리 양쪽이 노출된다는 점이었다.

혹시 몰라서 모노키니 카디건 세트를 준비했는데 잘한 모양이었다. 카디건으로 모노키니를 여미고 나가자 하연이 휘파람을 불었다.

"으아…… 홍진주, 뭐가 이렇게 야해?"

"가릴 거 다 가렸는데."

"비키니보다 더 야해."

"……나도 비키니 생각했지. 근데 우리가 이렇게 다 헐벗고 만난 적이 없으니까 너무 이상한 거야. 재훈이랑 넌 괜찮은데, 태주는 뭔가…… 아빠 앞에서 비키니 입은 모습을 보여주는 거 같달까?"

"어? 나도…… 재훈이 앞에서 그런 느낌 들어."

진주의 말에 하연도 공감했다. 어릴 적부터 봐 와서 그런가. 비키니를 입으면 자연스레 가슴이 노출되는데, 그걸 남자 친구가 아닌 오래된 남자 사람 친구한테 보여준다고 생각하니 민망함을 넘어서 아빠 앞에서 비키니를 입은 느낌마저 들었다. 하연도 재훈의 앞에서 그런 느낌이라니. 서로 웃음이 나와서 두 사람은 깔깔 웃었다.

"쟤네도 그럴까? 태주는 나한테 보이기 민망하고, 재훈인……."

"재훈인 연예인이라 광고 촬영도 많이 해봤으니까 안 민망해할 거 같아."

그렇게 말하며 두 사람은 재훈과 태주가 누워 있는 썬 베드로 갔다.

두 남자에게 다가갈수록 진주와 하연은 볼이 상기되었다. 재훈이야 원래 몸 좋은 거 세상 사람들 다 알고 있었지만 실제로 이렇게 밝은 대낮에 보니 더 조각 같아서 할 말을 잃게 만들었다. 그 옆에 선 태주의 상체도 재훈과는 근육의 모양이 다르지만 멋있기는 매한가지였다. 태주에게서 풍기는 분위기가 짐승 같았다.

"우리끼리 오길 잘했어."

"아냐. 다른 팀이 이미 두 사람 보고 있어."

키득거리는 진주와 하연은 두 사람에게 다가오고 있는 남자를 보지 못했다. 그들 바로 앞에 선 외국인 남자 몇몇이 진주와 하연에게 영어로 말을 걸었다.

「어디서 왔어요?」

「한국이요.」

「와우. 우리는 프랑스에서 왔어요.」

베트남이 오래전 프랑스의 식민지였다고 하던데. 그 생각이 먼저 났다. 이래서 주입식 교육이 무서운 거다. 베트남과 프랑스 두 단어만으로도 식민지가 떠오르다니.

「우리 맥주 마시고 있는데, 나트랑에 며칠 있어요? 저흰 베트남 일주하려고 배낭여행하고 있어요.」

「아, 저희는……」

진주가 답을 하려는 찰나, 재훈이 와서 진주의 어깨를 감싸 안았다.

「무슨 일이시죠?」

정중한 영어 발음과 다르게 재훈의 표정은 살벌했다. 그 옆에 선 태주가 큰 타월을 하연의 어깨에 둘러 주었다. 꽁꽁 싸매듯 감싼 후 하연을 뒤로 숨겼다.

「각자 놀죠. 휴가로 오신 거 같은데.」

「혹시, 한국 배우?」

그중 키가 작은 외국인 남자 하나가 재훈을 알아보고 물었다.

재훈이 맞다고 하자 그는 환호성을 지르며 놀랍다는 감탄사를 연이어 했다. 그러더니 방금 전 진주와 하연에게 집적댔던 것도 잊고 재훈에게 사진을 찍어달라고 졸랐다. 재훈은 네 사람이 노는데 방해하지 말아달라는 부탁과 함께 그들과 사진을 찍어주었다.

"프랑스 사람이 어떻게 널 알아봐?"

"미드에 조연으로 출연한 적 있었는데, 그게 시즌이 계속되면서 여기저기 수출되나 봐. 외국 가도 몇몇은 알아보더라고."

"……후니, 멋져."

진주의 칭찬에 재훈은 머리를 긁적였다.

"바다 위에서 하는 패러글라이딩 결제했어. 타러 가자."

"어떤 거? 설마 저……거?"

진주는 모래사장에서 바다로 걸어가다가 붕 떠서 하늘을 나는 패러글라이딩을 손으로 가리켰다. 보트랑 줄이 연결되어 있어서 멀리 날아가진 않고, 정확히 직원들이 있는 장소에 뚝 떨어지긴 하지만 보고 있는 것만으로도 다리가 달달 떨렸다.

"우리 저거 탄다고? 니랑 너랑?"

"응. 너랑 나랑 타고, 태주랑 하연이랑 타고."

"……나 못 타, 재훈아."

진주가 고개를 절레절레 저었다. 그사이 그럼 태주와 하연이 먼저 타겠다며 앞으로 왔고, 직원은 안전 장비를 채웠다. 구명조끼를 입어서 바다에 빠지더라도 죽진 않을 거 같긴 했다. 앞 팀이 하는 거 보니, 하늘을 나는 시간은 고작 5분 정도인 거 같았다.

"무서우면 하지 말까?"

"으응. 재훈이 넌 타봤어?"

"응."

"무서워? 줄이 끊기거나 위험한 일은 없지? 안전한 거 맞지?"

학창 시절 놀이기구도 잘 타지 못했던 그녀는 태주와 하연이 순식간에 하늘로 올라가자 놀라서 입도 벙긋하지 못했다. 하연이 꽤 애액 소리를 질렀는데 그걸 듣고 진주가 더 겁에 질렸다.

"엄청 무서운가 봐."

"올라갈 때 잠깐 그런 거야. 저기 봐봐, 하연이 엄청 즐거워하는 거 같은데?"

저 위에 올라탄 하연이 안전 기구에 의지해서 양팔을 뻗고 발을 동동 구르고 있었다. 보트가 멀리 움직이자 그들도 멀어졌다. 한 바퀴 빙 돌아서 출발지로 올 때까지 진주는 마음을 정하지 못했다.

꺄아아아악! 마지막에 바닷물에 빠질 때 하연이 소리를 질렀지만, 바다에 빠지고 나선 아무 소리도 나지 않았다. 물에서 나온 두 사람은 머리부터 발끝까지 쫄딱 젖어 있었다.

"하연아, 재밌어?"

"응. 스릴 있어. 최고야."

"진짜?"

"어. 너 안 타면 후회한다. 분명."

하연이 확신하는 어투로 말했다. 그렇지만 코와 입에 바닷물이 들어갔는지 계속해서 기침을 하며 켁켁거렸고, 코는 매운지 나중에 눈물까지 그렁그렁 맺혀 있었다.

"바닷물이 한국보다 더 짠 거 같아."

"태주 넌 어땠어?"

"재밌었어."

"그래?"

둘 다 재밌다고, 안 타면 후회할 거라고 하니 마음이 흔들렸다. 재훈도 같이 타고 싶어 하는 거 같은데. 진주는 용기를 내기로 했다.

"그래, 타자! 타는 거야."

패러글라이딩을 타는 동안 하도 소리를 질러서 목이 쉴 거란 생각도 못 하고, 진주는 자신 있게 모래사장 중간에 떡하니 섰다.

진주는 직원의 안내에 따라 두 다리를 안전띠 안에 넣고, 낙하산처럼 생긴 곳에 연결하는 동안 덜덜 떨었다. 두 사람이 타면 양옆에서 타는 줄 알았는데, 그녀가 앞, 재훈이 뒤였다.

"아까 태주랑 하연인 바로 옆에서 타지 않았어?"

"아니. 앞뒤로 탔어."

"그랬어? 왜 옆으로 봤지?"

"네가 긴장해서 그래."

진주의 몸에 안전 장비 설치가 끝나자, 직원은 재훈의 몸에도 해주었다.

「손 이렇게 꽉 잡으시고요, 발은 이렇게 두두두 뛰어가다가 번쩍 들면 됩니다.」

"두두두두? 점핑?"

당황한 진주가 어버버거리며 직원이 했던 동작을 따라 했다. 번쩍 손을 들고 있으면 된다는 말에 손등이 하얗게 될 정도로 세게 끈을 움켜잡았다.

직원의 사인에 따라 보트가 움직였다. 길게 둘둘 말려진 끈이 팽

팽하게 당겨지고 직원이 신호를 주었다. 진주는 직원의 말처럼 모래사장을 두두두두 뛴 다음 바닷가에 발이 닿았을 때 발을 들었다. 그와 동시에 재훈과 진주는 저 멀리 하늘로 올라갔다.

"꺄아아아아아아악!"

눈도 뜨지 못한 채 진주가 소리를 꽥 질렀다. 높이 올라간 상태에서도 그녀는 꽥꽥 소리 지르는 것을 멈추지 않았다. 재훈은 재밌는지 양팔을 뻗으며 같이 소리를 지르다가 진주에게 괜찮냐며 계속 물어왔다.

"괜찮…… 꺄아아아!"

"정말 괜찮아?"

"어어, 어어어어아아아악!"

보트가 반대 방향으로 회전을 할 때 높이 떠 있던 그들이 바다에 곧 닿을 것만 같이 수면에 가까워졌다. 꼭 바다에 빠질 것만 같았다. 발이 닿을 것 같아서 진주는 할 수 있는 한 최대한 쫙 벌렸다. 살기 위해 허벅지가 뻐근해질 때까지 두 다리를 벌려서 그랬는지 다행히 바다에 닿진 않았다.

회전을 해서 다시 앞으로 쭉 나아가자 두 사람은 아까의 높이로 다시 올라갔다. 팽팽하게 당겨진 끈을 보고, 아래로 펼쳐진 바다를 보고 있노라니 이 끈이 끊어지면 어쩌나 하는 불안감이 들었다.

"무서워어! 줄 끊어지면 어떡해!"

진주가 소리를 지르자 재훈에게서 웃음소리가 들렸다.

"내가 구해줄게!"

"너 수영 잘해?"

"어. 너 구할 정도는 돼."

"……그래도 빠지기 싫어!"

한국에서의 바다는 물이 찼는데, 여기 바다는 수영장도 그렇고 호텔 쪽 바다도 그렇고, 섬 쪽 바닷물도 그렇고 전체적으로 따스한 편이었나. 그래서 바닷물에 들어가도 춥다는 느낌을 받지 못했다. 고로 빠져도 심장 마비로 죽을 거 같진 않은데……. 아무것도 보이지 않는 심해, 다리 아래로 어떤 물고기가 지나다닐지 모른다고 생각하니 끔찍한 기분이 들었다.

소리 지르는 것도 잊고 진주가 굳을 때쯤 비행이 끝났다.

"진주야, 곧 빠진다. 숨참아."

"빠져? 언제? 곧? 으아아아……읍!"

꼬로록. 그대로 바다에 입수한 그녀는 소리를 지르다가 빠져서 코와 입으로 바닷물이 들어왔다.

직원이 오기도 전에 재훈이 먼저 그녀의 허리를 안아 위로 올렸다. 수면 위로 올라온 그녀는 켁켁거리며 재훈에게 와락 안겼다.

"코 매워."

에취, 에취. 아까 하연처럼 그녀는 계속해서 기침을 했다. 바닷물이 왜 이렇게 짠 거야. 눈도 따갑고, 코는 맵고, 목은 아팠다.

몇 년은 나이가 먹은 사람처럼 퀭해진 진주가 물 밖으로 나왔다. 그 모습을 본 하연이 깔깔 웃었다.

"진주 할머니, 나오셨어요?"

"켁, 켁. 죽을 거 같아."

"그래도 재밌지?"

태주의 말에 진주는 고개를 좌우로 저었다. 재밌긴 개뿔!

"다신 안 타."

"그렇게 무서웠어? 홍진주, 진짜 귀엽네."

재훈이 그녀의 두 볼을 잡아 늘리며 귀엽다며 앞에서 싱긋 웃었다.

"어린애 같아."

"……이건 아이나 어른하고 상관없거든. 어른이라고 놀이기구 다 잘 타야 하는 것도 아니고."

"탓하는 게 아니라, 너 귀엽다고."

재훈은 그 말을 하며 빠르게 입을 맞췄다가 뗐다.

"애들 보잖아."

"뭐 어때? 우리 공중에 뜰 때 쟤들도 다 했어."

"진짜?"

진주가 하연과 태주를 보며 추궁하는 눈빛을 보냈다.

"……김재훈 눈 왜 이렇게 좋냐? 저 위에서도 그게 보여?"

하연은 오히려 그걸 본 재훈이 놀랍다는 듯 고개를 절레절레 저었다.

서로 눈치를 보던 네 사람은 동시에 바다로 뛰어 들어갔다. 누가 시키지도 않았는데 커플끼리 팀이 돼서 상대편을 빠뜨리고, 그럼 복수하겠다며 각자 연인을 보호하며 반대편은 물속으로 밀어 넣었다. 태주가 진주를 공격하면, 재훈은 하연을 번쩍 안아 바다로 던져버렸다. 반대로 재훈이 하연을 빠뜨리면, 태주가 다가와 진주가 바닷물을 먹도록 하였다.

하연과 진주는 몇 번 물을 먹다가 짜증이 나서 서로 눈을 마주보고 사인을 보냈다. 진주는 재훈을, 하연은 태주를 공격했다. 이

거 계속해 보니까 결국 물을 먹는 건 진주와 하연인 것이었다. 그러니 각자 남자 친구를 공격하면 태주와 재훈도 바닷물을 먹는 거였다. 여자 친구를 던지지 못할 테니까⋯⋯. 그러나 그건 오산이었다. 태주는 물을 먹자마자 하연을 안은 채로 바닷속으로 푹 꺼졌고, 재훈은 진주를 삽으려고 두 팔을 뻗었다.

"잘못했어."

"⋯⋯이리 와. 홍진주."

"꺄아악. 잘못했어."

아무리 빨라도 수영을 잘하는 재훈을 이길 순 없었다. 두 발로 빠르게 가고 싶어도 물속이라 쉽지 않았다. 금방 따라잡힌 그녀는 재훈 앞에 두 손바닥을 붙이고 고개를 저었다.

"물 그만 먹을래. 응? 응?"

"감히 날 물 먹여?"

재훈이 엄한 표정을 짓다가 사악하게 웃으며 그녀를 양팔로 감싸 공주 안기 자세로 안았다. 진주는 그의 목에 두 팔을 감아 매달렸다. 발을 동동 구르며 물을 먹기 싫다고 꽥꽥 소리를 지르자 재훈이 피식 웃으며 발이 닿도록 바다에 서서히 내려주었다.

"후, 십 년 감수했네."

"하연이 골난 거 같은데? 우리한테 사인 준다."

"그래?"

재훈도 하연을 본 모양인지 손을 푸는 게 보였다. 그럼 공격 대상이 한 사람으로 좁혀진 건가.

남자 친구가 자신을 무자비하게 바닷물 속으로 빠뜨린 것에 대해 이를 갈고 있던 하연은 다시 한 번 태주가 장난을 치자 진주와 재훈에게 눈빛과 손짓으로 SOS를 보냈다.

진주와 재훈은 손을 잡은 채로 태주에게 다가갔다. 하연까지 셋이서 합세해서 태주를 물에 빠뜨리고 물을 먹도록 하였다. 태주가 물 밖으로 나오면 셋이서 물장구를 쳐서 얼굴로 물이 튀게 하였다.

한참 당하던 태주가 물속에서 수영을 해 와 진주의 발목을 잡고 끌어내렸다.

"꺄아……윽!"

꼬로록. 물을 먹은 진주가 물속에서 몸부림을 쳤다. 재훈이 태주를 밀어내고 진주를 일으켜 세웠지만 그녀는 갑작스러운 공격에 눈과 코가 따가워진 상태였다.

네 사람은 격렬했던 물놀이를 끝내고 모두 썬 베드로 와서 드러누웠다. 맑은 하늘을 보고 있으니 구름이 몸으로 쏟아질 것 같았다.

「바구니 배 타실래요?」

직원이 그들 주위를 돌아다니며 바구니 배도 체험하면 어떠냐고 묻고, 싫다고 하자 망고 주스는 어떠냐며 영업을 해 왔다.

크루즈를 제외한 모든 것은 추가로 돈이 들었다. 패러글라이딩도 마찬가지고. 베트남 돈이 없어서 돈이 없다고 대답하자, 직원은 '카드'도 된다고 하였다. 마스터카드? 비자? 그들이 있는 카드가 뭔지 찾겠다는 듯 질문을 던져왔다.

끝까지 포기하지 않는 직원을 보며 재훈이 카드로 망고 주스 네 잔을 사 주었다. 호텔에선 공짜로 나오던 음료가 관광지에 와서 먹으니 배로 비싼 금액에 책정되었다.

돈은 아깝지만 막상 마시니 순식간에 얼음만 남았다. 물놀이는 체력이 많이 소모되는 게 사실이라 진주와 하연이 망고 주스를 마시고 썬 베드에 눕자 잠이 솔솔 쏟아졌다.

"재훈아, 나 졸려."

"안 돼. 우리 삼십 분 뒤에 다시 배 타야 돼."

"……솔솔 온다."

밤에는 재훈에게 시달리고, 아침에 일어나자마자 배를 타고 패러글라이딩을 타서 하늘을 날고, 바다에서 물놀이를 하고.

재훈과 태주는 체력이 넘쳐나는지 두 여자를 두고 모래사장으로 나왔다. 스노클링 장비를 찬 그들은 바닷속으로 헤엄쳤다.

"쟤넨 수영도 잘하네."

"그러게. 언제 저걸 또 배웠대?"

구명조끼도 안 한 채로 바다를 잘도 헤엄쳐 다녔다. 앞바다가 깊진 않지만 조금 더 가면 분명 어느 순간 훅 깊어질 텐데. 그들이 빠질까 봐 무서워서 잠이 깬 두 여자는 제 남자를 눈으로 좇았다. 다행히 그들이 스노클링을 끝내고 물 밖으로 나올 동안 다리에 쥐가 나서 바다에 가라앉는 일은 없었다.

재훈은 진주 옆 썬 베드에 누웠다. 그러더니 진주의 손을 잡고 타월로 두 사람의 몸을 덮었다.

"한숨 자자고? 알람 맞췄어?"

"아니."

그는 손을 뻗어 진주의 노출된 허리를 쓰다듬더니 둔덕으로 올라왔다.

"아까부터 흥분돼 미치겠더라."

"……정말?"

"이거 뭔데 이렇게 야해?"

"야하다고? 가릴 데 다 가렸는데?"

하연이 했던 말처럼 재훈도 느끼는 바가 같은 모양이었다. 오히려 노출되는 부분은 비키니보다 훨씬 적은데 재훈은 이게 더 섹시하게 느껴진다며 야하다고 하였다.

"이따 호텔에서도 입어줘."

"이거를?"

"응. 입고만 있어도 하고 싶어져."

"……짐승."

"그래도 할 말 없다. 사실이니까."

재훈은 몸을 꿈틀대며 그녀에게 다가왔다. 그러다 안 되겠는지 그냥 몸을 일으켜서 진주가 누운 썬 베드로 갔다. 그 좁은 공간에서 진주는 그의 몸 위로 올라가 누웠다. 재훈의 다 벗은 상체와 몸이 맞닿았다. 바닷가의 고운 모래들이 발끝에 까끌거렸다. 진주가 발바닥으로 재훈의 다리를 쓸자 그가 아픈지 인상을 썼다.

"진주야."

"응?"

"이따 배 다시 타려면 불 좀 꺼줘야 할 거 같은데."

"……."

진주는 그가 하는 말을 모를 수가 없었다. 그 꺼야 할 불은 다리 사이에 있었으니까.

발과 다리에 붙은 모래 때문에 몸을 비비는 순간에도 까끌거렸다. 불을 꺼달라는 재훈을 위해 진주는 몸을 겹친 상태로 손을 밑으로 내렸다.

"태주랑 하연이는?"

"멀찍이 떨어져서 바닷가로 갔어."

"……너 알아보는 사람은 어떡해?"

진상 커플로 아무개 사이트에 돌아다니다가 그 남자가 김재훈이라고 소문이 나면 이미지에 큰 타격을 받을 것이다. 진주가 슬그머니 손을 빼자 재훈이 그녀의 손목을 잡았다.

"해줘."

"지금?"

"응. 손으로라도."

그의 간절한 표정에 진주는 거부할 수가 없었다. 대신 재훈을 옆으로 눕게 한 후 그 좁은 틈을 비집고 들어가 그녀도 옆으로 누웠다. 그리고 그를 꽉 안았다. 다리까지 겹쳐진 채로 달라붙으니 종이 한 장 들어갈 틈도 없었다.

재훈은 그들의 몸집을 덮을 만큼 큰 비치 타월 두 개를 이불처럼 덮었다. 얼굴만 외부에 노출시킨 그들은 서로를 보며 키득 웃었다.

"이렇게까지 하는 나 자신이 웃긴데, ……진주 너랑 붙어 있으니까 발정 난 개새끼가 된 기분이야."

"하아……."

그의 복근을 손으로 만지자, 그도 그녀의 허리를 손으로 쓸었다. 허리를 쓸고 내려간 손이 허벅지를 쓸고 더 위로 올라와 둔덕을 쥐었다. 그의 손에서 마음껏 모양을 달리하는 걸 느끼며 그는 아예 비치 타월 속으로 얼굴을 넣었다. 빨아들이는 입심이 수영복 위로도 느껴졌다.

오도도, 솜털이 일어서는 느낌에 진주가 다리 하나를 그의 허벅지 위에 올렸다. 재훈은 그 순간을 놓치지 않고 그녀의 허벅지 사이로 손을 미끄러뜨렸다. 모래와 소금물이 섞여 살결이 뻣뻣했지만 그의 손길은 부드럽기만 했다. 수영복 안으로 밀고 들어오진 않았지만, 그 위로 그는 거리낄 것 없이 만졌다. 얇은 수영복은 몸에 밀착되어 있어서 옷의 기능을 하지 못했다. 그가 만질 때마다 꼭 살결을 만지는 느낌이었다.

"으읏……."

모노키니 수영복 안으로 손가락이 들어올 듯 말 듯 언저리를 맴돌았다. 점점 흥분해서 몸에 열이 나기 시작한 진주가 그의 몸 끝을 덥석 잡았다.

"윽, 홍진……주."

작게 읊조리는 그의 목소리가 사포를 긁는 것 같았다. 그가 눈을 감으며 몸에 힘을 풀고 썬 베드에 털썩 누웠다.

"돌겠네."

그가 마른세수를 하며 눈을 감았다. 그녀의 작은 손가락이 꼬물거리며 만지고 건드릴 때마다 재훈의 잇새로 거친 숨이 터졌다.그러다 진주가 타월 안에서 점점 그의 가슴과 배에 입을 맞추며 아래로 내려가자, 재훈은 더는 내려가지 못하게 그녀의 허리를 잡아 위로 올렸다.

옆으로 누운 그들이 얼굴을 마주 본 상태로 누가 먼저랄 것도 없이 입을 맞추었다. 두 입술이 부딪치며 젖은 소리가 흘렀다. 재훈은 몸을 겹쳐 그녀의 살결에 몸을 문대며 다리 사이로 파고들었다.

"아프면 말해."

"지금 하…… 하게?"

진주가 격하게 숨을 몰아쉬며 손등으로 입술을 비볐다. 그에게 깨물린 아랫입술이 따가웠다. 그는 그녀의 목선에 거칠게 입을 맞추며 수영복 틈을 비집고 들어왔다.

"앗."

놀란 진주가 그의 팔을 손으로 꾹 쥐었다.

"이렇게만."

"……읏. 재훈아. ……아."

두 사람이 눕기에는 비좁은 썬 베드라 그들에게 조금의 움직임도 허락하지 않았다. 말 그대로 서로를 꽉 안고 꼭 붙어 있는 것밖엔 할 수 있는 게 없었다.

재훈은 탁한 숨을 쉬고 그녀의 살결을 할 수 있는 한 최대한 빨아들이며 아쉬움을 달랬다. 결국 진주가 타월 속으로 들어와 손과 입으로 그를 만족시킨 후에야 재훈의 불은 꺼질 수 있었다.

태주와 하연이 썬 베드 쪽으로 오는 걸 본 재훈이 진주의 두 볼을 잡고 쪽쪽 입을 맞췄다.

"너 얼굴이 빨개."

"진짜? 하연이랑 태주가 이상하게 생각할 거 같아."

"더워서 빨간 거라고 하면 되지. 지금 해가 세잖아."

재훈이 하늘을 손으로 가리켰다. 그의 말대로 선크림을 아무리 발라도 해가 너무 세서 몸이 빨갛게 익고 있었다.

태주와 하연이 그들이 있는 곳까지 왔을 때, 진주는 재훈이 하라는 대로 말을 했다.

"아, 너, 무, 덥, 다. 얼마나 더운지, 하하. 온몸이 탈 거 같아."

누가 봐도 어색한 그녀의 말에 태주는 피식 웃으며 재훈을 보았고, 하연은 머리를 긁적였다.

"덥, 덥긴 하지."

대답을 하는 하연의 볼도 붉었다. 태주의 래시가드 후드 집업을 걸친 하연은 비키니가 쏙 감춰진 상태였다. 다리를 제외하고 온몸을 모두 가린 것이다.

"하, 하, 하."

"하하하하."

두 여자는 서로를 보며 웃었다.

"배로 돌아가자. 점심 먹어야지."

"응. 점심은 뭐 나와?"

"해산물 나온대."

재훈의 대답을 들으며 진주는 그에게 팔짱을 끼었다. 바다에서 놀다 온 태주와 하연도, 썬 베드에 있던 진주와 재훈도 몸에 물기가 다 말라 있는 상태였다. 그들의 몸에 남은 건 모래 가루뿐이었다.

* * *

크루즈 위에서 식사를 끝내고 그들은 호텔로 와서 마사지를 받았다. 저녁 7시까지는 수영장에 가도 되지만, 네 사람은 모두 쨍한 햇볕 아래 지친 상태라 마사지를 선택했다. 시내에서 받는 마사지보단 비싸지만 그래도 온몸의 피로가 사르르 풀리는 느낌이었다. 마사지를 받은 후엔 호텔로 가서 낮잠을 자고, 저녁 시간이 되었을 때 네 사람은 다시 만났다.

"볶음밥 하나만 먹어도 왜 이렇게 꿀맛이지. 재훈아, 나 이거 먹어도 돼?"

진주는 본인의 접시에 있는 볶음밥을 맛있게 먹고, 재훈의 접시를 탐냈다. 그가 접시를 밀어주자 그녀는 개의치 않고 꼬치구이를 손에 쥐었다.

"콜라 갖다 줄까?"

"아니, 맥주!"

"하연인?"

"나도! 콜!"

재훈은 두 사람의 오더를 받고 자리에서 일어났다. 그러자 태주가 테이블을 똑똑 두드렸다.

"난 안 묻냐?"

"응. 내 손은 두 개뿐이잖아."

재훈이 열 손가락을 펴서 보여주었다. 태주는 피식 웃으며 새로 음식을 담을 겸 일어났다. 두 남자는 열심히 먹고 있는 여자 친구를 위해 과일과 맥주를 가져오려 뷔페로 갔다.

"나 방 바꿨다."

"어디로?"

"저 위로."

박태주는 언제나 행동력이 빨랐다. 재훈도 방을 바꿀까 고민하던 찰나였는지라 태주의 말이 더 반가웠다.

"옆방 취소한 거 아니고, 추가로 하나 더 잡은 거니까 편하게 써."

"고마워."

방음이 안 되도 서로 다른 나라, 모르는 사람이면 모를까. 두 사람도 넷이 친구처럼 지낼 때가 있었기에 조심하는 부분이 있었다.

"지하연 진짜 먹는 모습도 예쁘네."

"적응 안 돼. 박태주."

하연에게 상처 줄 땐 언제고. 그때의 태주랑 지금은 앞뒤가 다른 것처럼 아예 다른 사람 같았다. 뒤늦게 사랑을 알아차린 태주는 불도저처럼 하연을 밀어붙였고 결국 사랑을 쟁취했다. 지금은 어느 누구에게도 뺏기지 않기 위해 날 선 상태이며 적극적으로 구애를 하고 있었다.

"얼른 진주랑 평생 같이 있고 싶다."

"팔불출."

"그러는 넌."

"이래서 친구는 닮는다고 하나 봐."

재훈의 한 손은 과일이 담긴 접시, 다른 손엔 맥주잔을 들고 있었다. 태주는 케이크와 맥주잔을 들었다.

들고 있는 모양새가 비슷해서 재훈은 피식 웃었다. 친구는 닮는다는 말이 맞나 보다. 연애도 똑 닮았다. 진주가 예뻐서 어쩔 줄 모르겠고, 보고만 있어도 입 맞추고 싶고, 자꾸 손이 가는 그 모양새를 태주가 똑같이 하고 있었다.

그러다 닮겠다. 그 소리가 절로 나올 정도로 두 남자는 여자 친구를 보는 눈빛에서 꿀이 뚝뚝 떨어졌다.

* * *

드디어 둘만의 시간. 진주는 침대에 걸터앉아 재훈이 호텔 방 안을 오가는 모습을 살폈다. 오늘 입었던 옷과 수영복을 진주가 깨끗이 빨아 놨는데, 그가 욕실에서 인간 건조기처럼 물기를 짰다. 깨끗하게 짠 수영복과 겉옷을 베란다에 너는 걸 지켜보는 그녀는 저 남자가 내 남자라는 뿌듯함에 절로 웃음이 번졌다.

"나 이렇게 스케일 크게 연애하는 거 처음이야."

"나도 그래."

"사이판에, 상해에, 나트랑까지. 너랑 연애한 지 얼마 안 됐는데 벌써 비행기 타는 것만 세 번째야. 너무 신기해."

재훈은 할 일을 마친 후 소파에 앉았다. 침대에 앉은 그녀와 소파에 앉은 그가 마주 본 채로 대화를 이어갔다.

"국내보다는 해외가 시선을 덜 신경 쓸 수 있으니까. 많이 불편하지?"

"아니, 너무 좋아. 내가 직장인인 게 세상에서 제일 슬프다. 나 이제 월차도 다 썼어."

휴가도 쓰고, 월차도 쓰고……. 내년 거도 당겨써서 내년에는 여름휴가 때 아니고선 어디 가지 못할 확률이 높았다.

"거긴 프리랜서론 일 못 하지?"

"병원 원무팀에 프리랜서가 어디 있어."

"원무팀 일 재미있어?"

"일이니까 하는 거지, 뭐. 열심히."

진주의 말에 재훈은 앉은 채로 곰곰이 고민하더니 방법을 찾았다는 듯 얼굴이 환해졌다.

"김재훈 원무팀은 어때?"

"그게 뭐야."

"덕재 형 아이가 아프면서 매니저 일 못 하게 됐고, 창석이 형은 샤인 프로덕션하고 합칠 계획인 거 같은데. 샤인으로 같이 가도 되고, 나 같은 경우엔 따로 홀로서기 해도 되거든."

"……진짜?"

"응. 샤인에 재신이 형이랑 미팅 한번 할 건데."

샤인 프로덕션 유재신 대표? 진주의 질문에 재훈이 고개를 끄덕였다.

"그 큰 기획사로 간다고? 하긴. 할리우드 진출한 배우도 그렇고, 거기가 유명한 사람 다 데리고 있잖아."

"응. 맞아. 나는 진주 네가 날 관리해주면 좋겠어."

"내가? 나 그쪽 일 하나도 몰라."

"와서 배우면 다 비슷해. 일머리 있으면 어딜 가도 다 적응하더라. 그리고 내 멘탈 관리가 진주 네 전문이잖아. 이리 와, 우리 비타민 홍장군."

그가 양팔을 벌렸다. 그녀는 못 이기는 척 침대에서 일어나 그에게 다가왔고, 그는 서 있는 그녀의 허리를 팔로 꽉 감싸 안았다. 가슴에 얼굴을 대고 꼭 안고 있으니 포근하고 좋았다.

"사랑스러운 향이 나. 너한테선."

"같은 바디 워시랑 샴푸인데?"

"가끔 은퇴하고 싶은 생각도 들어. 너랑 어디 섬에 갇혀서 이러고만 있고 싶어서."

"미쳤어, 미쳤어!"

진주가 그의 등짝을 찰싹 내리쳤다.

"나도 알아. 미친 거."

"알아서 다행이야."

진주는 그의 고백에 좋으면서도 실제로 그런 일이 벌어질까 봐 철저하게 단속했다. 지금까지 쌓아 온 게 얼만데, 그걸 버려.

"나 홍진주한테 미쳤잖아."

"알아요, 안다구요. 김재훈 씨."

"딱딱하게 부르지 마. 다정하게 대해줘."

그녀는 그의 애교에 피식 웃었다. 그러면서 얼굴을 그녀에게 문대는데 강아지 같단 생각이 들었다. 덩치가 산 만한 개.

"빨리 결혼하고 싶다."

양가 허락은 받았고, 상견례도 끝났고, 날짜만 잡으면 되는 상황이었다. 문제는 다른 곳에 있었다. 재훈은 결혼을 빨리 하고 싶어 했지만, 원스타 조창석 대표는 시기를 내년으로 미루길 바랐다. 혹시 홀로서기를 하려는 이유도 그것 때문에 부딪친 건 아닐까.

그래도 조 대표님과 덕재 오빠는 재훈을 진심으로 아끼는 분들이셨다. 재훈이 회사를 먹여 살리긴 하지만, 돈으로만 보고 일을 하던 사람들은 아니었다. 그래서 그들이 시기를 미루길 원하는 거면 분명한 이유가 있을 거였다.

"창석이 형이 나 빼고 키운 애들 다 족족 잘 안 돼서 힘든가 봐. 투자비도 감당 안 되고. 그래서 미안하지만 남은 연습생들 다 데뷔시키고 키우기 위해서 큰 결심을 한 모양이야. 원하면 계약 해지도 해준다는데, 일단 재신이 형 만나서 얘기해 보고 정하려고.

그러고 나면 우리 날도 잡자."

"응."

"응이 끝이야? 더 물어볼 건 없고?"

"네가 고민해서 내린 결정인데 물어봐서 뭐해. 어련히 잘했겠지. 잘했어, 김재훈."

진주는 그의 머리를 쓰다듬다가 슬며시 상체를 떼고 고개를 숙여 입을 맞췄다. 쪽, 초옥. 입술이 닿았다 떨어지는 소리가 반복되었다.

"재훈아. 버킷리스트에 머드 축제 가고 싶다고 했잖아."

"그랬지."

"내년 여름에 갈까?"

"응. 좋아."

"그때는 네가 내 남편일 거 같아."

"……"

"상상만 해도 좋아. 너랑 평생 같이 사는 거."

진주의 솔직한 말에 재훈은 벅찬 감정을 느꼈다. 그는 벌떡 일어나 그녀의 볼을 잡고 폭풍 키스를 퍼부었다. 어디 한구석도 빼놓지 않고 키스를 하겠다는 듯 점점 앞으로 가자 진주가 뒤로 물러났다. 결국 베란다의 투명한 창문에 진주의 등이 닿았다.

"……하읍!"

김재훈……! 그는 입술을 떼더니 볼과 이마에 입맞춤을 했다.

"좋아해줘서 고마워, 진주야."

"고맙긴. 내가 더 고맙지."

"내가 더 고마워. 훨씬 많이."

이마를 맞댄 그가 달달한 미소를 지으며 고맙다고 속삭였다. 재훈이 입술을 열 때마다 살며시 붙었다가 떨어지는 입술이 감질나서 그녀가 그의 목에 팔을 두르고 그를 잡아당겼다.

"사랑해. 우리 재훈이."

"나도. 우리 진주."

"더 많이 사랑해줄 거야."

그 말에 그가 피식 웃었다. 열린 창문 틈으로 파도 소리와 바깥에서 술을 마시는 사람들의 소리가 섞였다.

"나 여기 데려와줘서 진짜 고마워! 김재훈 최고!"

진주는 좌석 하나를 더 구매하고 벌금까지 내야 할 그를 혼내는 것도 잊고, 좋단 말만 계속했다. 와서 그가 짠 스케줄대로 움직이니 즐겁기만 했다.

그 여행에 태주와 하연이 있다는 것도 행복 중의 하나였지만, 역시 가장 좋은 건 재훈과 함께 있다는 거였다. 아침부터 밤까지, 그리고 다음 날 아침까지. 자고 일어나도, 또 자고 일어나도 재훈이 함께라는 것.

오늘 탄 패러글라이딩을 제외하고선 모두 최고였다. 스릴은 넘쳤지만 역시 놀이기구는 그녀가 좋아할 수 있는 영역은 아니었다. 다행히 재훈이 뒤에 있어서 안정감은 있었지만 말이다.

"수영복은 저거 하나야?"

"응. 하나."

"내일도 수영장에서 저거 입어야겠네?"

"그렇지."

내일은 호텔 수영장을 이용하기로 하였다. 재훈은 인상을 찌푸리며 고민하더니 캐리어를 뒤적거리며 여분의 래쉬 가드를 찾아 가져왔다.

"이거 내 건데, 한번 입어 봐."

진주는 그의 래쉬 가드 상의를 입었다. 엉덩이 한참 밑으로 내려 올 만큼 기장은 길었고, 팔 부분도 몇 번은 접어야 손이 나왔다.

"내일 위에 이거 입어."

"싫어. 일부러 해외 나온다고 예쁜 거 산 건데. 그리고 수영복 카 디건이 세트여서 그거 걸치면 생각보다 안 야해."

"……그것도 달라붙어서 야해."

재훈이 눈살을 찌푸렸다.

"너 그거 입고 돌아다니면 나 수영 못 해."

"에이, 설마."

"진짜야. 아까 바다에서도 나 미쳐 죽을 뻔했잖아. 불이 안 꺼 져서."

"……으앗!"

진주는 그의 입을 손바닥으로 막았다. 그러다 이게 무슨 소용인 가 싶어 손을 떼고 키득 웃었다.

"남자는 시각적인 거에 약한 동물이라고."

"적어도 넌 아닐 줄 알았지. 네 주변엔 시각적 자극이 워낙 강 하잖아."

예쁜 연예인도 한둘이 아니고, 재훈이 찍은 청바지 광고 중에선 위험 수위를 넘나드는 커플 화보도 있었다.

재훈과 연애하기 전엔 '와- 야하다' 정도였지만, 연애를 한 다 음에 다시 보니 여자 배우가 무척 부러웠다. 이런 사진을 찍는데도 정분이 안 나는 게 신기할 정도로 두 남녀는 한동안 센세이션이긴 했다.

"나머진 네가 아니잖아."

"……."

"난 너한테만 약하다니까."

"에이, 설마."

"그러니까 내일 나를 위해 이거 꼭 입어줘."

안 그러면 수영 몇 분 하지도 못하고 호텔로 잡혀 들어올 테니까. 재훈이 낮은 목소리로 말을 덧붙였다. 진주는 흠칫 놀라며 고개를 끄덕였다. 왠지 정말 그런 일이 벌어질 것 같았다. 서로 수영복에 대한 협상을 마친 후 두 사람은 오늘도 뜨거운 밤을 보냈다.

* * *

다음 날 아침이 되자, 핸드폰 알람이 울렸다.

[아침 생략.]

[콜. 좋아.]

[알아서 시간 보내다가 세 시쯤 보자.]

[응.]

네 사람은 각자 침대에 누워 그룹톡 창을 보며 톡을 보냈다. 오후 3시에 만나기로 한 다음 진주는 재훈의 품으로 파고들었다. 재훈은 그녀를 품에 안아 손바닥으로 등을 토닥거렸다.

방 안은 암막 커튼이 쳐져 아직 아침인지 점심인지 알 수 없었다. 알람 소리만 아니었다면 말이다. 재훈도 진주를 안은 채로 조금 더 잠을 잤다.

두 사람은 늦게 일어나 아침 겸 점심을 뷔페에서 먹었다. 이 호텔의 좋은 점은 언제든지 먹을 게 준비되어 있다는 거였다. 뷔페가 닫으면 스낵바가 있고, 새벽에도 간단한 베이커리류는 먹을 수 있도록 레스토랑이 개방되어 있었다. 밥을 먹은 후 손을 잡고 호텔 주변을 산책하고, 호텔 앞바다에 나가 사람 구경을 했다.

"여긴 가족이 많이 놀러 오나 봐."

"그러게."

"저기 아기 봐봐, 인형 같아. 너무 예쁘다."

부모님과 함께 바다 안으로 들어간 아이가 파도에 물을 먹어 켁켁거리기도 하고, 물 밖에서 장난감을 가지고 놀기도 하고, 모래로 성을 만들기도 하였다.

아이가 놀도록 자유를 주고 그 옆에 버티고 앉은 부부를 보고 있으니 웃음이 새어 나왔다. 부부끼리 다정하게 대화를 하고 장난을 치다가도 아이를 살피는 모습이 신기했다.

"우리 아이는 더 예쁠 거야."

"너 닮았으면 그렇지."

"진주 너 닮아도 예쁘지."

진주는 신발을 벗고 한 손으로 들었다. 모래사장은 역시 맨발로 밟아야 제맛이었다. 큰 파도가 오면 진주가 걷는 곳까지 물이 밀려왔다.

재훈은 진주의 허리를 안았다.

"너 닮은 딸 갖고 싶어."

그도 그녀가 보는 방향을 바라봤다. 재훈 역시 귀여운 아이들을 보며 싱긋 웃었다. 어쩜 저렇게 하나같이 예쁜지.

"근데 현실은 애 키우는 거 진짜 힘들대."

"그럴 거 같아."

"근데도 또 낳는 거 보면, 저렇게 예뻐서 그런가 봐."

그때, 맑았던 하늘이 점점 흐려졌다. 그러더니 갑자기 비가 내리기 시작했다. 비를 맞으면서도 여전히 바닷가에서 노는 사람들도 있었고, 아이들이 감기 걸릴까 싶어 얼른 품에 들쳐 안고 비를 피해 썬 베드로 가는 부모들도 있었다. 많은 썬 베드 위엔 비와 해를 피할 수 있도록 파라솔이 설치되어 있었다.

재훈도 진주의 손을 잡고 파라솔 안으로 들어갔다. 진주는 썬 베드에 앉았고, 재훈은 위에서 그녀를 보았다. 갑작스럽게 찾아온 비는 잠시 동안 내렸다.

"추워?"

"안 추운데 춥다고 할래. 안아줘."

진주는 양팔로 서 있는 재훈을 와락 안았다. 그러자 그가 피식 웃으며 그녀를 안아주있다. 그 품에 기대 비가 그치길 기다렸다.

"애교는, 사람 미치게 하려고."

그렇게 서로를 안고 있는데 점점 주변의 시선이 느껴졌다. 진주가 그의 품에서 얼굴을 떼려 하자 재훈이 그대로 뒤통수를 지그시 눌렀다.

"왜?"

"관광객 중에 나 알아본 사람들이 사진 찍는 거 같아."

"초상권 침해야!"

"잘 숨어. 진주 넌 머리카락 한 올도 안 나오게 할 거야."

그 말에 진주가 그의 티셔츠를 들추고 그 안으로 들어갔다. 복근에 바로 볼과 입술이 닿았다. 개구쟁이 같은 미소를 지은 그녀가 후후 바람을 불고 혀로 쓸자, 재훈이 이로 입술을 질끈 물며 눈을 감았다.

"홍, 홍진주."

"……응?"

"그러지 마. 나 불난다니까?"

"내가 꺼주면 되지."

"지금 사진 찍히고 있다고. ……으."

미간을 좁힌 재훈이 큰 손바닥으로 얼굴을 가렸다.

"호텔 안에 들어가서 보자, 너."

티셔츠 속에서 요리조리 움직이는 머리통을 꽉 쥐고 아래로 밀어냈다. 그러곤 다시 누군가에게 찍히지 않게 품에 꽉 안았다.

"누가 그렇게 몸이 좋으래? 만지고 싶게."

"……."

"피부는 또 어쩜 그렇게 부드러워? 보기엔 어흥인데, 만지면 부드러워."

재훈은 손등으로 입가를 가리고 키득키득 웃었다.

"그런 건 미리미리 알려줬으면 말이야, 내가 더 빨리 널 사랑했을 거 아니……!"

쪽. 재훈은 그녀의 입술에 입을 맞췄다. 그러면서 가지고 나온 선글라스를 그녀의 눈에 씌웠다.

"크큭. 어? 저기 하연이랑 태주 아니야?"

"어디?"

"저기~ 저기 끝 쪽에."

진주가 끝 쪽 썬 베드를 가리켰다. 거기엔 서로 꼭 안은 채 비를 피하고 있는 태주랑 하연이 있었다. 하연은 태주를 밀어내고, 태주는 하연에게 계속해서 얼굴을 들이밀며 뽀뽀를 하고. 가관도 아니었다.

"우린 저러지 말자."

"……."

"이미 저랬나?"

진주의 질문에 재훈이 고개를 끄덕였다. 우린 저거보다 더 심했어. 둘만 있으면 옆에 누가 있는지도 잊을 정도로 빠지잖아. 재훈이 진주의 귓가에 속삭였다.

그녀는 그 말이 아니라고 반박하지 못했다. 그의 달콤한 목소리를 들은 순간 다시 태주와 하연이 머릿속에서 지워졌기 때문이었다. 손만 잡고 있어도 좋은 재훈에게 팔짱을 끼고, 얼굴을 기대고, 그러다가 안고. 폴짝 뛰어 입까지 맞추고. 그런 그녀를 귀엽다는 듯이 보던 재훈이 결국 손목을 잡아당겼다.

"안 되겠다. 룸으로 가자."

"비 오는데?"

"같이 씻으면 되지. 얼른……!"

재훈이 먼저 파라솔 밖으로 나와 그녀의 손목을 잡아당겼다. 두 사람은 급한 일이 있는 사람들처럼 비를 맞으며 호텔 방으로 뛰어갔다. 이러다 오늘 저녁에 커플끼리 수영장에서 데이트를 할 수 있을지 의문이었다. 서로 연락하는 것도 잊은 채 잠만 자는 거 아닌가 몰라.

재훈은 다 젖은 채로 룸에 들어오자마자 진주를 번쩍 안아 욕실로 데려갔다. 서로 젖었으니 거리낄 게 없었다.

"사랑해."

그는 진주의 두 볼을 감싸 위로 올렸다. 눈이 마주치자 그녀가 싱긋 웃었다. 아름다운 그 미소에 반해 그는 그대로 욕조로 그녀를 밀어 넣고 샤워기를 틀었다.

앗 차가워. 금방 뜨거워져. 아아. 얼른 벗자. 내가 씻을게. 아니, 내가 벗기고 내가 씻길 거야. 네 몸 전부.

진주 한정 집요한 재훈은 사랑을 속삭이며 그녀의 몸 구석구석 사랑을 속삭였다.

외전

1. 너와 나를 닮은

　-오늘은 국민 딸바보 김재훈 씨를 모셨습니다. 반갑습니다.

　진주는 자고 있는 딸 해주를 힙시트에 안아 재우며 TV 소리를 줄였다. 생방송으로 진행되는 예능 프로그램에선 아빠가 된 재훈이 게스트로 출현했다. 매일 보는 얼굴이지만 TV 속의 그는 어쩐지 다른 세계의 사람처럼 보이곤 했다.

　결혼하고 1년만 신혼 생활을 즐기자고 약속을 했는데, 놀랍게도 정말 1년이 되자마자 그 달에 임신이 되었다.

　어느새 두 돌이 지난 해주는 재훈을 많이 닮았다. 눈코입이 또렷해서 어딜 가든 예쁘다는 소리를 듣고 자란다. 그럴 때마다 진주는 해주가 자랑스러우면서도 한편으로 어떤 남자를 만날까 두렵기도 했다. 평소에는 아무렇지 않게 지나갔을 뉴스거리도 이제는 촉각을 곤두세우며 보게 되었다.

　그건 재훈도 마찬가지였다. 흉흉한 소식이 기사에 나면 그녀에게 전문을 캡처해서 보내고 '우리 해주는 아무 데도 안 보낼 거야'라며 딸바보의 면모를 보여주었다. 이미 재훈의 메신저 프로필 사진은 모두 해주로 바뀐 지 오래였다.

-안녕하세요, 김재훈입니다.

그의 인사에 객석에서 우레 같은 박수 소리가 터져 나왔다. 오히려 해주가 태어난 후 재훈의 인기는 더 높아졌다. 그사이 할리우드 영화에 주연으로 출연했고, 작년에는 칸 영화제에서 상을 타기도 했다. 그 모든 것은 그가 샤인 프로덕션의 유재신 대표를 만난 뒤였다. 외모면 외모, 연기면 연기. 다 갖춘 그에게 기획사가 날개를 달아준 것이다.

나이가 들수록 가벼운 느낌은 사라지고 점점 더 남자다워지는 것 같다. 선도 더 굵어지고, 점잖은 점이 그의 인기를 날로 올라가게 하는 힘이 아닐까 싶었다. 거기다 갈수록 몸은 더 짐승남이 되었다.

-얼마 전 오스카상 후보작에 오른 'The Name'이 한창 화제입니다. 박빙의 승부를 펼치다가 떨어졌지만, 그래도 김재훈 씨를 세계에 널리 알리는 계기가 된 것 같습니다. 소감 한번 말씀해주세요.

-상을 받을 때면 매번 얼떨떨합니다. 제가 정말 이 상을 받을 만큼 열심히 했나 고민하게 되죠. 그러다 보면 결국 다시 초심으로 돌아가는 것 같습니다. 항상 열심히 하는 배우가 되겠습니다.

-어우, 정말. 재훈 씨는 변함이 없네요. 이제 노력 좀 그만하셔도 될 거 같은데요?

재훈은 말없이 살짝 미소를 머금은 채 MC를 보았다.

-따님이 아빠를 닮아서 엄청 예쁘다고 SNS에서 화제가 되었네요. 저도 사진을 봤는데요, 정말 예쁘더라구요. 아빠를 더 많

이 닮았나요?

 -저도 닮았지만, 제 눈엔 아내를 더 닮은 것 같아요. 눈이 꼭 보석처럼 반짝반짝 빛나고 자세히 보면 깊어요. 코도 얼마나 오똑한지. 음…… 여기까지 하겠습니다.

 해주를 설명하는 재훈의 얼굴엔 누구보다 아이를 사랑하는 빛이 넘쳐흘렀다. 누가 봐도 김재훈 판박이인데, 그의 눈엔 자신을 닮았다고 한다.

 -재훈 씨는 힘들 때 누가 가장 생각나세요?

 -저는……. 글쎄요. 힘들 때 제 아내를 생각합니다. 그럼 힘들다는 생각이 없어져요. 뭐랄까, 아내 걱정을 하게 되거든요. 그럼 제가 힘들다는 게 모두 핑계처럼 느껴져요.

 -이러면 대한민국 남자들에게 적이 될 수도 있어요. 재훈 씨!

 메인 MC를 주축으로 양옆에 앉은 보조 MC들이 재훈을 놀렸다. 딸바보에 애처가라며, 이러다간 대한민국의 모든 남편들을 적으로 둘 수도 있다는 협박을 했다. 그러나 대쪽 같은 재훈은 말을 번복하지 않으며 쐐기를 박았다.

 -그래도 사실인걸요. 저는 하고 싶은 일 하면서 쌓인 스트레스 잖아요. 누군가는 하고 싶은 걸 못 하면서 희생하고 있을 수도 있거든요. 그래서 매번 미안해요.

 재훈은 그녀가 해주를 낳고 병원을 관둔 걸 미안하게 생각했다. 그가 회사를 이직할 때 같이 와달라고 하긴 했지만, 그녀는 쭉 원무과를 다녔다. 그러다 승진을 앞둔 시점에서 해주를 임신하게 되었고, 그녀는 고민 없이 퇴사했다.

 그건 모두 자신의 선택인데 재훈은 그걸 미안해했다. 정말 이건 온전히 내 뜻이라고 말해도 소용없었다. 오히려 나는 재훈이 네가 열심히 벌어다준 덕분에 고민 없이 아이에게 집중할 수 있어서 고마운데 말이다.

－아내와 따님에게 영상 편지 한번 남겨주세요.

MC의 말에 재훈의 얼굴이 클로즈업되었다. TV 화소가 좋아져서 배우들의 모공까지 다 보이는 마당에 재훈은 클로즈업을 해도 무결점이었다.

－우리 집 대주주들 안녕.

재훈은 우리를 주주라고 불렀다. 진주, 해주. 우리 집의 제일 중요한 대주주라며 말이다.

－얼른 보고 싶다. 아침에도 봤는데, 또 보고 싶어. 우리 해주, 감기 얼른 나아. 세상에서 제일 사랑하는 우리 아내, 진주야. 사랑해. 결혼해줘서 고맙고, 해주 낳아줘서 또 고마워. 우리 주주들 보러 얼른 갈게. 집에서 보자.

오른손을 흔드는 재훈을 보며 진주도 손을 흔들었다. 그러자 잠에서 깬 해주가 칭얼거리며 그녀의 가슴에 얼굴을 비볐다.

"해주야. 곧 아빠 온대."

"아빠?"

"응."

잠에서 깬 해주가 눈을 비볐다. 아빠 온다는 소리에 졸린 눈을 억지로 뜨려 하는 것이다. 그녀는 해주의 머리를 쓰다듬으며 다시 잠을 재웠다. 섬집 아기 자장가를 부르며 등을 토닥토닥거리자 해주는 금세 다시 잠들었다.

저녁에 해열제와 수족구 약을 먹은 상태라 평소랑 달리 힘이 쭉 빠져 있었다. 아프지 않을 땐 눕혀서 재우면 금세 잠들던 아인데, 혀와 입 안이 헐다 보니 밥도 제대로 못 먹고 약 기운이 떨어지면 계속 울었다. 대신 아파줄 수 있으면 얼마나 좋을까. 그녀는 해주를 보며 머리를 쓰다듬었다.

삼십 분 정도 앉지도 못하고 계속 집 안을 서성이며 걸었다. 진주는 해주가 깊이 잠든 걸 확인한 다음 안방 침대 아래쪽에 이불을 깔고 그 위에 눕혔다. 아픈 아이를 아이 방에 혼자 자게 할 수가 없었다.

안방에 재워 두고 밖으로 나온 그녀는 집 안을 치웠다. 내일 오전에 일하시는 분께서 오실 예정이지만 그래도 밤늦게까지 사람들에게 치이다가 들어올 재훈을 위해 집 안은 깔끔했으면 싶었다.

목욕도 하고 싶은데……. 진주는 안방을 흘깃 보았다. 청소를 하다 보니 어느새 반팔 티가 젖어 있었다. 집 안을 돌아다니다 우연히 본 전신 거울 속 제 모습에 그녀는 시무룩해졌다. 하루 종일 해주를 안고 있다시피 해서 눈 밑은 퀭하고 핼쑥했다. 전보다 살도 더 찐 거 같고. 옆으로 선 채 티셔츠를 들추고 배를 확인한 그녀는 입술을 앞으로 쭉 내밀었다.

아이를 보다 보면 자기 관리를 못 하게 된다. 모든 일상이 아이에게 맞춰져 있으니 말이다. 어린이집에 보내고 나서도 그녀는 항상 전쟁이었다. 집안일을 도와주시는 분이 계셔도 왜 이렇게 하루가 빠르게 가는 건지. 새삼 일을 하면서 아이를 키웠다면 이도 저도 아니었을 거란 생각이 들었다. 일과 육아를 같이 병행하는 엄마들은 정말 대단한 사람들이었다. 상을 줘도 모자라겠단 생각이 들 정도로 말이다.

그때, 몸을 뒤척이며 반대로 구르던 해주가 울음을 터뜨렸다. 진주는 씻을 생각도 못 하고 안방으로 달려갔다. 손을 이마에 대 보고 입술을 아이의 이마에 댔다. 느껴지는 열감으로 보아, 이 정도면 다시 열이 오르고 있다는 거였다.

그녀는 거실로 나가 체온계를 가져와 정확하게 온도를 쟀다. 돌 전후로 열이 자주 올랐던 해주 덕분에 그녀는 손과 입술만 대도 어느 정도 열이 오르고 있는 상태인지 알 수 있었다. 해열제 4ml를 먹이면 될 것 같았다. 이래도 안 되면 다른 계열 해열제를 섞여 먹이면 되고.

진주는 해주를 깨워 입 안으로 해열제 물약을 넣었다. 그리고 거실에 있는 화이트보드에 해열제를 먹인 시간을 기입했다. 같은 계열은 4시간에 한 번씩 먹일 수 있기에 그녀는 꼭 시간을 체크했다.

힙시트를 이용해 아이를 업은 그녀가 어두운 거실을 돌아다녔다. 눈꺼풀이 무겁고 다리와 허리가 아파 왔다. 그렇게 삼십 분이 지나고 한 시간이 더 지났다. 그사이 해열제가 잘 들었는지 해주의 열은 서서히 떨어지고 있었다. 약발이 잘 들어 다행이다.

띠디디딕, 띠디딕. 그때, 도어 록이 해제되는 소리가 들렸다. 다름 아닌 기다리던 재훈이었다.

* * *

재훈은 집에 오자마자 손과 몸을 깨끗하게 씻고 나왔다. 그리고 진주 대신 해주를 품에 안았다.

"괜찮아?"

"응. 해주 열도 떨어지고 괜찮아. 그래도 아직 아픈……."

"아니, 해주 말고 너. 진주 너 피곤해 보여. 씻고 먼저 자. 내가 해주 약 먹이고 아침까지 볼게."

"괜찮겠어? 내일 새벽에 드라마 촬영 있다며."

"응. 괜찮아. 얼른 반신욕이라도 해. 힘들어 보여."

재훈은 한 팔에 해주를 안고 다른 팔을 진주의 어깨에 올려 감싼 채로 욕실 앞에 바래다주었다.

"해주 금방 잘 거야. 그럼 좀만 안아줘."

"응. 가서 뜨거운 물에 푹 담그고 피로 좀 풀어."

진주가 욕실로 들어간 후 재훈은 해주를 안은 채로 거실과 안방을 걸어 다녔다. 진주는 딸을 안고 나면 여기저기 쑤신다며 자기 전에 그에게 어깨와 허리를 주물러달라고 하곤 했다. 그에게 해주는 솜처럼 가벼웠다. 한 손으로 들어도 무리 없는 무게였다.

"예뻐 죽겠네."

사랑스러운 해주를 보면 자꾸 카메라에 담고 싶단 생각이 든다. 같이 찍은 사진을 SNS에 올리면 항상 화제가 되었다. 그가 봐도 자신의 딸은 사랑스럽고 예쁘다. 주머니에 넣고 다니고 싶을 정도로 귀엽고 말이다.

"자자, 우리 해주."

그는 아이의 등을 토닥거렸다. 혹시 몰라 체온계로 해주의 체온을 잰 다음 열이 다시 오르지 않는 걸 확인한 후 안심하고 침실로 왔다. 그의 품에서 잠든 해주의 이마에 입을 맞춘 후, 아기 침대에 눕혔다.

이제, 제 아내를 재워야 할 시간이었다.

2. 우리 집 공주

재훈은 강원도에 있는 리조트를 예약했다. 영화 촬영 중인데 강원도에서 경상도로 장소를 옮기기 전, 잠시 휴가를 즐길 수 있는 틈이 생겼다.

그는 해주가 수족구에 걸려 어디 나가지도 못하고 집에만 있던 게 마음이 쓰였다. 그런 해주를 보는 진주도 열나는 아이 챙기랴, 병원 갔다 오랴, 밥 먹이랴 고생이란 고생은 다 했을 것이다.

그는 리조트 앞에서 매니저의 차를 타고 올 해주와 진주를 기다렸다. 며칠 동안 영상 통화와 사진으로만 아내와 딸을 접했기에 보고 싶은 마음이 한가득이었다.

"재훈 오빠! 저 팬인데, 사진 한 장만 같이 찍어주면 안 될까요? 너무 멋있으세요!"

리조트에 김재훈이 떴다는 소문은 순식간에 퍼져 나갔다. 소문이 나자 수영장에서 놀던 사람들까지 그를 구경하기 위해 로비 앞으로 나왔다. 리조트에 머물던 투숙객들이 점점 그의 주변으로 모여들었다. 몇몇은 그에게 다가와 말을 걸며 사진을 찍어달라고 하고 사인을 해달라고 요구하기도 했다.

"오늘 여기서 촬영 있으신 거예요?"

"아뇨. 딸하고 아내 기다리고 있어요."

아직 딸하고 아내가 도착하기도 전, 단어만 입에 올린 상황인데도 재훈의 얼굴 표정이 환해졌다. 덩달아 주변까지 밝아지는 느낌이었다. 그걸 사람들은 황홀한 표정으로 바라보았다.

그때, 매니저의 차가 멀리서 다가오는 게 보였다. 그와 동시에 재훈은 귀빈을 대접하듯 빠른 걸음으로 차로 걸었다. 그의 앞에 차가 멈춰 서고 차 문이 열렸다.

"······아빠!"

"우리 해주, 멀미는 안 했어?"

재훈이 해주를 번쩍 안아 올렸다. 해주는 아빠를 보자마자 볼에 뽀뽀를 하고 두 팔로 목을 감았다.

재훈의 한쪽 어깨에 머리를 대고 폭 안긴 해주 뒤로 진주가 내렸다. 그녀는 캡 모자를 써서 얼굴의 반을 가리고 있었다. 재훈은 그 모습이 아쉬워서 캡 모자를 벗기려고 손을 뻗었다가 다시 물렸다. 항상 어딜 가든 의도치 않게 아내가 사람들 입에 오르내리고 주목을 받는다. 아내는 그게 불편해서 매번 모자를 준비하곤 했다.

"짐은 룸으로 가져가겠습니다. 형, 누나랑 먼저 들어가세요."

"고마워."

재훈은 매니저에게 감사 인사를 하고 진주의 어깨를 감쌌다. 그녀의 보폭에 맞춰 천천히 걸어 리조트 안으로 들어왔다. 엘리베이터 앞에 설 때까지 그들 주변을 둘러싼 사람들이 바글바글 했다.

엘리베이터 문이 열렸다. 내리던 사람들은 앞에 재훈이 서 있는 걸 보고 놀라서 눈이 커졌다. 재훈은 살갑게 고개 숙여 인사한 후 엘리베이터 안으로 들어섰다. 다행히 모두 내려서 엘리베이터 안엔 그들 가족뿐이었다. 사람들도 엘리베이터 안까지 따라오지는 않았다.

"이제 모자 좀 벗지?"

"그럴까?"

진주는 캡 모자를 벗어 한 손에 들었다. 해주는 며칠 만에 본 아빠와 떨어지기 싫다는 듯 매달려 있었다.

"왠지 사람들 많을 거 같더라니. 여기 머무는 모든 투숙객이 다 모인 거 같더라."

"펜션 잡을 걸 그랬나?"

"아니야. 여기 수영장 엄청 좋대. 해주도 수영장 되게 가고 싶은지 구명조끼 챙기더라고."

"정말? 우리 공주, 구명조끼 챙겼어요?"

"응."

물에 들어갈 땐 꼭 구명조끼를 착용하게 했더니, 물놀이가 하고 싶으면 창고 어디선가 그걸 찾아 매번 들고 나온다.

재훈이 일할 때 구명조끼 들고 나온 해주 사진을 진주가 보내주었고, 그는 강원도에 아이들이 놀기 좋은 수영장을 미친 듯이 검색했다.

"그럼 바로 수영장 갈까?"

"응. 그러자. 해주가 내려오는 내내 기다렸어."

"진주 넌 좀 쉬고 있을래? 아니면 같이 갈래?"

그의 말에 진주는 한참을 고민했다.

"같이 갈래."

"쉬고 싶은 거 아니야?"

"응. 그렇긴 한데."

진주는 재훈에게 상체를 숙여달라고 손짓했다. 그가 상체를 굽히자 그녀는 그의 귓가에 속삭였다.

"너 보고 싶었단 말이야."

세 사람밖에 없는데, 딸 앞에서 애정 표현을 하려니 간지러운 기분이 들었다.

엘리베이터에서 내린 세 사람은 룸으로 들어갔다. 매니저가 짐을 갖다주자마자 빠르게 수영복으로 갈아입었다. 구명조끼까지 미리 착용한 해주는 신이 나서 방 안을 뛰어다녔다.

진주가 모자와 선크림을 챙기느라 늦어지자, 해주는 아예 닫힌 문 바로 앞까지 다가가 부모를 기다렸다.

"빨리 와! 엄마! 아빠!"

"잠시만. 해주 아쿠아슈즈 어디 갔지?"

"여기 있네."

"아…… 내 정신 봐."

이미 아까 꺼내 놓고도 기억을 못 해 가방을 계속 뒤지고 있었던 것이다. 재훈이 소파 위에 있던 해주의 아쿠아슈즈를 챙겨 와 아이 발에 신겨주었다.

* * *

수영장의 물을 보는 순간 해주는 아빠, 엄마의 손을 놓고 뛰어갔다.

"해주야, 조심!"

진주는 빠른 걸음으로 해주를 따라 뛰어갔다. 물이 있는 곳은 언제든지 미끄러질 수도 있고, 그러다가 곳곳에 있는 수영장 물에 빠질 수도 있다. 집 밖은 아이에게 모두 위험한 곳이란 생각에 그녀는 적당한 거리를 두되 그녀의 눈 밖을 벗어나지 못하도록 했다.

진주는 재훈이 예약한 방갈로에 앉아 짐을 내려놓았다. 재훈은 물속에서 해주의 손을 잡고 빙빙 돌고 있었다. 그러다 손을 놓자 해주는 발버둥을 치며 재훈에게 손을 뻗었다. 그들의 모습을 보고 있으니 예쁜 그림 같았다.

진주는 핸드폰으로 재훈과 해주를 찍었다. 두 사람이 하도 움직여서 자꾸 사진이 흔들렸다. 방갈로에서 편히 있으려고 했는데 결국 수영장 물에 발을 담근 그녀는 그들을 찍기 위해 점점 더 가까이 갔다.

"엄마다! 엄마!"

"여기 봐봐, 우리 해주. 재훈아, 여기 봐."

진주가 보채자 재훈은 사진기에 잘 찍히도록 해주를 뒤에서 안은 채로 물에 둥둥 떴다. 머리가 폭 젖은 재훈은 핸드폰 액정으로만 봐도 다시 반할 것만 같았다. 목과 어깨, 탄탄한 가슴까지 물방울이 떨어지는 모습에 진주의 볼이 붉어졌다. 야한 잡지를 본것도 아닌데, 무척 야했다.

"까꿍, 엄마. 손, 손!"

해주가 중간에 소용돌이치는 물속에 빠져 그녀에게 SOS를 요청했다. 진주는 저도 모르게 재훈을 찍기 위해 집중하던 걸 멈추고 해주의 손을 잡았다. 손목을 잡고 앞으로 끌자 아이는 둥둥 뜬 채로 다가왔다. 그 귀여운 모습에 진주는 다시 핸드폰 카메라를 들었다.

"미끄럼틀 타러 갈까?"

"아니."

"그럼 소꿉놀이할까?"

"응."

진주는 수영장에서 나와 소꿉놀이 세트를 갖고 왔다. 재훈은 해주를 안은 채 물 밖으로 나왔다. 나이가 들어서도 완벽한 역삼각형 몸매, 머리카락이 젖어서 더 짙고 섹시해 보이는 그 덕분에 이곳에서도 이목이 그들에게 집중되었다.

해주는 방갈로 앞에서 컵을 들고 물을 담았다가 쏟았다가 다른 그릇에 옮겨 담았다. 재훈은 진주의 옆에 앉아 혼자서도 잘 놀고 있는 해주를 보았다.

"우리 해주 누구 닮았는지 정말 예쁘지 않아?"

"응. 세상에서 제일."

"아니지, 세상에서 제일 예쁜 건 너고."

"……여기 사람 많다. 조심해."

듣는 귀가 많아. 한두 개가 아니야.

재훈은 손을 움직여 진주의 손등을 덮었다. 그러다 점점 더 몸이 가까워지고 결국 어깨를 감싸듯 폭 안았다.

"촬영은 잘했어?"

"응. 최선을 다했어."

"얼른 개봉하면 좋겠다. 이렇게 남편으로 있는 너랑 스크린으로 보는 네가 정말 달라. 그래서 가끔은 다시 반하게 되거든."

"배역 가려 받아야겠네."

"왜?"

"거지 역할 하면 네가 안 반할 거 아니야."

그의 말에 진주는 픔 웃음이 터졌다. 외모 때문에 반하는 것도 맞지만 꼭 그것만은 아니었다.

"열심히 몰입하는 네가 멋있다는 거야."

"어떤 역할을 해도 좋아?"

"무생물만 아니면, 다 좋아."

나무, 바람, 흙…… 병풍만 아니라면 뭐. 진주가 말을 덧붙이자 못 살겠다는 듯 재훈이 피식 웃었다. 그러다가도 갑자기 앞으로 튀어나가 물에 빠지려는 해주를 안아서 좀 더 뒤로 앉혔다.

"해주야. 더 놀 거야?"

"응!"

물놀이를 한 번 하기 시작하면 시간 가는 줄 모르는 아이답게 부모는 그녀의 안중에 없었다. 그 덕분에 재훈과 진주는 방갈로에 앉아서 오순도순 수다를 떨었다.

"배고프다."

"밥 먹으러 가자."

"해주 더 놀고 싶어 하는데?"

"엄마가 배가 고프다는데 지가 별수 있어."

재훈은 아이에게 다가가 눈높이를 맞춰 앉았다.

"해주야. 배 안 고파?"

"응."

"밥 잘 먹으면 내일 또 올게."

"……."

"아빠도 같이 올게."

수영장 물과 아빠를 번갈아 보며 해주가 울상을 지었다. 그러다 소꿉놀이 세트를 손에서 놓고 재훈에게 다가와 안겼다. 그는 해주를 번쩍 안아 들었고, 진주는 해주의 마음이 바뀌기 전에 소꿉놀이 세트를 챙겨 짐을 들고 두 사람을 따랐다.

엘리베이터 안에는 다른 가족들도 함께였다. 오가는 사람이 많다 보니 층마다 멈춰 섰는데, 그때마다 엘리베이터를 타려던 사람들은 재훈을 보고 놀라며 멈칫했다.

"얼른 타세요."

꼭 재훈이 한 번 더 열림 버튼을 누르고 말을 해야 얼어 있던 그들이 엘리베이터를 탔다. 제일 끝자리에 등 돌리고 있으라고 해야 하나.

등 뒤에 선 재훈이 그녀의 옆구리를 간질이며 장난을 쳤다. 팔꿈치로 재훈의 배를 가격하자 그는 간지러운지 키득 웃었다.

그때, 엘리베이터 문이 한 번 더 열렸다. 해주가 갑자기 내리려는 듯 몸을 들썩였다. 진주는 빠르게 아이의 어깨를 잡았다.

"공주, 내리면 안 돼."

진주는 몸을 꿈틀거리며 답답해하는 해주를 더 꽉 붙잡았다. 그때 해주의 옆에 서 있던 유치원생 하나가 고개를 갸웃했다.

"고오오오옹주?"

"……."

"얘가 공주라고?"

좌우로 고개를 갸웃하며 제 엄마를 보는 아이의 눈빛이 의아함으로 가득 차 있었다. 해주는 물에 빠진 생쥐꼴을 하고 있었다. 드레스를 입고 있지도 않고, 화려한 목걸이와 귀걸이를 착용한 상태도 아니었다. 그래서였을까.

"이모한테는 이모 딸이 공주지. 세상에서 제일 사랑스러운 공주."

진주는 방긋 웃으며 아이에게 대답을 해주었다.

"……아닌데. 공주 아닌데."

아이는 납득할 수 없다는 듯 제 엄마의 손을 잡고 보챘다.

"좀 공주라고 해줘. 공주라는데."

아이 엄마가 아이를 향해 한마디 했다. 묘한 어조가 느껴지는 것 같았다. 별거 아닌 일인데 기분이 상한 진주가 옆에 선 아이 엄마를 보았다. 때마침 그들이 내릴 층수에 도착하지 않았다면…….일촉즉발의 상황이었다.

3. 아이가 자면

"방금 나만 기분 나빴던 거 아니지? 그지?"

"왜, 그럴 수도 있지."

"아니. 아이는 그럴 수 있지만, 아이 엄마는……."

분명 비꼬는 말투였어. 진주가 입을 뿌루퉁하게 내밀자 재훈은 뒤에서 그녀를 와락 안았다.

"내가 좀 예민했지?"

"아니. 충분히 그럴 수 있어. 내 아이가 제일 예쁘고, 제일 소중하니까."

"응. 그냥 잊을래."

진주는 재훈의 팔을 풀고 방 안을 돌아다니는 해주를 쫓아갔다. 아이가 지나가는 자리마다 물이 흘러 바닥을 적시고 있었다.

"공주, 이리 와."

진주는 해주를 번쩍 안아 욕실로 데려갔다. 젖은 수영복을 벗기고 몸을 씻기고 머리를 감겼다. 이미 재훈과 함께 있을 때부터 사람들이 그녀를 알아보았기 때문에 공용 샤워실에서 샤워를 하기 민망했다. 그래서 물이 떨어지는 걸 감수하며 룸까지 올라온 것이다.

진주가 해주 목욕을 시키고 욕실 밖으로 내보내자 침실에 붙어 있는 욕실에서 먼저 씻고 나온 재훈이 해주를 받았다. 뽀득뽀득 몸을 씻고 해주가 입었던 수영복을 샴푸로 조물조물 눌러서 빤 후에야 진주는 욕실을 나왔다.

그러자 이미 옷을 다 입고 저녁 먹을 준비를 마친 두 사람이 그녀를 맞이해주었다. 저녁을 먹기 위해 1층으로 내려온 세 사람은 역시나 관심 대상이었다. 진주는 미리 챙겨온 캡 모자를 눌러 썼다.

"위에 가서 밥 해먹을까?"

"아니야. 괜찮아. 해주, 내가 해주는 음식보다 외식 더 좋아해."

진주의 말에 재훈은 웃지 않으려 입술 끝에 힘을 주었다. 해주는 이유식을 먹을 때부터 진주가 해주는 것보다 외부에서 사 온 걸 더 좋아했다.

"해주 뭐 먹을래?"

"꼬꼬! 치킨!"

해주의 뜻대로 그들은 치킨 가게로 들어갔다. 주문을 하고 곧이어 치킨이 나오자 세 사람은 게 눈 감추듯 치킨을 먹었다. 재훈도 오늘만큼은 그간 촬영을 하느라 못 먹었던 걸 만회하려는 듯 씹고, 뜯고, 맛보고, 즐겼다.

"배부르다."

"숨도 못 쉬겠어."

"빵빵해."

세 사람은 동시에 말했다. 해주가 본인의 배를 손으로 통통 두드리며 빵빵하다고 말하자 진주는 그 모습이 너무 귀여워서 아이를 안고 볼에 뽀뽀했다.

"귀여워 죽겠네. 내 새끼."

"나도 좀 안아 보자. 우리 딸."

재훈이 진주에게서 해주를 빼앗아 안은 채로 계산서를 들고 일어났다.

"따님 너무 예뻐요."

"와- SNS에서 봤는데. 저 해주랑 사진 한 장 찍으면 안 될까요?"

"해주 너무 예뻐. 꼬물거리는 것 좀 봐. 와-"

대학생 또는 갓 취업한 사회인으로 추정되는 사람들이 몰려왔다. 그들은 해주를 칭찬하고 아이에게 '까꿍'이라고 외치며 해주의 관심을 끌기 위해 노력했다.

이미 재훈이 SNS에 올린 사진 덕분에 해주는 재훈처럼 유명 인사였다. 기저귀 CF, 이유식 광고, 새로 나온 아기 과자 등등. 모델 제의가 요샌 종종 들어오고 있었다. 재훈이 일절 거절을 하고 있지만 말이다.

"오빠는 좋으시겠어요. 해주처럼 예쁜 딸 있으셔서. 진짜 천사 같아요."

"고마워요."

"저 진짜 딱 한 번만 손 잡아 보면 안 돼요? 애기 손하고 발이 어쩜 이렇게 작지?"

"재훈 오빠가 훨씬 크잖아. 그래서 더 작아 보여요."

자기들끼리 꺄꺄 소리를 지르며 너무 좋아했다.

"해주야. 언니들이 해주 손 한번 잡고 싶다는데, 해주 생각은 어때?"

눈을 깜빡이며 고개를 갸웃하는 해주를 보던 학생들은 발까지 동동 구르며 귀여워했다. 재훈은 뿌듯함을 느끼며 고맙다고 인사를 한 후 카운터로 왔다.

"결제해드릴까요?"

"네. 여기 테이블 다 결제해주세요."

"······네?"

재훈이 방긋 웃으며 고개를 끄덕이자 직원은 얼른 결제를 마쳤다. 딸바보답게 제 딸이 귀여워 어쩔 줄 모르는 걸 보니 뿌듯하기도 하고, 뭐든 다 사 주고 싶었다.

세 사람은 식사를 마친 후 리조트 옥상 공원에서 뛰어놀고, 룸으로 들어갔다.

* * *

수영을 해서 피곤했던 해주는 재훈이 몇 번 토닥이자 금세 잠이 들었다. 아빠 보고 싶다고 노래를 불렀던 딸은 안 자려고 아빠에게 장난을 치기도 하고 그의 몸 위에 올라타서 굴러다니기도 했지만 결국 더 힘을 뺄 뿐이었다.

"해주는 자?"

"응. 기절했어."

거실 소파에 앉아 TV를 보고 있던 진주는 재훈이 오자 옆으로 비켜주었다. 2인~3인용 소파에 앉은 두 사람은 누가 먼저랄 것도 없이 서로를 꼭 안았다. 의미심장한 재훈의 눈빛은 해주가 잠을 자기만 기다렸다는 듯 뜨거웠다.

옆에 앉아 있던 진주가 재훈의 무릎 위로 올라가 그의 목을 감자, 그는 그녀의 티셔츠 안으로 손을 넣어 등을 쓰다듬으며 입술을 세게 빨았다. 허겁지겁 그녀의 혀를 잡아채 어르던 그가 점점 손의 반경을 넓혀 앞으로 왔다. 손안에 꽉 차는 가슴이 느껴졌다. 그는 그대로 입술을 떼고 그녀의 티셔츠를 걷어 올렸다.

"……추워."

에어컨 바람 때문에 싸늘한 한기가 몸을 훑고 갔다. 그 차가움 덕분에 그녀의 몸은 긴장으로 꼿꼿해졌다.

재훈은 키스를 하느라 번들거리는 입술로 그녀의 몸을 세차게 빨았다. 해주로 인해 매번 눈치 보듯, 빠르게 그녀를 탐했던 시간들이 매일 그를 안달나게 했다. 거기다 영화 촬영 한 번 하면 더더욱 그녀와 이렇게 애틋하게 지낼 시간이 안 난다. 외부에서 먹고 자는 그도 문제지만, 그가 집에 왔을 땐 해주가 깨어 있거나 진주가 해주와 잠들어 있기 일쑤였다. 그런데 오늘은 달랐다. 재훈은 마음껏 그녀의 부드러운 살결을 입술과 혀로 달랬다.

"……아웃. 재훈아……!"

진주도 재훈의 티셔츠 속으로 손을 넣어 조각 같은 몸을 쓰다듬었다. 그의 심장이 터질 것처럼 빠르게 뛰고 있었다. 이번 영화에서 수영 선수로 나온다고 열심히 수영 연습을 하더니 몸이 더 단단해진 느낌이 들었다. 탄력 있는 살결이 손안에 착 감겼다.

재훈은 그녀에게서 입술을 떼고 단박에 티셔츠를 벗어 던졌다.

그러곤 그녀의 옷도 같이 벗겨 냈다.

"하……웃."

빠는 힘이 갈수록 세지는 것 같았다. 그가 혀로 부드럽게 굴리면서 이로 잘근잘근 씹자 진주는 다리 힘이 풀렸다. 온몸이 쾌락을 주체하지 못해 덜덜 떨렸다.

"진주야."

"응?"

"너무 부드럽고, 좋아. 사랑스러워."

그는 엄지와 검지로 그녀의 살결을 쭉쭉 위로 잡았다가 비틀었다. 그러자 진주는 몸을 팔딱 떨며 그의 머리를 감싸고 상체를 앞으로 내밀었다.

"더 해줘?"

"응."

"적극적이네."

"……얼른. 앗……."

그녀의 말대로 그는 쉬지 않고 입술을 움직였다. 그러던 그의 손이 아래에서부터 슬금슬금 올라오더니 천 위로 그녀의 몸을 움켜쥐었다.

"하악!"

놀란 진주가 팔딱거렸다. 아직 그의 다리 위에 앉아 있는 상태였다. 얇은 천은 제 기능을 상실한 지 오래였다. 재훈은 천을 밀며 손을 움직였다.

"재훈. 아아……!"

눈앞에 섬광이 일었다. 그의 손이 주는 자극과 목, 어깨 그 아래까지 번갈아 다니는 그의 입술에 정신을 차릴 수가 없었다.

"미치겠네. 젠장."

진주는 그의 손목을 잡았다. 그녀의 앞까지 온 그의 손을 보니 부끄러워서 고개를 들 수가 없었다.

재훈은 벨트를 풀고 버클을 열었다. 다 벗지도 못한 채 그는 그녀의 천을 밀어내고 제 위로 그녀를 앉혔다.

"······아."

찐한 쾌락이 등줄기를 휘감는다. 오랜만에 서로를 안은 탓에 잠시 느껴졌던 고통도 그가 몸을 이곳저곳 만지기 시작하자 금세 사라졌다.

"돌겠다. 진주야."

그는 그녀의 허벅지를 두 손으로 잡고 행위를 이어 갔다. 그녀가 힘들지 않도록 그는 두 팔로 그녀를 지탱했다. 진주는 그의 목을 안은 채로 그에게 기대 겨우 그의 속도를 따라갔다. 그러던 중 그녀도 흥분에 못 이겨 두 손을 뒤로 뻗어 그의 무릎을 잡았다. 그러자 재훈은 그녀의 골반을 잡고 강한 힘으로 그녀를 몰아쳤다. 끼익거리며 소파가 움직이고, 그 앞에 있는 간이 테이블에선 두루마리 휴지가 바닥으로 떨어지고 컵 안에 든 얼음이 짤그락거리며 부딪쳤다.

"재훈아······ 앗. 아! ······컵."

컵이 저러다 떨어지겠어. 깨질지도 몰라. 그 와중에 진주는 고개를 뒤로 돌려 컵을 보았다. 그러자 재훈은 그녀를 제 허벅지에서 내려준 후 간이 테이블을 앞으로 밀고 그녀가 엎드리도록 했다. 무릎을 바닥에 대고 테이블에 상체를 기대고 엎드린 그녀는 미치도록 유혹적이었다. 진주는 컵을 손에 쥐고 바닥에 내려놓았다. 깨지지 않게.

"······아앗!"

동시에 뒤에서 그가 그녀를 다시 안았다.

"진주야. 사랑해. ······더 세게 해도 돼?"

"으응."

그는 그녀가 점점 감당하기 벅찰 정도로 세게 그녀를 안았다. 뒤에서 그녀를 안은 채로 손을 그녀의 배에 대고 쓸다가 더 아래로 내려갔다.

"재, 재훈아······ 아아."

이미 그녀의 몸 곳곳을 수도 없이 가져 본 그로서는 그녀가 흥분하는 지점을 너무 잘 알 수밖에 없었다. 이런 자세에서, 저런 자세에서 어떻게 하면 그녀가 더 미치는지 귀신같이 찾아냈다.

"나······ 어떡해."

진주가 울상을 지으며 고개를 옆으로 돌려 테이블에 볼을 붙였다. 뜨겁게 타오른 얼굴이 차가운 감각에 식어 가는 것도 잠시, 한 번 그녀를 양껏 가진 그가 갑자기 멀어졌다.

"으응······!"

아쉬움을 느낄 새도 없이 뜨거운 그의 혀가 느껴졌다.

어, 어떡해! 진주는 침실 안에 해주가 있다는 것도 잊을 정도로 몰두했다. 그의 입술과 혀의 움직임에 따라 입에서 나오는 소리가 점점 커졌다. 테이블에 눌린 살결이 뭉개지고, 바닥에 대고 있는 무릎은 부들부들 떨렸다. 만약 엎드려 있는 자세가 아니었다면 그녀는 바닥에 이미 주저앉았을 것이다.

"아아······!"

눈을 질끈 감은 그녀는 입술 다음에 찾아온 그의 손에 의해 몸을 부르르 떨며 기절하듯 힘을 쭉 뺐다.

"······욕실로 가자. 응?"

나 숨 쉴 힘도 없어. 입을 벙긋하자 재훈은 거부하지 못할 환한 미소를 보여주며 그녀를 번쩍 안았다.

욕실 안에서도 재훈의 손은 쉬지 않고 진주의 몸에 착 달라붙어 있었다. 물의 온도가 뜨겁다 보니 욕실 안은 점점 뽀얀 수증기로 가득 찼다.

"하지 마."

진주는 부드럽게 몸을 어루만지는 그의 손목을 잡았다. 그러자 그는 더욱 짓궂게 그녀의 탄력 있는 둔덕을 만졌다.

"안 돼. 매번 해주한테 양보했으니까 오늘은 내 맘대로 할 거야."

"정말 못 살아."

고개를 젓던 진주가 재훈의 손길에 인상을 찡그렸다. 욕실에 오기 전 이미 양껏 입심으로 빨았던 곳이 손의 감촉만으로도 아릿했다.

"아파?"

"응, 조금."

"그럼 여기는?"

갑작스럽게 밀고 들어온 손길에 진주는 벽을 짚었다. 놀란 그녀가 물속에서 몸을 웅크렸지만 재훈의 손이 더 빨랐다. 갑작스러운 침입에 그녀가 머리를 그의 어깨에 기대며 눈을 감았다.

"아아······. 너 진짜······."

작정했구나. 날을 아주 잡았어. 진주는 말을 하다 말고 입술을 질끈 물었다. 그의 손이 주는 감각에 취해 몸이 파들파들 떨렸다. 이미 그녀의 의지로는 그를 말릴 수 없는 지경에 와 있었다.

"하아…… 진주야."

"응. 응."

"하자. 하고 싶다. 지금."

이미 하고 있으면서. 그녀의 등 뒤로 그가 충분히 느껴졌다. 그는 그녀의 허리를 잡고 엎드리도록 했다.

"……아."

뒤에서 와락 안은 그가 그대로 그녀의 두 손등을 겹쳐 잡았다. 욕조의 물이 넘실거리며 바닥을 내려쳤다. 파도가 치듯 바닥으로 물이 쏟아지면서 나는 물소리가 더없이 야하게 느껴졌다.

"재훈아. ……아아."

진주가 욕조 턱을 세게 잡을수록 재훈의 손등에도 핏줄이 불거졌다. 그는 시간이 흘러도 둘만 있으면, 그녀의 몸을 만지면 쉽게 짐승이 되어버리고 만다. 심지어 해주로 인해 그녀를 안지 못하는 시간을 아까워하며 틈틈이 맹수처럼 그녀를 노린다. 오늘처럼 해주가 푹 자는 날 말이다.

"재훈아. 재훈아. ……!"

쾌락을 이기지 못해 그의 이름을 부르자 그는 그대로 그녀를 번쩍 들었다가 마주 보도록 앉혔다. 진주는 재훈의 목에 두 팔을 감고 입을 맞췄다. 서로의 입술이 닿고, 혀가 얽혔다. 갈증이 나는 사람처럼 서로의 입술에 매달렸다.

"하아…… 여기 언제 물이 다 빠졌어?"

"그러게."

분명 둘이 앉아 있을 때 가슴까지 오던 물이 지금은 갈비뼈보다 조금 아래쪽에 있었다. 욕조 밖으로 물이 다 쏟아진 모양이다.

"아앗. 재훈아!"

그는 짓궂게 미소 짓더니 몸을 비볐다. 잔뜩 흥분했던 기분이 잦아들기도 전에 그는 점점 존재를 다시 드러냈다.

"사랑해. 우리 홍."

"……너 진짜."

"아까 얼굴 보고 못 했잖아. 지금은 얼굴 보고 할래."

그는 그녀의 귓불을 깨물며 속삭였다. 네가 느끼고 미쳐 가는 모습을 지켜보면서 다시 한 번 더 너를 안고 싶다고. 여전히 너를 사랑한다고. 계속해서 그는 쉬지 않고 그녀에게 사랑을 고백했다.

오백 미리 생수병을 반 이상 비운 진주가 해주의 옆에 조심히 누웠다. 재훈도 샤워 가운을 벗고 이불 속으로 들어왔다.

"아이 참, 해주 옆에 누워. 이러다 해주 굴러떨어지면 어쩌려고."

"싫어. 너 안고 잘래."

해주를 중심으로 양옆에 누워서 잘 줄 알았는데, 재훈은 떨어지기 싫다는 듯 그녀의 뒤로 와서 누웠다.

허리를 감싸 안고 누운 그가 그녀의 척추선을 따라 입을 맞췄다. 진주가 한쪽 팔을 해주 쪽으로 내밀자, 해주는 꿈틀거리며 그녀의 품으로 들어와 안겼다. 뒤에는 남편이, 품 안에는 해주가. 두 부녀에게 끼인 그녀는 몸을 쉽게 움직일 수 없음에도 체력을 다 써서 그런지 금세 잠들었다.

재훈 또한 두 사람의 자는 모습을 보며 스르르 눈을 감았다. 수

영장 있는 집으로 이사 가서 해주의 체력이 다할 때까지 수영을
시키는 건 어떨까 생각을 하며 말이다.

* * *

다음 날 아침, 세 사람은 맛있는 식사를 하고 리조트에 위치한
광장으로 갔다. 거기엔 아이들이 뛰놀 수 있게 풀밭이 깔려 있고,
조각품과 사진 찍는 포토존이 마련되어 있었다. 밤에 볼 때와는
또 다른 풍경에 해주는 신이 난 듯 주변을 뛰어다녔다.

제 아빠 손을 잡고 이리저리 다니는 두 사람의 사진을 찍어주며,
진주는 중간중간 바닷바람을 맞았다.

"아빠, 해주 모자!"

해주가 쓰고 있던 모자가 바닷바람에 벗겨졌다. 재훈은 날아가
는 모자를 잡아서 해주의 머리에 씌워주었다.

"해주 눈부셨어."

해주는 모자가 없는 동안 눈이 부셨다고 아빠를 보며 눈을 찡
그렸다. 아이의 애교에 녹은 재훈은 두 볼을 붙잡고 연속으로 뽀
뽀를 했다.

리조트에 놀러 온 투숙객들은 잠시 멈춰서 두 사람을 보았다. 몇
몇은 핸드폰 카메라를 켜고 그들을 찍기도 했다.

"우리 해주 눈부셨어?"

"응."

"귀여워 죽겠네. 우리 딸."

재훈은 찹쌀떡처럼 늘어지는 해주의 볼을 잡아당겼다.

"졸려."

밥 먹고 광장을 엄청 뛰어다니더니 금세 잠이 오는 모양이다. 낮잠 잘 시간이 된 것 같긴 한데. 진주는 시계를 흘깃 보았다.

"아빠랑 술래잡기할까?"

"응!"

눈을 비비던 해주가 동그랗게 눈을 떴다.

"해주 졸려 하는데, 낮잠 재우고 이따 놀자."

"낮잠 푹 자려면 더 뛰어놀아야지."

재훈은 안고 있던 해주를 내려놓고 도망가도록 뒀다. 매번 술래 역할을 하는 아빠임을 알기에 해주는 바닥에 내려오자마자 멀리 도망갔다.

"해주가 자야, 우리만의 시간을 갖지."

"그래서 졸린 애 더 굴리는 거야?"

"그럼. 당연하지."

정말 못 살아. 진주가 바람 빠지는 웃음소리를 냈다. 멀리 달아난 해주가 아빠 안 오고 뭐 하냐는 듯 손을 흔들었다.

"김해주, 아빠 잡으러 간다!"

재훈은 빠른 걸음으로 아이가 있는 곳으로 성큼성큼 걸었다. 잡으려고 하다가 놔주고, 우리 해주 왜 이렇게 빠르냐며 놀아주는 모습이 수준급이었다. 덕분에 진주는 잠시 벤치에 앉아 두 사람을 보며 쉴 수 있었다.

* * *

세 사람은 다시 숙소로 왔다. 해주는 이미 재훈의 품에 폭 안겨서 잠든 상태였다. 침대에 내려놓아도 아이는 깨지 않고 여전히 잠들어 있었다.

"진짜 피곤했나 봐."

"그럼, 나랑 몇 바퀴를 돌았는데."

　진주는 소파에 앉아 버릇처럼 TV를 켰다. 그러자 재훈의 광고가 튀어나왔다. 광고는 도심을 달리며 운동하는 재훈이 입고 있는 트레이닝복과 운동화에 초점이 맞춰졌지만, 그녀의 눈을 사로잡는 건 재훈 그 자체였다. 아마 TV를 보는 모든 사람의 눈이 재훈의 얼굴과 몸으로 향해 있을 것이다. TV와 옆에 앉은 재훈을 번갈아 보는 진주의 표정이 묘했다.

"왜?"

"어떻게 TV랑 똑같지. 무보정, 무결점."

"고마워."

"진심이야. 난 가끔 너 모임 있을 때 따라가면 놀란다니까. 세상에 예쁜 사람이 이렇게 많구나 하면서."

"그중에 네가 제일 예뻐."

"제발. 그런 말 하지 마."

"그럼 해주가 제일 예뻐."

"차라리 그게 낫다."

　재훈은 소파에 앉은 그녀를 보고 있다가 해주에게 했던 것처럼 볼을 잡았다. 진주도 질세라 재훈의 볼을 잡고 늘였다. 그러다 잘생긴 얼굴에 저도 모르게 웃음이 나왔다.

"이 얼굴은 왜 질리지도 않지?"

"질리면 안 되지."

"걱정 마. 평생 네 얼굴은 안 질릴 거 같아. 와— 정말 잘생겼다."

옆으로 봐도, 앞으로 봐도, 뒤태를 봐도. 어디 한 군데 안 잘생긴 구석이 없어.

제 눈에만 그런 게 아니라, 모든 이의 눈에도 아직 재훈은 탑에 속했다. 그랬기에 아직도 물밀 듯이 드라마 주인공 섭외가 들어오고, 몸 좋고 잘생긴 배우들만 한다는 광고도 섭외 요청이 쏟아졌다.

"해주도 심심찮게 섭외 들어오더라. 저번엔 아빠랑 같이 먹는 요거트도 있더라."

"해주는 안 돼."

"추억 삼아 한번 해 봐도 좋을 거 같은데."

사람들이 해주와 재훈의 모습을 TV에서 보고 싶어 하기 때문에, 아빠와 아이가 참여하는 프로그램 제의도 많이 오는 편이었다.

그러나 재훈은 원치 않았다. TV에 한 번 나오기 시작하면 해주는 어려서부터 유명 인사가 될 테고, 커 가는 모습들도 전후 비교로 여기저기 올라올지도 모른다. 이 직업을 선택한다면 그런 걸 감수해야겠지만, 아직 어린 해주가 커서 어떤 직업을 택할지 모르기 때문에 그는 섣불리 해주를 영상에 노출시킬 수 없었다. 물론 두 사람의 영상이 추억이 되겠지만 말이다.

"그래도 네가 원한다면, 다시 생각해 볼게."

"나중에 해주가 싫어할까?"

"추억이라 좋을 수도 있고, 원치 않은 관심에 싫을 수도 있지."

"아— 어렵다. 해주가 크는 동안, 일정 시간까지는 모두 내가 선택해야 하는데, 그게 해주의 미래에 영향을 끼친다니 무서워."

먹는 것도, 입는 것도, 말 한 마디 한 마디도. 그게 모두 아이에게 영향을 미쳐서 미래의 해주가 되는 것이니 말이다. 단순히 어린이집을 고르는 것도, 책을 사 주는 것도, 장난감도. 모두 그녀의 선택이니 말이다.

"뭐가 해주에게 좋은 선택인지 아직도 모르겠어. 그래서 매일 헷갈려."

"진주 네 선택이 옳은 거니, 후회하지만 마."

"응."

"어떤 선택이든 우리가 해주를 사랑하는 마음으로 한 거니까 미안해하지 말고."

"그럴게."

진주가 방긋 웃으며 고개를 끄덕이자 재훈은 그녀를 다정하게 안았다. 진주의 머리를 쓰다듬으며 잘하고 있다고 용기를 주었다.

"사랑해, 진주야."

"나도. 나도 새훈아 사랑해."

"근데 나 어제 콘돔 안 썼다."

"헉? 나 위험한 날인데!"

어제 특히 더 격렬하게 여러 번 했던 행위가 머릿속을 스쳐 지나갔다. 어쩌면, 둘째가 생길지도 모르겠다는 생각이 들었다.

"둘째 가질까?"

재훈의 질문에 진주는 몸을 떼고 그를 보며 입술에 쪽 입을 맞췄다.

"응. 나도, 너도 외동이라 크는 동안 외로웠잖아. 해주에게는 꼭 동생 만들어주고 싶어."

"나도."

둘 다 외동인 탓에 지금은 서로가 있어 좋지만, 그래도 자매, 형제가 있는 친구들을 보면 부러운 건 변함이 없었다. 그래서 두 사람은 해주가 그런 외로움을 느끼지 않도록 꼭 동생을 만들어주고 싶단 생각은 일치했다.

"그런 의미로……."

재훈의 손이 슬금슬금 그녀의 몸을 더듬었다. 진주는 못 이기는 척 그의 손길에 몸을 맡겼다. 아직 해주가 잠들어 있었으니까.

4. 해주 동생 김주형

　다섯 살이 된 해주는 남동생인 주형이 태어나면서 갑자기 편식이 심해졌다. 아이처럼 갑자기 기저귀를 차려고 한다거나 떼를 부리는 건 아니었지만 음식을 거부하는 현상이 생겼다.

　잘 먹던 소고기도 안 먹고, 어떨 때는 흰쌀밥이 아니면 밥 먹는 걸 거부하기도 했다. 그래서 재훈과 진주는 주형을 친정에 맡긴 후, 유치원이 끝나 돌아온 해주를 데리고 드라이브를 나왔다.

　"해주야. 우리 어디 가는지 알아?"

　"몰라."

　"바다에 가는 거야."

　짜고 달달한 과자가 많았지만 해주는 여전히 아기 때 먹던 쌀과자를 좋아했다. 쌀과자를 깨물어 먹다가도 혀로 살살 녹여 먹는 재미에 빠져 지금도 여전히 차에 타면 주로 쌀과자를 찾았다.

　"과자 맛있어?"

　"응."

　"많이 먹어."

진주는 해주의 머리를 쓰다듬었다. 자주 아이와 놀아줘야 하는데 주형이 태어나고부터는 해주에게 소홀해졌던 것 같다. 주형이 우니까 달래느라 정신없고, 잠깐 시간이 나면 제 몸을 돌보고 쪽잠이라도 자려고 애쓰느라 더더욱 해주에게 쓰는 시간이 없었다.

재훈은 이번에 사극 드라마를 처음 하게 되었는데, 반응이 좋다 보니 회가 연장되었다. 사실 주형이 태어나고 재훈도 잠시 일을 쉬기로 했는데, 드라마 연장 촬영을 하느라 그도 집에 오면 쓰러져서 자기 바빴다.

얼마 전 종영을 하고, 종파티까지 끝낸 재훈이 육아에 본격적으로 나서면서 진주도 숨통이 조금 트였다. 그러나 둘이 같이 육아를 해도 힘든 건 마찬가지였다.

아이를 낳아 기르는 건 인내심의 끝이 어디일까, 나라는 인간에 대해 정확히 알 수 있는 과정인 것 같았다. 극도로 사람이 예민해지면 어떻게 되는지, 연애하고 같이 살 땐 몰랐던 것들도 점차 알아가게 되었다. 무엇에 화가 나고, 무엇에 예민해지는지.

"해주야. 아빠 운전 잘하지?"

"응. 우리 아빠가 최고야."

"엄마는?"

"엄마는 운전을 못해! 엄마 차 타면 안전벨트 꼭 매야 돼."

똑소리 나게 말을 잘하는 해주가 엄마 차를 탔을 때의 심정을 토로했다. 재훈은 운전을 하면서 키득거리며 웃었고, 진주는 입을 삐죽 내밀었다.

"아빠 차 타도 안전벨트는 꼭 매야 하거든. 김해주."

"알아! 차 탈 땐 안전벨트 매고, 길 건널 땐 손 들고. 나 유치원에서 다 배웠어."

"잘 배웠네, 우리 해주."

진주는 해주가 자기 생각을 잘 말하고, 유치원에서 있었던 일을 얘기해주면 새삼 신기해진다. 언제 이렇게 컸을까.

지금은 백 일도 안 된 해주가 어땠는지 떠올리면 생각이 잘 나지 않는다. 사진을 보면 그때 이렇게 생겼었지 하지만, 정말 순식간에 시간이 지나간 것 같다.

작은 입술 안으로 과자가 들어가고 오물오물 씹는 모습이 귀여워서 와락 볼을 깨물어주고 싶었다.

"다 왔다. 내리자."

"응. 해주야, 과자 챙겨 갈까?"

"응. 엄마. 해주 과자 챙겨줘."

주차장에 차를 댄 후, 재훈이 먼저 내렸다.

그가 나온 사극 드라마의 배경이 산이다 보니, 외부 촬영이 잦은 편이었다. 그래서 재훈은 전보다 더 턱선이 날렵해지고, 구릿빛 피부가 되었다. 일부러 태운 건 아니고 자연적인 햇볕에 탔는데도 자연스럽기 그지없었다.

그는 애가 둘인 배우임에도 불구하고 속옷 화보 모델 제의가 들어왔다. 제일 친한 사진사가 온몸에 페인트칠을 하고 누드 사진 한번 찍어 볼 생각 없느냐며 진지하게 몇 번이나 제안을 해서 재훈이 난감해했었다.

그러나 진주는 끝까지 필사적으로 반대했다. 재훈이 사랑 연기를 하는 것도 속상한데, 그의 올 누드가 만천하에 드러나는 건 절대 있을 수 없는 일이었다. 아무리 연기라고 해도, 그게 작품이라고 해도 말이다.

차에서 내린 세 사람은 손을 잡았다.

"나 비행기 태워줘!"

재훈과 진주는 해주의 손을 꼭 잡고 '하나, 둘, 셋'을 외친 다음 손에 힘을 줘서 붕 들었다. 그러자 해주는 왼발을 뻗으며 슈퍼맨처럼 붕 떴다. 까르르 웃으며 좋아하는 해주가 또 해달라며 잡고 있던 손을 흔들었다.

"하나, 둘, 셋!"

"슝~"

어릴 때부터 이걸 좋아하더니 지금도 좋은 모양이다. 해주의 무게가 날로 날로 무거워지면서 진주는 이렇게 해주의 비행기를 태워주는 게 버거웠다. 그걸 본 재훈이 해주의 겨드랑이에 손을 넣어 번쩍 안아 어깨에 앉혔다.

"와, 높다! 아빠 엄청 높아! 바다다!"

해주는 멀리 보이는 바다를 보며 발을 동동 굴렀다. 진주는 재훈의 옆에 바싹 붙어 섰다.

"안 무거워?"

"해주 하나도 안 무거워. 아빠, 그렇지?"

"그럼!"

"우리 아빠는 왕이야! 제일 힘 센 왕!"

"그럼, 아빠는 왕이니까 우리 해주 하나도 안 무거워."

재훈은 해주의 기분을 맞춰주며 아이를 든 채로 빙글빙글 돌고, 앞으로 뛰며 바람을 맞기도 했다. 안은 채로 위아래로 올렸다가 내려놓는 걸 반복하며 엘리베이터가 올라가고 내려가는 걸 흉내

내기도 하는데, 이제 진주는 그 놀이가 힘에 부쳐서 할 수가 없었다. 그나마 이불에 해주를 올려놓고 질질 끌고 다니면서 기차놀이는 해줄 수 있지만, 사실 몸으로 놀아주는 건 이제 어렵다고 봐야 했다. 그래서 해주가 아빠와 노는 걸 유독 좋아하는 듯했다.

바닷가 앞으로 가자 갈매기가 하늘 위에 떼로 날아다녔다. 연인들은 손이 가요 손이 가 손가락 반만 한 크기의 과자를 들고 갈매기 떼를 기다렸다. 과자가 보이는 순간 날렵한 녀석들이 다가와 와락 물고 갔다.

"꺄악-!"

서로 놀라서 소리 지르며 안는 사람도 있고, 재미있다며 하나 더 해보자고 전투적으로 과자를 봉지에서 꺼내는 커플도 있었다.

"해주도 해 볼래?"

"응! 좋아."

"손이 가요 과자 사 올게."

"아니야! 여기 해주 과자 있잖아. 해주야, 쌀과자 갈매기 줄까?"

"응. 해주가 줄래."

진주는 쌀과자 봉지를 뜯어서 활짝 열어주었다. 해주는 재훈에게 안긴 채로 손을 뻗어 봉지 안에 넣었다. 과자를 집은 해주가 용감하게 위로 손을 뻗었다.

"와-! 온다, 엄마. 갈매기가 와."

가까이 다가오는 갈매기를 보니 오히려 진주가 더 겁을 먹어 뒤로 주춤거렸다. 갈매기는 해주의 쌀과자를 먹더니 금세 날아가 다른 팀에게로 갔다.

"응? 왜 안 먹지?"

해주는 다른 쌀과자를 꺼내서 다시 위로 손을 들었다. 몇 번 갈매기들이 왔다 가더니 해주의 과자 쪽에는 갈매기가 안 꼬였다.

"왜 내 거 안 먹어? 엄마. ……해주 거 안 먹어."

눈 안에 눈물이 차오르는 해주를 보고 있으니 진주는 입꼬리가 조금씩 올라가려 했다. 아직 아이는 아이인 모양이다.

"해주가 편식해서 그런가 봐. 엄마."

훌쩍이던 해주가 아빠 품에서 내려와 진주에게 안겼다. 한 번 서러움을 느끼더니 갑자기 으앵- 하고 울음을 터뜨렸다.

"우리 해주, 울지 마. 해주야. 다른 과자로 해 볼까?"

"내가 손이 가요 사 올게."

해주를 달래며 진주가 고개를 끄덕였다. 아무래도 재훈이 손이 가요 과자를 사 와야 할 것 같다. 갈매기들이 MSG에 길들여져 입맛이 변한 모양이다. 아니면 배가 불렀거나. 유기농 쌀과자는 간만 보고 직접 먹는 새들이 없었다.

재훈이 손이 가요 과자를 금세 사 와서 해주에게 주었다. 해주는 시무룩한 표정으로 과자를 꺼내 갈매기들을 보며 손을 뻗었다. 그러자 놀랍게도 쌀과자 때와 다르게 갈매기 떼가 몰려들었다. 해주의 얼굴엔 서서히 웃음꽃이 피었다. 언제 울었냐는 듯 해주는 뚝 그쳤다.

"엄마, 과자 엄청 잘 먹어! 맛있나 봐!"

"그러게."

"엄마도 갈매기 밥 줘. 같이 주자."

"엄마는 괜찮아. 아빠랑 해."

진주는 재훈과 눈이 마주치자 고개를 저었다. 갈매기는 멀리서 보면 괜찮은데, 가까이서 보니까 무섭고 징그러웠다. 진주가 싫다며 점점 더 뒤로 가자 재훈이 그녀 대신 해주와 같이 손이 가요 과자를 계속 꺼냈다.

"이제 그만."

"좀만 더. 응? 아빠 나 요거 몇 개만 더."

해주는 좀 더 하고 싶다고 아빠에게 졸랐다. 재훈은 점점 사람들이 몰리는 걸 느끼며 곤란한 표정을 지었다. 그때 진주가 두 사람 앞에 섰다.

"김해주. 다음에 또 와서 해. 지금 그만 안 하면, 엄마 집에 갈 거야."

"엄마!"

집에 간다고 하면, 정말로 단 한 번의 자비도 없이 집에 가는 그녀인지라 해주는 과자를 손에서 놓았다. 착한 엄마이지만 엄할 땐 눈물 콧물을 쏙 빼며 애원해도 들어주는 법이 없었다. 그러다 보니 엄마가 정색을 하고 경고를 하면, 해주는 제법 말을 잘 듣는 편이었다.

"밥 먹고 이따가 사람들 많이 없으면, 한 번 더 갈매기 밥 주고 집에 가자. 지금은 밥부터 먹고. 아빠 운전하느라 배고프실 거야."

"응. 그러면 이따가 여기에 아무도 없으면 또 하는 거지?"

"응. 아빠가 약속할게."

재훈이 새끼손가락을 내보였다. 이럴 땐 얼굴로 먹고사는 직업이 야속하다고 생각하며 재훈은 아이를 짠하게 보았다. 본의 아니게 어디를 가도 주목을 받다 보니, 어느 정도 사람들이 모이면 그들이 피해주었다. 시간이 지나면 인기가 사그라질 줄 알았는데

실상은 아니었다.

* * *

집에 온 해주는 제일 먼저 손을 씻었다. 진주와 재훈도 손을 씻고 옷을 갈아입었다.

"주형아!"

해주는 집에 오자마자 주형을 찾았다. 이쪽저쪽 방을 다 돌았지만 동생이 없었다. 동생이 밉다고 없었으면 좋겠다고 생각하긴 했으나 그건 진심이 아니었다. 주형이 보이지 않자 해주는 뛰어서 엄마 아빠에게 달려갔다.

"엄마, 해주가 주형이 속으로 미워해서 없어졌나 봐. 주형이가 없어."

"주형이?"

"응. 내 동생! 주형이 어디 있어?"

엄마, 아빠 방에도 없는 걸 확인한 해주가 눈을 깜빡거렸다.

"나 때문에 주형이 집 나갔어?"

5. 행복한 사람

재훈은 옆에서 듣고 있다가 해주에게 두 팔을 벌렸다. 해주는 코를 들이마시며 아빠의 품에 안겼다.

"주형이 할머니네 있어."

"할머니네?"

"응. 오늘은 할머니 할아버지 집에서 자고 내일 올 거야."

"해주가 미워해서 집 나간 거 아니야?"

"응. 아니야. 근데 우리 딸, 주형이 미워했어?"

재훈의 질문에 해주는 아니라고 고개를 저었다. 직접 밉다고 말을 한 건 지금이 처음이었다. 그동안 혼자 마음고생 했을 해주가 신경 쓰여 재훈은 아이의 이마에 쪽 뽀뽀했다.

"주형이 미우면 아빠한테 말해."

"정말?"

"응. 아빠는 해주 편이잖아."

"아빠는 해주가 더 좋아?"

"다 좋은데, 해주가 이만큼 더 좋아."

재훈이 이만큼 더 좋다고 하며 팔을 넓게 폈다.

그들이 나갔다 올 동안 해주와 주형의 방 이불은 뽀송뽀송하게 새것으로 바뀌어 있었다. 집 안도 바닥은 걸레질을 하고 창문도 다 닦은 모양이다. 평소에 먼지가 많이 나서 대청소를 할 수 없었던 이모님 두 분이 아예 작정하고 치운 것 같았다.

"재훈아. 해주는 내가 씻길게. 가서 씻어."

"나 아빠랑 씻을래."

"안 돼. 김해주. 엄마한테 와."

진주는 해주의 손을 잡고 넓은 욕실로 들어갔다. 예전엔 재훈과 해주가 자주 같이 목욕을 하고, 물을 받아놓고 물장난을 치고 놀았지만 이제는 아니었다.

해주를 깨끗하게 씻긴 후 욕실 밖으로 내보내자 먼저 씻고 나온 재훈이 해주의 몸에서 물기를 닦고 옷을 입혔다.

로션을 바르며 재훈과 해주가 밖에서 놀고 있을 동안 진주는 빠르게 샤워를 했다. 해주 덕분에 진주도 바깥 공기를 쐐서 오늘 기분이 좋은 상태였다.

"주형이 보고 싶어."

"지금?"

"응. 동생 없으니까 이상해. 주형이 오늘 진짜 안 와?"

"응. 오늘은 안 와."

시무룩한 해주를 보다가 재훈은 핸드폰을 가져왔다.

"해주가 주형이 보고 싶으면, 전화해 볼까?"

"응. 주형이한테 전화해줘."

재훈은 장모님께 영상 통화를 걸었다. 아직 주무실 시간은 아니었다. 몇 번 신호음이 가자 전화를 받으셨다.

"안녕하세요, 장모님. 늦은 시간에 죄송합니다."

–죄송하긴. 우리 사위 전화는 늘 반갑지. 안 그래도 주형이 분유 먹고 잠들었다.

"할머니!"

–아구 우리 예쁜 똥강아지. 잘 있었어?

"할머니 나 똥강아지 아니야! 해주야."

–그래. 우리 해주. 엄마랑 아빠랑 잘 놀고 왔어?

할머니의 질문에 해주는 고개를 위아래로 끄덕였다. 장모님께선 오늘 뭐 했는지 시시콜콜 얘기하는 해주가 예쁜지 눈에서 사랑이 흘러넘쳤다.

"할머니, 주형이 보고 싶어서 전화했어."

–주형이 잠들었어.

장모님께선 카메라의 각도를 바꿔서 주형이 자는 모습을 보여 주었다.

"주형이 멀리 간 거 아니었구나. 해주가 미워서 간 거 아니었어. 진짜 자고 있어!"

해주의 말에 재훈은 고개를 끄덕였다.

"그럼, 주형이는 우리 가족이잖아. 어디 안 가."

"아빠 주형이 내일 와?"

재훈이 고개를 끄덕이자 해주가 핸드폰 화면을 뚫어지게 보았다.

–해주, 주형이 많이 보고 싶었구나. 주형이 여기서 잠들었으니까 깨면 내일 해주네 집으로 갈게. 그럼 우리 똥강아지 오늘은 일찍 자야겠지?

"네!"

―자고 일어나면 아침에 주형이 와 있을 거야.

"그럼 할머니 해주 지금 바로 잘게."

―응. 약속했어. 우리 해주, 자나 안 자나 엄마한테 물어볼 거야.

해주는 새끼손가락을 보여주며 '약속'이라고 했다. 전화를 끊은 후 자기 방으로 간 해주가 이불을 덮고 누웠다. 재훈은 그 옆에서 '자장, 자장' 말을 하며 아이의 가슴을 토닥였다.

"자장, 자장, 우리 해주. 잘도 잔다, 우리 해주."

진주처럼 섬집 아기 노래를 불러주진 못하지만, 이렇게 '자장, 자장'을 반복해서 말을 하는 건 어렵지 않았다.

"우리 해주 예쁘게도 컸네."

왜 아이를 보고 있으면 자신도 모르게 혼잣말을 하게 되는 걸까. 재훈은 해주가 잘 잠든 것까지 본 후 아이의 방에 켜진 미등을 마저 끄고 거실로 나왔다.

진주는 냉장고에서 맥주 두 캔을 꺼내고 선반에서 땅콩과 육포를 꺼내 접시에 담았다.

"나 맥주 마시고 싶었는데, 어떻게 알았어?"

"딱 보면 알지. 일부러 아까 맥주 냉동고에 넣어 놨더니 완전 시원해."

재훈은 맥주 두 캔을 모두 땄다. 먼저 딴 걸 진주에게 주고, 하나는 그의 앞에 놓았다.

"짠."

"짠!"

맥주 캔을 부딪친 두 사람은 물을 마시는 것처럼 꿀꺽꿀꺽 마셨다. 갈증이 해소되는 기분이다.

"촬영하는 동안 아예 끊고 살았더니 오늘따라 더 꿀맛이네."

"나는 주형이랑 해주가 있으니까 못 마시겠더라. 맨날 그림의 떡처럼 보기만 했어."

냉장고에서 먹어달라고 구호의 손길을 내밀지만, 그녀는 그 손을 잡을 수 없었다. 자다가도 갑자기 깨서 우는 주형이 눈에 밟히고, 이제 말 잘하는 해주에게 술 먹는 모습을 보여주기 싫어서 맥주 캔을 잡았다가도 도로 내려놓게 된다. 그러나 오늘은 재훈과 함께 마시며 하루 일과를 마무리하고 싶었다. 때마침 주형이도 친정에 맡겼고 말이다.

"오늘도 고생 많았어. 우리 홍."

"재훈이 너도."

"다음 주 주말엔 태주랑 하연이 만나자. 애들 데리고 집으로 오래."

"거기도 정신없을 텐데."

"하루 전쟁 났다고 생각하겠다는데? 태주도 오랜만에 길게 휴가 낸 모양이더라고."

그들보다 늦게 결혼을 했지만 세쌍둥이를 낳은 덕에 하연의 집은 완전히 전쟁 통이었다. 자연적인 확률로 아이를 셋이나 갖는 게 가능한 일이던가. 그것도 아들만 셋이었다.

"응. 그럼 가야지. 그 연약한 하연이가 목소리가 다 걸걸해졌어. 저번에 통화하는데 하연이 목에서 쇳소리 나더라."

"정말?"

"응. 말 진짜 안 듣는대. 맨날 뭐 부서지고, 깨지고. 애들 다쳐서 병원 가고."

한창 힘들 땐 하연이 전화해서 엉엉 울기도 했다. 모든 부모에게는 육아 스트레스가 있지만, 하연은 세쌍둥이라 남들보다 몇 배로 힘들어했다.

다행히 태주가 워낙 잘사는 덕에 아이당 한 명씩 육아 도우미분이 집에 오시고, 빨래와 청소를 돕는 분들이 집에 계시긴 하지만 그래도 꼭 엄마가 해야 할 일들은 하연이 했다.

태주는 아침은 집에서 먹고, 점심은 싱가포르에서 먹고, 저녁엔 일본에 가 있기도 했다. 그 정도로 바쁘게 사는 녀석인지라 사실상 육아에 도움을 주는 남편은 아니었다.

육아 휴직을 쓰라고 장난 반 진담 반으로 말하긴 했지만 현실적으로 어렵다는 걸 안다. 그의 아래에 있는 수많은 직원이 모두 그를 보고 있었으니 말이다. 또한 하연을 극구 반대했던 태주의 부모님에게 보여주기 위해서라도 태주는 더 열심히 일하는 것 같았다.

"주형이 크면 더 힘들까?"

"도와줄게."

"응. 고마워. 근데 나 진짜 궁금한 게 있는데."

"뭔데?"

"촬영할 때 연애도 하고, 결혼도 하잖아. 그럼 여자 배우한테 잠시나마 사랑을 느껴?"

"……."

물어봐 놓고 오히려 상처받을 거 같은데. 근데 매번 궁금했다. 무서워서 못 물어봤지만, 오늘은 술도 마신 김에 속 터놓고 물어

보고 싶어졌다.

"막 숨 막힐 듯 야한 키스도 하잖아. 그럼 나랑 할 때처럼 흥분
돼?"

"……."

"내가 막 취조하는 게 아니라, 그냥 궁금해서……."

"안 되겠다. 진주 너 나 나오는 드라마 금지야."

"뭐? 왜 대답이 없어? 진짜 흥분되고 사랑을 느끼는 거야?"

그럼, 언젠가 다른 여자를 사랑할 수도 있는 걸까? 순간 덜컥 두
려움이 밀려온 진주가 남은 맥주를 원샷했다.

"나 거짓말 못하는 거 알지?"

"응. 알지."

"연기할 땐 모든 배우가 너라고 생각하고 연기해. 그래서 그 순
간엔 사랑을 느끼기도 하고, 어쩔 땐 흥분되기도 해."

"……."

"컷 소리가 들리는 순간 그 배우가 네가 아니라는 걸 알게 되
고, 그럼 집중도가 딱 깨져. 숏 들어갈 때만 정말 널 보면서 연기
하는 것처럼 하거든."

"……."

"그리고 진한 키스신은 없었어. 일부러 짙은 스킨십은 내가 빼달
라고 요청하는 편이야."

"그랬나?"

진주는 생각해보니 그의 말이 맞다며 고개를 끄덕였다. 가볍게
입술을 부딪친 후 침대로 여자 배우를 쓰러뜨리고, 상반신을 탈
의하고 이불을 덮었다. 그 이후는 시청자들의 상상에 맡겼던 것

같다. 그냥 입을 맞추며 눕히고, 옷을 벗는 그가 너무 섹시해서 그녀의 기억 속에 흥분한 김재훈의 모습으로 남아 있었던 모양이다.

"난 너한테만 흥분하잖아. 홍진주."

"치."

"진짜야. 유일하게 심장이 뛰는 상대도 너고."

"나도, 아직도 가끔 심장이 뛰어."

전처럼 매일 심장병이 걸린 사람처럼 두근거리진 않지만, 가끔 한 번씩은 그가 아이들의 아빠가 아닌 남자로 보이고 두근거릴 때가 있다.

"사랑해. 홍진주. 나는 아직도 널 보면 설레고 좋아."

"정말?"

"응. 네가 가끔 심장이 뛴다는 말에 난 좀 놀랐는데?"

"……매일 뛰어."

"아닌 거 같은데? 홍. 얼굴 빨개진다."

"진짜 뛴다고! 침대에서 네가 나 덮칠 때 얼마나 뛰는데."

"그때만?"

그래서 가끔이라고 했잖아…….

아이로 인해 우리가 침대에 들어가는 날이 가끔이니까. 진주가 그렇게 속삭이자 재훈이 키득 웃었다.

사실, 시도 때도 없이 그에게 설렌다. 그게 언제라고 딱 꼬집을 순 없지만, 아직도 재훈에게 설레는 건 맞았다.

"그럼 지금 좀 설레게 해 볼까?"

재훈은 의자에서 일어나 진주의 앞에 왔다. 그녀의 앞에 무릎 꿇고 앉은 그가 그녀의 손을 잡았다. 손등에 입을 맞춘 후 그가 진주를 보며 환하게 웃었다.

"사랑해. 홍진주."

"……나도."

"난 매일 너로 인해 설레고 행복해. 해주랑 주형이가 주는 행복과는 차원이 다른 행복이야. 네가 내 사람이라서 난 너무 좋다."

재훈의 고백에 진주는 빠른 속도로 심장이 뛰었다. 그의 말대로 설레서 온몸이 간질거리는 기분이 들었다. 꼭 연애를 할 때처럼.

"나도 네가 내 남자라서 행복해. 김재훈. 많이 사랑해."

진주는 의자에서 내려와 재훈의 목을 감싸 안았다. 맥주에 취한 건 아닌데, 두 사람은 사랑한다는 말을 아낌없이 속삭이며 입을 맞췄다.

나는 너로 인해, 너는 나로 인해, 우리는 서로로 인해 행복한 사람이라고 깨닫게 되고, 그것에 감사할 줄 알게 되었다. 결혼식장에서 선서했던 것처럼 서로 존경하며, 서로를 소중히 하며, 평생 함께 인생의 숙제를 잘 풀어갈 수 있기를. 진주와 재훈은 같은 생각을 하며 서로를 꼭 안았다.

〈The End〉